U0109514

古典詩歌研究彙刊

第二八輯

襲鵬程 主編

第 3 冊

李白《古風》五十九首研究
（第三冊）

谷 維 佳 著

國家圖書館出版品預行編目資料

李白《古風》五十九首研究（第三冊）／谷維佳 著 -- 初版

-- 新北市：花木蘭文化事業有限公司，2020〔民 109〕

目 10+166 面；17×24 公分

（古典詩歌研究彙刊 第二八輯；第 3 冊）

ISBN 978-986-518-200-7（精裝）

1.（唐）李白 2. 唐詩 3. 詩評

820.91　　　　　　　　　　　　　　　　　　109010835

ISBN-978-986-518-200-7

9 789865 182007

古典詩歌研究彙刊
第二八輯　第 三 冊
ISBN：978-986-518-200-7

李白《古風》五十九首研究（第三冊）

作　　　者	谷維佳
主　　　編	龔鵬程
總 編 輯	杜潔祥
副總編輯	楊嘉樂
編　　　輯	許郁翎、張雅淋　美術編輯　陳逸婷
出　　　版	花木蘭文化事業有限公司
發 行 人	高小娟
聯絡地址	235 新北市中和區中安街七二號十三樓
	電話：02-2923-1455／傳真：02-2923-1452
網　　　址	http://www.huamulan.tw 信箱 hml 810518@gmail.com
印　　　刷	普羅文化出版廣告事業
初　　　版	2020 年 9 月
全書字數	550781 字
定　　　價	第二八輯共 10 冊（精裝）新台幣 18,000 元

李白《古風》五十九首研究
（第三冊）

谷維佳　著

表目次

圖目次

下　編
李白《古風》五十九首校注集釋彙評

凡　例

　　一、本部分校勘以清乾隆二十四年（1759）刊王琦聚錦堂本《李太白文集輯注》為底本（簡稱王本），並參考以下歷代重要李白注本（包括選本和全本）：

　　二、校勘所參古籍分為兩類，大致以李詩全本選本和其他唐詩古詩選本、歷代詩話詩評為主，每類大致以時代先後為序。

　　三、所引原各本中按語皆標明「某按」，如明代朱諫《李詩選注》中朱諫的按語，即標「朱諫按」或簡稱「朱按」「諫按」。若單以「按」字領起者，則皆為本文作者按，以示區別。

　　四、總評與集評各家觀點，以朝代及時代先後大致為序。以見出歷代對《古風》各篇的接受繼承與評點創新情況。

　　五、校勘所參考古籍如下：

1、李詩全本、選本

　　《才調集補注》，（五代後蜀）韋縠輯，（清）殷元勳注，宋邦綏補注，據乾隆五十八年宋思仁刻本影印原書。

　　影宋蜀刻本《李太白文集》，（宋）宋敏求搜集，曾鞏考訂，晏處善刻印，別稱兩宋本、宋蜀本、宋甲本、宋乙本。

　　咸淳本《李翰林集》，明鮑松編，正德八年自刻本《李杜全集》八十三卷，內《李翰林集》三十卷。清末劉世珩玉海堂影刻宋咸淳本，乃影刻正德八年本。上海圖書館藏正德八年本。杭州大學藏本有

清丁耀元跋，現藏浙江大學圖書館；四川藏本有清趙丕烈批。

當塗本《李翰林集》，與咸淳本為同一系統。

《分類補注李太白詩》，（宋）楊齊賢補注，（元）蕭士贇刪補，四部叢刊本／元建安余氏勤友堂刻明修本／嘉靖二十二年，郭雲鵬寶善堂刻本。

《唐翰林李太白詩集》二十六卷，（元）佚名，現中國臺灣「國家圖書館」藏一部四冊。

《李翰林詩》，（元）范梈（字德機）批選，高密鄭鼐編次，元刻本，現藏中國臺灣「國家圖書館」。

《風雅翼》，卷十一選詩續編一，（元末明初）劉履撰，何景春刊刻，明弘治刊本。

《唐李白詩》十二卷，（明）佚名，嘉靖八年刻本。

《李翰林分類詩》八卷，集一卷，6冊，（明）李齊芳、潘應詔輯，萬曆二年甲戌刻本。

《唐翰林李白詩類編》，（明）佚名，正德十三年刻本。

合刊本《李杜詩集》，（明）萬虞愷、劼勳，嘉靖二十一年壬寅，萬氏刻本。

《李翰林全集》四十二卷，（明）劉世教輯，萬曆四十年壬子，《合刻分體李杜全集》本。

《李杜全集》四十二卷，（明）聞啟祥輯，（宋）嚴羽、劉辰翁評點〔註1〕，《李太白集》二十二卷，崇禎二年刻本。

《李詩通》二十一卷，（明）胡震亨編，《合刻李杜詩通》六十一卷，清順治七年（1650）朱茂時刻本，南京圖書館藏。

《李詩選》，（明）張含、楊慎批點，明嘉靖二十四年（1545），張氏家塾刻本。

《李詩選注》，（明）朱諫選注，中國國家圖書館藏，明隆慶六年，朱守行刻本。

〔註1〕此本是否為嚴羽、劉辰翁評點本，存疑。

《李詩鈔述注》，（明）林兆珂注，萬曆年間刻本。

《分類補注李太白詩文》，（明）玉幾山人，嘉靖二十五年刻本。

《分類補注李太白詩》，二十五卷，文集五卷，（明）霏玉齋刻本。

《李翰林集》，（明）楊齊賢、蕭士贇，崇禎三年，毛氏汲古閣重修本。

《分類李太白詩》，（明）李文敏、彭祐編刻，是書分類、編次與蕭本同，唯刪其注。

《李詩鈔評》，（明）梅鼎祚、屠隆集評，《唐二家詩鈔》本。

《分類補注李太白詩》，二十冊二十五卷，年譜一卷，（明）許自昌刻，薛仲邕編，萬曆中長州許自昌刻本。

《李翰林集》，六冊，（清）繆曰芑，孫星衍校，康熙五十六年，雙草堂刻本。

《李太白文集輯注》，三十六卷，（清）王琦輯注，乾隆二十四年（1759），聚錦堂刻本。

《李太白文集》，（清）王琦輯注，上海掃葉山房本，1914年。

《李詩緯》，（清）應時、丁谷雲，康熙四十一年刻本。

《李太白全集》，（清）李調元、鄧在珩，清乾隆二十九年（1764），清廉學舍刻本。

《李翰林集》，（清）吳隱、劉世珩，影宋咸淳本。

《李詩直解》，（清）沈寅、朱崑，鳳棲樓藏板。

《李白詩全集》，（清）文淵閣《四庫全書》本，中國臺灣商務印書館影印。

《全唐詩》，（清）曹寅、彭定求等輯，清光緒元年（1875），撫州饒玉成雙峰書屋刻本。

《瑤臺風露》，（清）笈甫主人，同治七年，桐華舸鈔本。

《李白詩選》，（清）曾國藩編，高鐵郎選校，毛盛炯新評，上海新華書局，1928年。

　　《音注李太白詩》，（清）沈歸愚選，姚祝蓉音注，中華書局，1939 年。

　　《李太白詩醇》，（日）近藤元粹，明治四十一年（1908），青木松山堂鈴印本。

　　2、唐詩古詩選本、詩話、詩評、類書等

　　《唐文粹》，（宋）姚鉉，光緒庚寅秋九月，杭州許氏榆園校刊本。

　　《文章正宗》，（宋）真德秀著，（清）楊仲興刊刻，清乾隆三十三年（1768）重刻本。

　　《事文類聚》，（宋）祝穆著，（元）富大用、祝淵著，（清）文淵閣《四庫全書》本，中國臺灣商務印書館影印。

　　《後村先生大全集》，（宋）劉克莊著，上海涵芬樓景印舊鈔本，《四部叢刊》初編本。

　　《風雅翼》，（元）劉履編，何景春刊刻，明弘治刊本。

　　《唐詩品彙》，（元）高棅編，（明）汪宗尼校訂本，影刻本。

　　《唐詩鏡》，（明）陸時雍編，（清）文淵閣《四庫全書》本，中國臺灣商務印書館影印。

　　《刪訂〈唐詩解〉》，（明）唐汝詢撰，吳昌祺刪訂，清康熙四十年（1701），誦懿堂陳咸和刻本。

　　《文章辨體》，（明）吳訥，明嘉靖三十四年刊本。

　　《唐詩歸》，（明）鍾惺撰，譚元春選定，萬曆四十五年（1617）刻本。

　　《唐風定》，（清）刑昉，貴陽：邢氏思適齋，民國甲戌（23 年，1934），影明刻本，藍印本。

　　《唐詩選》，（清）王闓運編，成都：尊經書局，清光緒丙子二年，1876 年。

　　《唐詩別裁集》，（清）沈德潛，1912 年，上海掃葉山房，石印本。

《詩比興箋》，（清）陳沆，1959 年，中華書局。

《網師園唐詩箋》十八卷，（清）宋宗元，清乾隆三十二年（1767），尚網堂刻本。

《讀雪山房唐詩序例》，（清）管世銘，清光緒十二年（1886），湖北官書處刻本。

《養一齋李杜詩話》附《李杜詩話》，（清）潘德輿，《清詩話續編》本。

《御選唐宋詩醇》，（清）愛新覺羅‧弘曆，清光緒七年（1881），浙江書局刻本。

《求闕齋讀書錄》，（清）曾國藩著，王啟原編輯，清光緒二年（1876），傳忠書局刻本。

總　評

　　吳融曰：國朝能為歌詩者不少，獨李太白為稱首。蓋骨氣高舉，不失《頌》詠、《風》刺之道。(《禪月集序》)

　　朱熹曰：《題李太白詩後》「世道日交喪，澆風變淳原。不求桂樹枝，反棲惡木根。所以桃李樹，吐華竟不言。大運有興沒，群動若飛奔。歸來廣成子，去入無窮門。」林光之攜陳光澤所藏廣成子畫像來看，偶記李太白此詩，因寫以示之。今人捨命作詩，開口便說李、杜，以此觀之，何曾夢見他腳板耶！(《晦庵先生朱文公文集》(五)卷八十四，《朱子全書》二十四)

　　張以道問：「太白五十篇《古風》不似他詩，如何？」曰：「太白五十篇《古風》是學陳子昂《感遇》詩，其間多有全用他句處。」　　又曰：李太白詩不專是豪放，亦有雍容和緩底，如首篇《大雅久不作》，多少和緩！　　又曰：李太白詩非無法度，乃從容於法度之中，蓋聖於詩者也。《古風》兩卷，多倣陳子昂，亦有全用其句處。太白去子昂不遠，其尊慕之如此。然多為人所亂，有一篇分為三篇者，有二篇合為一篇者。(《朱子語類》(五)卷一百四十)

　　葛立方曰：李太白《古風》兩卷，近七十篇，身欲為神仙者，殆十三四：或欲把芙蓉而躡太清，或欲挾兩龍而凌倒景，或欲留玉舄而上蓬山，或欲折若木而遊八極，或欲結交王子晉，或欲高揖衛叔卿，或欲借白鹿於赤松子，或欲飡金光於安期生，豈非因賀季真有「謫仙」

之目，而固為是以信其說耶？抑身不用，鬱鬱不得志，而思高舉遠引耶！（《韻語陽秋》卷十一）

劉克莊曰：太白《古風》……六十八首，與陳拾遺《感遇》之作，筆力相上下，唐諸人皆在下風。（《後村詩話》卷一）

方回曰：太白初學《選》體，第一卷《古風》是也；第二卷古樂府，以後及諸五言，有建安，有稽阮，有陶，有謝，神出鬼沒，不可捕捉。（《桐江集》卷五）

吳沆曰：太白雖喜言酒色，然正處亦甚多。如《古風》之五十九首，皆《雅》也，如《蜀道難》《烏棲曲》《上留田》《白頭吟》《猛虎行》等，非《風》乎？如《上雲樂》《春日行》《胡無人》《陽春歌》《宜春苑奉詔》等，非《頌》乎？（《環溪詩話》）

范溫曰：建安詩辯而不華，質而不俚，風調高雅，格力遒壯。得風雅騷人氣骨，最為近古，惟李杜有之。（《唐宋詩醇》卷一引）

胡祇遹曰：謫仙乘龍去不換，白雲空鎖徂徠山……古風六十配風雅，一唱三歎清肺肝。（《紫山大全集》卷四《通徂徠山》）

劉履曰：李白……工為古歌詩，言多諷刺。嘗曰：「齊梁以來，艷薄斯極，沈休文又尚以聲律，將復古道，非我而誰？」故所著五十九首者，特以《古風》名題。今觀其詞，宏麗儁偉，雖未必盡合軌輒，而才逸氣邁，蓋亦劉越石、鮑明遠之儔歟？（《風雅翼》卷一一）

鄭鼐曰：《古風五十九首》之作，未嘗不從容於古人法度中也。孟氏曰：大匠誨人以規矩，不能使人巧，若太白者，可謂兼之矣。（范椁批選《李翰林詩》鄭鼐跋）

佚名曰：細讀《古風》，大約高處在不費力，不滿人意處在太明白。詠史出左太沖，遊仙出郭景純，餘則倣阮嗣宗《詠懷》。（嚴羽、劉辰翁評點，聞啟祥輯《李杜全集》，載明人批）

佚名曰：此《古風》五十九首，必應全收，且必置諸集首，太白平生之根抵也。紅批曰：詩人積哀起弊之由，特為搜幽根柢，杜工部

稱太白弟美之焉為。（林兆珂《李詩鈔述注》卷五上首注）

　　高棅曰：《五言古詩敘目》：詩至開元天寶間，神秀聲律，粲然大備。李翰林天才縱逸，軼蕩人群，上薄曹、劉，下凌沈、鮑，其樂府、古調，若使儲光羲、王昌齡失步，高適、岑參絕倒，況其下乎！朱子嘗謂：太白詩如無法度，乃從容於法度之中，蓋聖於詩者，其《古風》兩卷，皆自陳子昂《感遇》中來，且太白去子昂未遠，其高懷慕尚也如此，今揭二公為正宗……使學者入門，立志取正於斯，庶無他歧之惑矣。（《唐詩品彙》）

　　童軒曰：今觀李詩《古風》五十九首及《遠別離》《蜀道難》諸作，大抵得於「變風」之體居多。（《楊學士詩序》《明文海》卷二六一）

　　朱諫曰：《古風》者，倣古風人之體而為之辭者也。夫十三國之詩為《國風》，謂之風者，如物因風之動而有聲，而其聲又足以動物也。刪後無詩，《風》變為《騷》，漢有五言，繼《騷》而作，以其近古，故曰《古風》；晉魏再變，則又有七言、九言，或至十一言者，及《效古》《擬古》等作，支流雖異，本原則一，中唐以下乃以《古風》為古選，七言為《古風》而又有長短句之不齊曰《選》者，以《文選》之所集者而言也，殊不知《選》之所集者正《古風》也，七言其餘裔耳，安得轉以《古風》之名而獨加於七言乎？體制不明，名義乖舛，耳目所膠，莫之能究。李詩所謂《古風》者，止五十九章，美刺褒貶，感發懲創，得古風人之意，章皆五言，從古體也，其歌吟辭謠多七言者，不與焉。（《李詩選注》卷一《古風小序》）　　又曰：白《古風》詩五十九章，所言者世道之治亂，文辭之純駁，人物之邪正，與夫遊仙之術，宴飲之情，意高而論博，間見而層出。諷刺當乎理，而可為規戒者，得風人之體。《三百篇》以下，漢魏晉以來，言詩之大家數者，必歸於白出於天授，有非人力所及也。《古風》以下諸詩，亦取其絕雅者繹而釋之，其非李白之作，與夫似是而非者，皆在所略云。（《李詩選注》卷一末）

　　李夢陽曰：然予觀陳子昂《感遇》詩差為近之，唐音渢渢乎開源矣。及李白為《古風》，咸祖籍詞，宋人究原作者，顧陳、李焉極，豈其未覯籍作邪？孰謂天下有鍾期哉。（《嘉靖尉氏縣志》）

　　楊慎曰：陳子昂懸文宗之正鵠，李太白曜《風》《雅》之絕麟。（《四川總志序》）

　　李濂曰：五言古體，其衰於唐乎？何以知其然也？夫有唐好古之士，自陳拾遺後，莫若李、杜，李白《古風》五十九篇，首憫「大雅不作」，慨然有復古之志，上而擬諸漢魏諸子之作，豈其然乎？（《嵩渚文集》卷之九十）

　　王心曰：心嘗讀古人書，見漆園吏、謫仙人、東坡翁之文，如天馬行空，不可施以羈勒，信天才所到，非學力可及也。莊、蘇以論辯，李以詩。宋人評子瞻，有「詩不迨古人」之語；然則三代而下，語詩才，惟白一人而已。其曰「大雅不作」「正聲微茫」「志在刪述」，而「希聖獲麟」，則其識見固過人遠甚。高視千古，蕭然物表，真如秋水芙蓉，不假雕飾，其胸度曠逸，有如此者！夫識見過人，則託意深遠；胸度曠逸，則情興自然。復有天才罕並，則其辭駿發而超邁，格變化而典刑。朱子獨稱白聖於詩，雖子美不與焉，其諸謂此歟！（朱諫《李詩選注辯疑》卷首王心序）

　　萬虞愷曰：詩自《三百篇》變而為《騷》，《騷》變為五言，由漢迄魏晉，作者不一，體亦屢變。《騷》而下，沖澹雅適，得《風》《雅》遺趣者，惟陶淵明近之。比唐，則作者益少。五言七言長短諸體悉備，亦各就其才，各成其家，求其溫柔敦厚如《風》《雅》者，不多見矣。然今之言詩者，淵明而下，必稱唐人，豈不知《風》《雅》之足尚邪？要之時世風氣之變，古風殆不可追也。唐詩名家以十數稱，大家則惟李、杜齊名，冠絕一代。（《李杜詩集》卷首）

　　屠隆曰：李如《古風》數十首，感時託物，慷慨沉著，安在其萬景皆虛。（《屠緯真文集》）

　　梅鼎祚曰：太白《古風》自子昂《感遇》中來。然陳以精深，李

以鴻明；而陳有意乎古，李近自然。〔註1〕（《李詩鈔評》卷二）

　　佚名曰：出自羲皇幾度秋，聖經賢傳至今留。源源義理包天地，燦燦文光射斗牛。大道不隨秦火滅，遺言當向孔門求。於今四海多英俊，學校弘開力進修。（梅鼎祚《李詩鈔評》卷二，上首批文，《唐二家詩鈔》本）

　　胡應麟曰：盛唐李杜，氣吞一代，目無千古。然太白《古風》，步驟建安。又曰：備諸體於建安者，陳王也；集大成於開元者，工部也。青蓮才之逸，並駕陳王；氣之雄，齊驅工部，可謂撮勝二家。第古風既乏溫淳，律體微乖整栗，故令評者不無軒輊。又曰：世多謂唐無五言古。篤而論之，才非魏晉之下，而調雜梁陳之際，截長絜短，蓋宋齊之政耳。如……太白《古風》《書懷》……皆六朝之妙語，兩漢之餘波也。（《詩藪》內編卷二）

　　許學夷曰：陳子昂《感遇》、李太白《古風》，氣味格調自魏而來，前後一轍，但較之漢人，尚嫌其太露。（《詩源辨體》卷二五）

　　胡震亨曰：《古風》六十首，舊作五十九首，《詩紀》分第二十首為三首，作六十一首。今考第二十《昔我遊齊都》一篇，辭意止可分為二首，合之適得六十，於成數似符云。按太白《古風》，其篇富於子昂之《感遇》，儉於嗣宗之《詠懷》，其抒發性靈，寄託規諷，實相源流也。但嗣宗詩旨淵放，而文多隱避，歸趣未易測求；子昂淘洗過潔，韻不及阮，而渾穆之象尚多苞含。太白六十篇中，非指言時事，即感傷己遭，循徑而窺，又覺易盡，此則役於風氣之遞盛，不得不以才情相勝，宣洩見長，律之往制，未免言表繫外，尚有可議，亦時會使然，非後賢果不及前哲也。（《李詩通》卷六）

　　孫慎行曰：已嘗以四種衰裁之，如太白歌曲、七言、《古風》，有

―――――――――

〔註1〕此條評論，詹鍈本注出自《朱子語類》卷一百四十，「太白《古風》自子昂《感遇》中來」是朱熹語，然後半段然遍查朱熹無此語。此條見梅鼎祚《李詩鈔評》卷二《古風》十四首下小字注文，《唐二家詩鈔》本，萬曆七年鹿裘石室刻本，藏上海市圖書館。後半段為梅鼎祚針對朱熹觀點的進一步細化深論。詹鍈本誤。

迫狹一世之心，是之為可興；樂天《新樂府》，極鋪陳百年之變，是之為可觀；子美《北征》《秋興》《收京》，歷艱難而無訾誹，是之謂可怨；太白《宮中行樂詞》《閨情詩》寫深至而無艷泆，是之為可羣。諸類是者，若谷藏山峙，不可量也。（《玄晏齋集》卷一）

陸時雍曰：太白《古風》八十二首，發源於漢魏，而託體於阮公，然寄託猶苦不深，而作用間尚未盡委蛇盤礴之妙。要之，《雅》道時存。（《詩鏡總論》）

錢謙益曰：太白之《古風》，多倣陳子昂也。（《牧齋有學集》卷十九）

黃宗羲曰：《古風》六十篇十二言仙，九言遊仙，譏玄宗崇尚玄學，多借秦、漢為喻，自謂神仙可致，聊抒曠思，皆為昔賢發覆。（《明文海》卷二百二十七序十八）

朱鶴齡曰：夫古之作者，纂緒造端，淪瀾百變，而其中必有根抵焉。上之補裨風化，下之陶寫性情，如伯玉《感遇》三十八首，伯玉詩之根抵也；太白《古風》五十九首，太白詩之根抵也。（《汪周士詩稿序》《愚庵小集／傳家質言》卷八）

朱茂暘曰：明之詩家，學杜者多，學李者少，學李絕句者多，學李古風者少，第十五叔父，雖曾選中晚唐人詩以行，然心慕手追，專師謫仙人者。論者謂先叔父古風蕭蕭瑟瑟，譬諸華流東注，河漸西來，伏流過峽，終難得其濬發之地，或又曰比諸出水芙蓉，天然去其雕飾，其為大雅所推挹若是。（《曝書亭集》卷二十二）

王士禎曰：「李詩有古調，有唐（常）調，分別觀之。」所錄止《古風》二十八首，蓋以為此皆古調也。然此內如《秦皇掃六合》《天津三月時》《鄭客西入關》諸篇，皆出沒縱橫，非斤斤於踐跡者。即此可悟古調不在規摹字句，如後人之貌為《選》體，拘拘如臨帖者。所謂古者，乃不古耳。又曰：子昂、太白，蓋皆疾梁陳之艷體而思復古道者，然子昂以精深復古，太白以豪放復古，必如此乃能復古耳。若其揣摹於形跡以求合，奚足言復古乎？（翁方綱《石洲詩話》

卷一）

　　王士禛曰：唐五言古詩凡數變，約而舉之：奪魏晉之風骨，變梁陳之俳優，陳伯玉之力最大，曲江公繼之，太白又繼之。《感遇》《古風》諸篇，可追嗣宗《詠懷》，景陽《雜詩》。（《五言詩凡例》）

　　宋犖曰：阮嗣宗《詠懷》、陳子昂《感遇》、李太白《古風》、韋蘇州《擬古》，皆得《十九首》遺意。于鱗云：「唐無古詩而有其古詩」彼僅以蘇、李、《十九首》為古詩耳，然則子昂、太白諸公非古詩乎？余意歷代五古，各有擅長。（《漫堂說詩》）

　　沈德潛曰：太白詩縱橫馳驟，獨《古風》二卷，不矜才，不使氣，原本阮公，風格俊上，伯玉《感遇》詩後，有嗣音矣。（《唐詩別裁》卷二）

　　沈德潛曰：唐顯慶、龍朔間，承陳、隋之遺，幾無五言古詩矣。陳伯玉力掃俳優，仰追曩哲，讀《感遇》等章，和詹黃初、正始間也。張曲江、李供奉繼起，風裁各異，原本阮公。唐體中能復古者，以三家為最。（《說詩晬語》）

　　杜詔曰：至太白志氣宏放，當天寶間懇求還山，終日沉飲，所著《古風》五十九篇，直與嗣宗《詠懷》十篇相上下。（《雲川閣集·詩》卷九）

　　趙翼曰：《古詩五十九首》非一時之作，年代先後，亦無倫次，蓋後人取其無題者彙為一卷耳，如第十四首述用兵開邊之事，譏明皇黷武，則天寶初年事也。第十九首「俯視洛陽川，茫茫走胡兵」則安祿山陷東都時也；二十四首鋪張鬬雞之賈昌，則開元中事也；三十四首「渡瀘及五月，將赴雲南征」，則鮮于仲通用兵雲南事也；三十七首「而我竟何辜，遠身金殿旁」，則自供奉韓麗後放還山時作也；長洲許元祐指第十四首即以為征雲南，而並欲改詩中「三十六萬人」為「二十六萬人」，謂雲南之師實二十萬人也，不知此篇開首即云「胡關饒風沙」，又有「天驕毒威武」等句，皆指塞外戎虜，何嘗有一字涉南蠻耶？（《甌北詩話》卷一）

　　謝啟昆曰：《古風》哀怨激騷人，刪述千篇接獲麟。露草飛螢覷郊島，空山流水見天真。(《樹經堂詩初集》)

　　管世銘曰：李太白《古風》一卷，上薄《風》《騷》，顧其間多隱約時事，如《蟾蜍薄太清》為王皇后被廢而作，《胡關饒風沙》為哥舒開邊而作，《天津三月時》為林甫斲棺而作，《羽檄如流星》為鮮于喪師而作，至後一章云：「比干諫而死，屈平竄湘源。彭咸久淪沒，此意與誰論？」又一章云：「姦臣欲竊位，樹黨自相群。果然田成子，一旦殺齊君」直指國忠、祿山亂政跋扈，不啻垂涕而道之也。世推杜工部為詩史，而知太白之意者少矣，故特揭而著之。陳、張《感遇》，出於阮公《詠懷》；供奉《古風》，本於太沖《詠史》。(《讀雪山房唐詩序例》)

　　錢泳曰：古人以詩觀風化，後人以詩寫性情。性情有中正和平，姦惡邪散之不同，詩亦有溫柔敦厚，噍殺浮僻之互異。性靈者，即性情也。沿流討源，要歸於正，詩之本教也。如全取性靈，則將以樵歌牧唱盡為詩人乎？須知笙鏞箏笛，俱不可廢《國風》《雅》《頌》。夫子並收，總視其性情之偏正而已。唐人五古凡數變，約而舉之，奪魏晉之風骨，換梁陳之俳優。譬諸書法，歐、虞、褚、薛，俱步兩晉六朝後塵，而整齊之耳。若李、杜兩家，又當別論，然李之《古風》五十九首，儼然阮公《詠懷》；杜之《前後出塞》《無家別》《垂老別》諸篇，亦曹孟德之《苦寒行》，王仲宣之《七哀》等作也。(《履園譚詩》)

　　《唐宋詩醇》曰：白《古風》凡五十九首，以此篇（「惻惻泣路歧」）結之，總厥所述，遠追嗣宗《詠懷》，近比子昂《感遇》，其間指事深切，言情篤摯，纏綿往復，每多言外之旨，白之流品，亦可睹其概焉。夫開元、天寶，治亂迥殊，林甫、國忠相繼柄政，宵小盈朝，賢人在野，卒致祿山之亂，宗社幾墟。白以倜儻之才，遭讒被放，雖放浪江湖，而忠君憂國之心，未嘗少忘，身世之感一於詩發之，諸篇之中可指數也。豈非《風》《雅》之嗣音，詩人之冠冕乎？朱子嘗欲

擇歷代志詩為一編，以繼《三百篇》《楚辭》之後，而以白之《古風》為之羽翼輿衛，蓋有以取之矣，群兒謗傷，何足信哉？（卷一）

延君壽曰：從前見前朝人文集，開卷即有《擬古詩十九首》者，夫此安可擬之哉！試看太白《古風》一卷，有一句一字依傍古人否？學古在神不在跡，譬如優孟裝關帝，焉能真是關帝？（《老生常談》）

方東樹曰：太白《古風》曲江《感遇》自述懷抱，同於詠史亦可也。（《昭昧詹言》卷一）　　又曰：一首有一首章法，一題數首，又合數首為章法，有起，有結，有倫序，有照應，若闕一不得，增一不得，乃見體裁，陳思《贈白馬王》，謝家兄弟《酬答》，子美《遊何將軍園》之類是也。又有隨所興觸，一章一意，分觀措雜，總述紊紊，子昂《感遇》太白《古風》子美《秦州雜詩》之類是也，後人一題至十數章，甚或二三十章，然意旨詞采，彼此互犯，雖搆多篇，索其旨歸，一章可盡，不如割愛之為愈已。（《昭昧詹言》卷十）

梁章鉅曰：竊謂太白之神采，必有迥乎常人者，司馬子微一見，即謂其有仙風道骨，可與神遊八極之表；賀知章一見，即呼為謫仙人；甚至唐玄宗一見，即若自失其萬乘之尊者。其人如此，其詩可知，故斷非學力所能到。惟《古風五十九首》，語多著實，不徒為神仙縹緲之談，則後學所當熟復之。（《退庵隨筆》卷二十一）

黃培芳曰：青蓮五古一體，《古風》外，余好讀其《遊泰山》數首，教學子三復之，自有生氣拂拂，從十指間出。（《粵嶽草堂詩話》卷二）

陳沆曰：詩有必箋之而後明者，嗣宗《詠懷》、子昂《感遇》是也；有必選之而始善者，太白《古風》是也。夫才役乎情者，其色耀而不浮，氣帥乎志者，其聲肆而不蕩，不浮故感得深焉，不蕩故趣得永焉。世誦李詩，惟取邁逸，才耀則情竭，氣慓則志流，指事淺而易窺，攄臆徑以傷盡，致使性情之比興盡掩於遊仙之陳詞，實末學之少別裁，非獨武庫之有利鈍也。《古風》五十九篇，今箋其半，彬彬乎可以興，可以觀焉。詩不云乎：「參差荇菜，左右芼之」，又曰：「他

人有心，予忖度之。」　　又曰：以上諸章（按：蟾蜍薄太清、周穆八荒意、秦王按寶劍、殷后亂天紀、秦王掃六合、戰國何紛紛、蓐收肅金氣、一百四十年、代馬不思越、胡關饒風沙、羽檄如流星、燕昭延郭隗、大車揚飛塵、碧荷生幽泉、孤蘭生幽園、羽族稟萬化、鳳飢不啄粟、綠蘿紛葳蕤、青春流驚湍、桃李開東園）多感時思遇之意，以下諸章（按：登高望四海、倚劍登高臺、八荒馳驚飆、世道日交喪、三季分戰國、玄風變大古、西嶽蓮花山、鄭客西入關）則避亂遠舉之思。蓋《古風》諸篇，半作於天寶之前，半作於天寶以後，說者多混，故以類從而分箋之。（《詩比興箋》卷三）

潘德輿曰：李之《古風》六十首，直追正始以前，其才力更在射洪、曲江而上，昔人既以復古許之，不待言矣。又曰：太白嘗言：齊梁以來艷薄斯極，將復古道非我而誰。其一生式靡起衰，全在《古風》、樂府。（《養一齋李杜詩話》）

方濬頤曰：太白《古風》中，或論大道，或言文章，或慕仙靈，或感世事，蓋合《詠懷》《遊仙》《感遇》諸作而為之，其及世事則較阮公太露矣。（《夢園書畫錄》卷二十四）

陳僅曰：問：太白古詩五十九首，歷來解家總不明晰，究其用意何在？（答）：太白古詩五十九首，是被放後蒿目時事，洞燭亂源，而憂讒畏譏，不敢顯指。故首章以說詩起，若無與於治亂之數者。而以《王風》起，以《春秋》終，已隱自寓詩史。自後數十章，或比或興，無非《國風》《小雅》之遺。末言翕翕訿訿，朋黨傾軋，惟一二失權之士，相與憂國求規，明明大聲疾呼，彼在位者，終褎如充耳也。其歸結之旨昭然，誰謂太白忠愛出少陵下哉！（《竹林答問》）

陳廷焯曰：自《風》《騷》以迄太白，皆一線相承，其間惟彭澤一派超然物外，正如巢、許、夷、齊，有不可以常理論。至杜陵負其倚天拔地之才，更欲駕風騷而上之，則有所不能。僅於風騷中求門戶，又若有所不甘，故別建旗鼓以求勝於古人。詩至杜陵而勝，亦至杜陵而變。顧其力量充滿，意境沉鬱，嗣後為詩者舉不能出其範圍，

而古調不復彈矣。……世人論詩，多以太白之縱橫超逸為變，而以杜陵之整齊嚴肅為正。此第論形骸，不知本原也。太白一生大本領全在《古風》五十九首。今讀其詩，何等樸拙，何等忠厚！至如《蜀道難》《行路難》《天姥行》《鳴皋歌》等篇，粗而不精，枝而不理，絕非太白高作。若杜陵忠愛之忱，千古共見，而發為歌詠則無一篇不與古人為敵，其陰狠在骨，更不可以常理論。故余嘗謂太白詩人，謹守古人繩墨，亦步亦趨，不敢相背。至杜陵乃真與古人為敵，而變化不可測矣。(《白雨齋詞話》卷七)

　　宋育仁曰：《古風》運陰、何之俊響，結曹、王之深秀，第才多累質，振采未沉。七言雄放，多用典籍成語，正如亂頭粗服，益見其佳。(《三唐詩品》)

　　鄧繹曰：太白好稱《古風》，不珍綺麗，其實乃入六朝範圍。(《藻川堂譚藝》)

　　桐華舸主人曰：右詩五十九首，即亞聖蹟熄詩亡之旨，唐以詩取士，故文運關乎世運，旁通曲鬯。太白一生本領具見於此，至其用筆遣詞寓沉摯於俊逸之中，含悲哀於清新之內，仙骨珊珊，非復人間節奏所加硃評，真太白功臣也。(《瑤臺風露》)

　　雷松舟曰：至如陳射洪、張曲江之《感遇》，李青蓮之《古風》，雖建安諸子何多讓焉？(《龍山詩話》卷一)

　　鍾秀曰：唐人五言古詩，復古之功，當推太白，觀其《古風》第一首所云，已知其能以復古自任者。陳射洪雖有追復阮公《詠懷》之意，一時諸公皆慾力掃齊梁，直窺漢魏，然阮公之人品已屬不高，射洪即力追，亦至阮而已。至其《感遇》諸詩，尚不敵曲江，何況太白？惟氣格咸張，風規日上，自魏徵《述懷》之後而已然矣。余謂學五古者，短篇則太白之《古風》，長篇則少陵之《北征》，當從此入門。(《觀我生齋詩話》卷三)

　　范椅、周采曰：李白《古風》：「大雅久不作，吾衰竟誰陳？……」周若予曰：「晦庵以太白不專豪放，如此篇多少和緩，良然。」(《詩

學鴻裁》卷上）

　　吳在霛、吳銓鑪曰：青蓮作近體如作古風，一氣呵成，無對待之跡，有流行之樂，境地高絕。(《詩書畫彙編》卷上）

　　《書墨香閣詩稿後》：操末以推本，沿委以窮源。故少陵有江上之憶，三峽倒流之詠辭，之源奚，來在積卷軸，傾其液妙，檢繩墨，變其法，所為務本也。今夫詩之為辭多方矣，已慨歎大雅之不復，作久衰歇，古風之無能，陳乖其方，而溯遊溯洄，求遇宛在，愈甚無益也。(〔清〕趙勤修，陳之驥纂《同治攸縣志》，清同治十年刻本，卷四十九）

集　評

其一　大雅久不作

大雅久不作，吾衰竟誰陳[1]？王風委蔓草，戰國多荊榛[2]。
龍虎相啖①食，兵戈逮狂秦[3]。正聲何微茫②！哀怨起騷人[4]。
揚③馬激頹波，開流蕩無垠[5]。廢④興雖萬變[10]，憲章亦已淪[6]。
自從⑤建安來，綺麗不足珍[7]。聖代復元古，垂衣貴清真[8]。
群才屬休明，乘運共躍鱗[9]。文質相炳煥，眾星羅秋旻[10]。
我志在刪述，垂⑥輝映千春[11]。希聖如有立，絕筆於獲麟[12]。

題解

　　朱諫《李詩選注》言：賦也。白為《古風》之詩，以敘古今之治亂，文辭之變態，及天時人事之不齊，諷刺臧否之意寓於詠歌之間。此其首章，言文辭也。

按：此篇題旨是論政，還是論詩，古人多籠統言之，近代以來存在爭議。朱諫所言，半是而半謬。詳見篇末按語。

編年

　　安旗繫於天寶九年〔註1〕（750年），時李白50歲。

按：此篇作年不詳。大抵在李白五十歲前後，「知天命」之年，由李白詩文中對「吾衰」「大雅」等關鍵詞的運用可略推之。詳見篇末按語。

――――――――――

〔註1〕天寶三年，玄宗改年為載，然安旗本中皆以「年」為稱，此為引安氏之說，不便遽為改動，特為出注，以下同者從略。

校記

① 啖：胡震亨《李詩通》作「噉」。

② 茫：兩宋本作「芒。」

③ 揚：兩宋本作「楊」，咸淳本、楊蕭本、嚴羽點評本、《唐李白詩》作「揚」。
按：由於字形相似，二字左半書寫往往連筆，故常通用。據上下詩意，此
當指漢代「揚雄」，故「揚」字為信。

④ 廢：咸淳本注「一作占」。

⑤ 自從：兩宋本注「一作蹉跎」。

⑥ 垂：兩宋本作「重」。按：從字意看，二者皆通。「重」為重新、再次之意，
側重繼承；「垂」有留傳之意，側重於「開來」。「垂」字意勝，後世諸多
李白集版本皆從「垂」字。至於此二字異文產生之原因，似與兩宋本編選
者宋敏求有關，其父宋綬，字公垂，或為避家諱所致。詹鍈本認為「垂」
字與上文「垂衣」重，故「重輝」亦可通，然「五十九首」一篇之內重字
者頗多，此理由似不妥。

注釋

（1）大雅，《詩經》的組成部分之一，《雅》詩共105篇，《大雅》31篇，《小
雅》74篇。《詩大序》言：「雅者，正也，言王政之所由廢興也。政有大
小，故有《小雅》焉，有《大雅》焉。」　作：起，興。　吾衰：《論
語·述而》：「子曰：甚矣，吾衰也。」　竟：究竟。　陳：述說。《禮
記·王制》：「命太史陳詩以觀民風。」

句解：楊齊賢曰：「《大雅》不作，則斯文衰矣。」唐汝詢曰：「言《大雅》既
絕，而宣尼又衰，時以無復陳詩者。」王琦曰：「『吾衰竟誰陳』，是太
白自歎吾之年力已衰，竟無能陳其詩於朝廷之上也。楊氏以斯文衰萎
為釋，殊混。唐仲言《詩解》引孔子「吾衰」之說，更非。徐昌穀謂
首二句為一篇大旨，『綺麗不足珍』以上是申第一句意，『聖代復元古』
以下是申第二句意，其說極為明瞭。學者試一玩味，前之二解，不待
辯而確知其誤矣。《本事詩》曰：『李白才逸氣高，與陳拾遺齊名，先
後合德。其論詩云：梁、陳以來，艷薄斯極。沈休文又尚以聲律。將
復古道，非我而誰！』此詩乃自明其素志歟？」

按：以上三家分歧乃在於如何理解「吾衰」之「吾」所指為何。楊齊賢認為
指「斯文之衰」，唐汝詢認為指「仲尼之衰」，王琦則認為指「太白自歎

年力已衰」。余意認為，此句之主語當承上句「大雅久不作」而來，《大雅》詩歌雅正淳樸，一派天然，是李白認為符合王道的最好詩歌，產生《大雅》的時代民風和順，政治清明，也是李白認為產生好詩的最好時代，然「大雅不作」也正是後來整個詩歌代變代衰的起源。承接此意，「吾衰」也當指李白自歎衰老，慨歎雖有復振《大雅》之心，奈何垂垂老矣，「吾衰」之後，還有誰能同此心，能有此力？「吾衰竟誰陳」一句，一方面洋溢著「以復歸風雅為己任」的自信，一方面又充滿著「恐年歲之不吾與」的恐慌，害怕自己衰老之後，無人能擔此任，朱諫《李詩選注》亦云：「又恐老之日侵，而力所不及也」，當是。杜甫《遣懷》亦有「吾衰將焉託」語，可為一證，故三者之中，王琦之說似更確切。

　　然王氏之說後半句「竟無能陳其詩於朝廷之上」似誤，此「陳」乃陳的是太白以復歸風雅自任的志向，與「我志在刪述，垂輝映千春」前後首尾呼應。「竟誰陳」連接下句至「綺麗不足珍」，太白歷數春秋戰國至唐前，詩風每況愈下，萎靡不振的狀況，慨歎歷代以來竟沒有人能重振「《大雅》」精神。只能寄希望以大唐之盛，崇尚清真，人才星羅，可以在有生之年實現自己「希聖」的願望。盛唐詩人多有與此相類的表達，如王建《寄李益少監兼張實遊幽州》：「大雅廢已久，人倫失其常」，孟郊《答姚怤見寄》：「大雅難具陳，正聲易漂淪」，杜甫《秦州見敕目薛三據授司議郎，畢四曜除監察，與二子有故，遠喜遷官，兼述索居，凡三十韻》：「大雅何寥闊，斯人尚典刑」。宋人劉敞《雜詩》二十二首其十一：「古風不可復，習俗已久敝。咄嗟忠與信，流蕩為詐術。詐忠惑其君，詐愚安其身。色屬內以荏，行違貌取仁。三年始橫流，後來更日新。至公棄塗炭，正道敗荊榛。已矣千載後，誰能反其身。」亦似可作為對「大雅久不作」原因的注解。

（2）王風：《詩經》十五國風之一，共 10 篇。《詩大序》：「《關雎》《麟趾》之化，王者之風。」按：王風，當泛指王者之風，而不僅指《王風》諸篇。周平王東遷，周王室地位下降，與諸侯無異，其詩亦不能復歸於大小《雅》之正，故以諸侯王國之《風》諷刺貶責之，其音哀以思，象徵王道之衰微。《文選·謝瞻》：「王風哀以思，周道蕩無章。」　　委：丟棄，捨棄。《廣雅》：「委，棄也。」　　戰國：顏師古《漢書注》：「春秋以後，周室卑微，諸侯強盛，交相功伐，故總謂之戰國。」　　荊：荊棘，荊條。　　榛：叢生的樹木。

（3）龍虎：指戰國諸侯。班固《答賓戲》：「曩者王塗蕪穢，周失其馭，侯伯方軌，戰國橫騖。於是七雄虓闞，分裂諸夏，龍戰虎爭。」　相啖食：互相吞併。　兵戈：代指戰爭。　逮：及，到。《論語‧季氏》：「政逮於大夫四世矣。」　逮狂秦：陶潛《飲酒詩》之二十：「洙泗輟微響，漂流逮狂秦。」

（4）正聲：雅正的詩風。《禮記》：「正聲感人而順氣應之。」　何：多麼。　騷人：詩人，此特指屈原。《史記‧屈原賈生列傳》曰：「屈平之作《離騷》，蓋自怨生也。」蕭統《文選序》：「楚人屈原，含忠履潔。君匪從流，臣進逆耳。深思遠慮，遂放湘南。耿介之意既傷，壹鬱之懷靡訴。臨淵有懷沙之志，吟澤有憔悴之容。騷人之文，自茲而作。」宋宗元《網師園唐詩箋》：「《玉篇》：騷，愁也。按屈原作離騷言遭憂也，故向謂詩人為騷人。」

（5）揚馬：指漢代辭賦家揚雄、司馬相如。　激：激蕩。　頹波：朱諫注：「波流而下頹者也。」（以下簡稱「朱注」）《莊子注》：「波流頹靡之義。」　開流：朱注：「導其流也。」　無垠：朱注：「垠，岸也；無垠，言無畔岸也。」

（6）廢興：王朝之興衰輪替。　萬變：《莊子》：「千轉萬變而不窮。」　憲章：法度典章。按：這裡指以《大雅》為代表的古詩創作所遵循的精神和規則。　淪：沉淪，沒落。

（7）建安：東漢獻帝（196～219）年號。當時文壇以三曹父子和建安七子為代表。建安時期詩風慷慨悲涼，建安後，由正始到兩晉，詩風轉向華美綺麗。

按：此句李白對「綺麗不足珍」的批判是否包括建安詩歌在內，後世評論家分歧頗多。認為包括建安詩歌的有：嚴羽評《李太白詩集》曰：「以建安為綺麗，具眼。」朱注：「曹植、王粲、應瑒、阮瑀、陳琳、劉楨、徐幹等七人，辭多綺麗，號建安七子。」劉楨《公讌詩》：「投翰長歎息，綺麗不可忘。」周中孚曰：「太白云：『自從建安來，綺麗不足珍。』昌黎云：『齊梁及陳隋，眾作等蟬噪。』二公俱有鄙棄六朝之意。嚴久能注云：『鄙意謂太白、昌黎詩亦自六朝出。此云云者英雄欺人語耳。』少陵云：『李侯有佳句，往往似陰鏗。』亦以六朝許之。（《鄭堂劄記》卷一）現代學者王運熙、詹鍈等，亦認為包括建安詩歌在內。

　　認為不應包括建安詩歌者如：《本事詩》曰：「白論詩云：齊、梁以

來，艷薄斯極。」劉勰《明詩》云：「建安之初，五言騰踊，不求纖密之
巧，惟取昭晰之能。何晏之徒，率多浮淺，惟嵇志清峻，阮旨遙深，故
能標焉。晉世群才，稍入輕綺，采縟於正始，力柔於建安。觀白此篇即
劉氏之意。指歸《大雅》，志在刪述，上溯風騷，俯觀六代，以綺麗為賤，
清真為貴。」許學夷曰：「建安之詩體雖敷敘，語雖構結，然終不失雅正。
至齊梁以後，方可謂綺麗也。劉公幹《公讌詩》云：『投翰長歎息，綺麗
不可忘』，是歎一時所見之綺麗耳，即文帝詩：『感心動耳，綺麗難忘也。』
李太白詩：『自從建安來，綺麗不足珍』，蓋傷《大雅》不作，正聲微茫，
故遂言建安以來，辭賦綺麗，已不足珍。猶韓退之《石鼓歌》云：『羲之
俗書趁姿媚』是也，此皆豪士放言耳。蕭士贇即引公幹語注釋李詩，指
以為實，非癡人前說夢耶？」（《詩源辯體》卷七）。沈德潛曰：「昌黎云：
『齊梁及陳隋，眾等作蟬噪。』太白則云：『自從建安來，綺麗不足珍。』
是從來作豪傑語。『不足珍』謂建安以後也。《謝朓樓餞別校書叔雲》云：
『蓬萊文章建安骨』一語可證。」（《唐詩別裁》）宋宗元曰：「『正聲』六
句，識高論卓。『建安來』，指建安以後言。末二句志在夫子刪述以垂教
也。」（《網師園唐詩箋》）徐仁甫《李太白詩別解》：「『自從建安來』，『來』
非來去之來，『來』當訓『後』，謂自從建安後，乃綺麗不足珍。建安本
不在『綺麗不足珍』之中，讀者不可不辨！」

　　余意認為，該二句不僅不應包括建安詩歌慷慨悲涼的部分，也不應
包括建安以後至唐前「綺麗」特徵之外的詩歌。建安詩歌早期以三曹父
子為主的詩歌大部分是關注現實，慷慨任氣的風骨之作，李白也稱「蓬
萊文章建安骨」，是對這一部分詩歌的肯定，然建安詩歌也存在少數綺麗
之作。建安以後，綺麗之作大增，但同時也有部分自然樸素，清新俊逸
之作，如李白歌頌之「中間小謝又清發」。所以，「自從建安來，綺麗不
足珍」，陳述的只是建安以來，比較之前質木無文的兩漢詩歌而言，綺麗
之作空前增多，已然不足珍視的事實而已，似不應以建安為界限劃分前
後，統而言之，一概而論。這既不符合詩歌發展的歷史事實，也並非李
白本意所在。以上兩方，非此即彼，針鋒相對，似皆入此誤區。《漁隱叢
話》曰：「《詩眼》云：建安詩辯而不華，質而不俚，風調高雅，格力遒
壯，其言直致而少對偶，指事情而綺麗，得《風》《雅》《騷》人之氣骨，
最為近古者也。唐諸詩人，高者學陶、謝，下者學徐、庾，惟老杜、李
太白、韓退之早年皆學建安，晚乃各自變成一家耳……李太白亦多建安

句法而罕全篇，多雜以鮑明遠體。」就是從詩人學詩的角度出發而論，頗具慧眼。蓋此二句只是言建安以後，綺麗之作大增的事實，而並非是排除建安以後的所有詩歌，此為不可不辨之處。不明此處，則易入窮巷。

（8）聖代：聖明的時代，此指李白生活的盛唐。　復：本意為返回，此引申為恢復。　元古：上古。　垂衣：意指休養生息，無為之治。《易·繫辭下》：「黃帝、堯、舜垂衣裳而天下治。」王充《論衡·自然》：「垂衣裳者，垂拱無為也。」　貴：注重，重視。　清真：樸素自然，與「綺麗」相對言。《晉書》：「庾亮臨薨，上疏稱王羲之清真有鑒裁。」《河嶽英靈集序》：「開元十五年後，聲律風骨始備矣。實由主上惡華好樸，去偽存真，使海內詞唱翕然尊古，南風、周雅，稱闡今日。」

（9）群才：朱注：「謂當時文士也。」　屬：適逢。　休明：美好、清平的盛世。《左傳》：「王孫滿曰：德之休明。」潘岳《西征賦》：「當休明之盛世。」　躍鱗：像魚躍龍門一樣借機施展才華。王珪《詠漢高祖》：「乘運以躍鱗。」

（10）文質：詞藻和內容。《禮表記》：「虞夏之文不勝其質，殷周之質不勝其文。」《論語·雍也》：「子曰：質勝文則野，文勝質則史。文質彬彬，然後君子。」　炳煥：光彩耀眼的樣子。相炳煥：謂二者相得益彰。　眾星：喻指大唐盛世湧現的眾多有才之人，與上文「群才」互見。司馬相如《長門賦》：「觀眾星之行列兮。」　羅：散佈。　旻：天空。《爾雅·釋天》：「秋為旻天。」秋旻：此指秋天的夜空。此句意為，大唐盛世湧現的眾多人才，就像秋天的夜空散佈的璀璨群星一樣。

（11）刪述：《尚書序》：「先君孔子……刪《詩》為三百篇，約史記而修《春秋》，贊《易》道以黜《八索》，述職方以除《九丘》。」《孝經序》：「子曰：吾志在《春秋》。」《論語》：「述而不作。」　千春：千載。謝朓《酬德賦》：「吹萬化而不喧，度千春之可並。」

（12）希聖：希慕聖人，傚法聖人。夏侯湛《閔子騫贊》：「聖既擬天，賢亦希聖。」宋范仲淹：「先民有言曰：『希聖者亦聖之徒也。』」《文選》卷五三李康《運命論》：「孟軻、孫卿，體二希聖。」李善注：「李軌曰：希，望也。」張銑注：「志望孔子之道，故云『希聖』。」　立：即指立言，古人提出的「三不朽」之一。《左傳·襄公二十四年》：「太上有立德，其次有立功，其次有立言，雖久不廢，此之謂三不朽。」　獲麟：《春秋》哀公十四年：「西狩獲麟，孔子曰『吾道窮矣』。」《春秋》至此，孔子擱

筆。因為孔子認為麒麟乃祥瑞之兆，然此時魯國敗壞，出非其時而被獵獲，乃國家即將敗亡，道喪無還的不祥之兆。杜預《春秋左傳集解》：「麟者，仁獸，聖王之嘉瑞也。時無明王，出而遇獲。仲尼傷周道之不興，感嘉瑞之無應，故因《魯春秋》而修中興之教，絕筆於獲麟之一句，所感而作，固所以為終也。」

按：李白言「志在刪述」，故其晚年之志在「立言」以垂名，雖以希慕聖人，傚法孔子為榜樣，但結合「聖代復元古」以後六句對當朝流露出的熱切希冀和期許，「絕筆於獲麟」者，當非「獲麟」本典所謂「國家敗亡」之原意，而是寄希望於群才賢明，眾星閃耀，麒麟作為祥瑞可以自由騰躍，正如賢才能夠為世所用，使聖代恢復元古清真之風，自己也無需像孔子一樣被迫在「獲麟」前絕筆了，而「獲麟絕筆」之事，亦可自「我」之後絕跡了。

集評

孟棨曰：白才逸氣高，與陳拾遺齊名，先後合德。其論詩云：「梁陳以來，艷薄斯極，沈休文又尚以聲律，將復古道，非我而誰與？」（《本事詩‧高逸第三》）

范溫曰：建安詩辯而不華，質而不俚，風調高雅，格力遒壯，得風雅騷人氣骨，最為近古，惟李杜有之。（《潛溪詩話》）

朱熹曰：李太白詩不專是豪放，亦有雍容和緩底，如首篇《大雅久不作》，多少和緩！（《朱子語類》卷一百四十）

劉克莊曰：此古今詩人之斷案也。（《唐詩品彙》卷四引）

嚴羽曰：初聲所噫，便悲慨欲絕。又曰：「王風」以下，是申前語，是遞起語；「正聲」二句，又生一慨。又曰：以建安為「綺麗」，具眼。又曰：「聖代」二句，當鄭重炫赫處，著「清真」二字，妙。又曰：「秋旻」有眼，若讀《爾雅》太熟，便認作有來歷，非知詩者矣。（嚴羽、劉辰翁評點，聞啟祥輯《李杜全集》，卷一）

葛立方曰：李太白、杜子美詩皆掣鯨手也。余觀太白《古風》、子美《偶題》之篇，然後知二子之源流遠矣。李云：「《大雅》久不作，吾衰竟誰陳。王風委蔓草，戰國多荊榛。」則知李之所得在《雅》。（《韻語陽秋》卷三）

楊齊賢曰：《詩‧大雅》凡三十六篇。《詩序》云：雅者，正也，言王政之所由廢興也。《大雅》不作，則斯文衰矣。平王東遷，《黍離》降於《國風》，

終春秋之世,不復能振。戰國迭興,王道榛塞。干戈相侵,以迄於秦。中正之聲,日遠日微。一變而為《離騷》,軒翥詩人之末,奮飛詞家之前。司馬、揚雄,激揚其頹波,疏導其下流,使遂閎肆,法乎無窮。而世降愈下,憲章乖離。建安諸子尚誇綺靡,摛章繡句,競為新奇,雄健之氣,由此萎爾。至於唐,八代極矣。掃魏、晉之陋,起騷人之廢,太白蓋以自任乎?覽其著述,筆力翩翩,如行雲流水,出乎自然,非由思索而得,豈欺我哉?(《分類補注李太白詩》卷二)

蕭士贇曰:李蕭遠《運命論》曰:孟軻、孫卿,體二希聖,從容正道。其孫子思希聖備體而未之,至《論語》如有所立卓爾,《春秋》序仲尼曰:文王既沒,文不在茲乎?此制作之本意也。「絕筆於獲麟」之一句者,所感而起,固所以為終也。按《本事詩話》曰:李白才逸氣高,與陳拾遺子昂齊名,先後合德,其論詩云:齊梁以來,艷薄斯極,沈休文又尚以聲律,將復古道,非我而誰?觀此詩則太白之志可見矣!斯其所以為有唐詩人之稱首者歟!(同上)

傅若金曰:唐海宇以而文運興,於是李、杜出焉,太白曰「大雅久不作」,子美曰「恐與齊梁作後塵」,其感慨之意深矣。(《詩法正論》)

周敬曰:朱子謂太白詩不專是豪放,如「大雅久不作」多少和緩。今誦之,和緩中實多感慨激切,發一番議論,開一番局面,真古韻絕品。結二句有膽有志。(《刪補唐詩選脈箋釋會通評林·盛五古四》)

劉履曰:愚按此篇:「自從建安來」五字淺俚,而「躍鱗」「秋旻」及「映千春」等語,尚多點綴,似未得為純全。特以其居《古風》之首,有志復古,姑存之。且太白所論誇大,殊過其實。其亦孔子所謂狂簡者歟?(《風雅翼》卷十一)

范梈曰:觀太白敘雅道之意,則韓公所稱李、杜文章者,豈無為哉!然非韓公則亦未足以知二公之深也。又曰:此《古風》為集首。杜用《龍門寺》、《望嶽》等篇,編唐詩者之識趣,與編宋風者,已有大徑庭矣。(《批選李翰林詩》卷一)

佚名曰:紅批曰:庾、鮑、太白卻以《大雅》自仕,是工部猶不足以知之也,大抵自古英雄名士,自命斷然不肯苟且,不然必不能特立千古也。又曰:太白此詩是《古風》五十九首總攬,蓋亦可當全集自序,捻冒也,根柢《大雅》,抉出流弊,推倒一世,開拓心胸,自負良材哉,所以全唐論家,除工部外無能與之並駕方軫者也。(《李詩鈔述注》卷五上首批文)

　　朱諫曰：（「大雅」八句）謂夫《大雅》之詩，乃成周盛時，言王者之事。自王者之跡熄，而《大雅》之不作亦已久矣。今欲陳其大義，而繼其緒餘，捨我其誰歟？又恐老之日侵，而力所不及也。周既東遷，王室同於諸侯。《黍離》之詩，本言王者之事，而乃降為《國風》，而《雅》亡矣。逮夫戰國，而多荊榛，王道淪喪，強弱相吞，而至於狂秦。戰鬥日興，上無一王之法，下無樂官之陳。《大雅》正聲，遂泯然而無聞矣。夫治世之聲和以平，亂世之聲哀以怨，故王風既微，騷辭繼作，而多哀怨之聲矣。（「揚馬」六句）言自秦而漢，屈原以下工辭賦者，則有司馬相如，繼相如者則有蜀之揚雄，皆能激揚騷人之頹波，開導其下流，使之浩蕩無涯，茫然而閎肆也。然自秦漢以來，其間有興有廢，或絕或繼，而萬有不齊，雖變態不同，要之皆非《大雅》之正聲。先王之憲章，至是淪沒而無聞矣。及夫東漢之季，去古愈遠，士子之作，不過綺麗而已，何足貴乎！是則文章之衰，日趨於陋，古作不可復見矣。（「聖代」十句）言自周至漢，文章廢興變態不一，《大雅》之正聲已亡矣，其餘文辭雖綺麗，不過誇多鬥靡，非至治大道之所繫，不足貴也。迨至我朝，始復古作，無為而治，貴尚清真。適屬休明，而群才並出，文章際嘉會之期，多士沐作人之徧，文質彬彬，昭若眾星列於秋旻之上，光輝發越，而人皆仰之。我亦得荷於陶鈞，將欲垂芳於後世，如孔子之作《春秋》，絕筆獲麟，成一代之典，垂百王之法，吾之素志也。若夫秦漢以來，徒綺麗於文辭者，夫豈吾志之所有乎！（《李詩選注》卷一）

　　李夢陽曰：夫《三百篇》雖逖絕，然作者猶取諸漢魏，予觀魏詩，嗣宗冠焉。何則？混淪之音，視諸鏤雕奉心者倫也，顧知者稀寡，効亦鮮焉。鍾糸軍曰：嗣宗《詠懷》之作，洋洋乎會於風雅，使人忘其鄙近，斯為不侫矣。顏延年注，今莫可考見。然予觀陳子昂《感遇》詩差為近之，唐音�渢渢乎開源矣。及李白為《古風》，咸祖籍詞，宋人究原作者，顧陳、李焉極，豈其未覿籍作邪？孰謂天下有鍾期哉。（《嘉靖尉氏縣志》卷之五）

　　徐禎卿曰：（「大雅」二句）此二句一篇之旨。又曰：此篇白自言其志向也。（郭本李集引）

　　方弘靜曰：杜集中用經語迭出，蓋志於經者也。太白多從《騷》《選》入，「絕筆獲麟」，但佳句耳。（《千一錄》卷十一）

　　梅鼎祚選輯、屠隆集評：此詩自負，良亦不淺。（《李詩鈔評》卷二，《唐二家詩鈔》本）

　　胡震亨曰：統論前古詩源，志在刪詩垂後。以此發端，自負不淺。（《李

詩通》卷六）

　　唐汝詢曰：此太白以文章自任，而有復古之思也。言《大雅》既絕，而宣尼又衰，時以無復陳詩者。王風則隨蔓草消亡，世路則皆荊榛蔽塞。當七雄相啖之際，正聲已微，即騷人哀怨之作，不足以追風雅。而揚、馬廣騷之末流，又惡足法乎！是以憲章日就淪沒。至建安已後，綺麗極矣。惟我聖朝，倡復古道，變六朝之習而尚清真，於是群才並興，如鱗之躍文，文質相雜，如星之羅。我亦欲乘時刪述，垂光輝於千秋，以續獲麟之統耳。夫太白以辭章之學而欲空千古而紹素王，亦誇矣哉！（《唐詩解》卷三）

　　陸時雍曰：太白云「自從建安來，綺麗不足珍。」此豪傑閱世語。（《詩鏡總論》）

　　鄭鄤曰：李句云「聖代復元古，垂衣貴清真。」此自青蓮本色。老杜知而詠之云：「白也詩無敵，飄然思不群。」夫惟清真，乃出群而無敵矣。謂文亦然。（《鄭太史文集》卷八）

　　魏裔介曰：余為是選，首推有唐一代興亡治亂之故，次察累朝賢不肖進退制度興革之由，再稽士君子立朝隱林之概，民物盛衰聚散之情，然後得其意之所在以為去取，蓋作者言志之本燦然可觀矣……太白云「自從建安來，綺麗不足珍。聖代復元古，垂衣貴清真。」夫詩不清真不足言志，不清則亦不真。清覽名集，義取諸此。（《唐詩清覽集序》《兼濟堂集》卷六）

　　吳喬曰：「大雅久不作」諸詩，非太白斷不能作，子美亦未有此體。（《圍爐詩話》卷二）

　　應時曰：措辭簡潔，矜貴，且轉換無痕。丁谷雲曰：此八代詩評，又自述立言意也。（《李詩緯》卷一）

　　沈德潛曰：昌黎云：「齊梁及陳隋，眾作等蟬噪」，太白則云：「自從建安來，綺麗不足珍」，是從來作豪傑語。「不足珍」謂建安以後也，《謝朓樓餞別》云：「蓬萊文章建安骨」，一語可證。（《唐詩別裁集》卷二）

　　沈寅、朱崑曰：此太白志復古道而以作述自任也。詩有《大雅》，雅者，正也，王政之所繇興廢也。《大雅》不作，則斯文衰矣。平王東遷之後，《黍離》降於《國風》，而多蔓草，鄭國之音終，春秋之世不能復振，戰國迭興，王道榛塞，干戈相侵，以迄於祖龍，風俗薄，人心澆，中正之聲日遠日微，一變而為《離騷》，而哀怨起矣。屈平之後，司馬相如、楊雄激揚其頹波，疏導其下流，使遂閎肆注乎無窮，而世降愈下，憲章乖離，建安諸子誇尚綺靡，摛章繡句，競為新奇，而雄健之氣繇此萎爾，至於唐八代極矣。掃魏晉

之陋，起騷人之廢，群才乘運並興，而文質炳煥，若眾星之羅秋天，故我志
在刪述以垂千古。仲尼曰：文王既沒，文不在茲乎？將復古道，捨我其誰？
我故師之，如《春秋》之絕筆於獲麟也。有所感而起，固有所以為終也。太
白蓋以自任矣。覽其著述，筆力翩翩，如行雲流水，飄然欲仙，乃以不思索
而得之。真《大雅》哉！子美評以清新俊逸，而謂之無敵宜夫。（《李詩直解》
卷一）

　　王琦曰：「吾衰竟誰陳」，是太白自歎吾之年力已衰，竟無能陳其詩於朝
廷之上也。楊氏以斯文衰萎為釋，殊混。唐仲言《詩解》引孔子「吾衰」之
說，更非。徐昌穀謂首二句為一篇大旨，『綺麗不足珍』以上是申第一句意，
『聖代復元古』以下是申第二句意，其說極為明瞭。學者試一玩味，前之二
解，不待辯而確知其誤矣。（《李太白文集》卷二）

　　吳昌祺曰：此詩起手音節悲壯，而晦翁又以為和緩。（《刪訂唐詩解》卷
二）

　　趙翼曰：青蓮一生本領，即在五十九首《古風》之第一首。開口便說，
《大雅》不作，騷人斯起，然詞多哀怨，已非正聲；至揚、馬益流宕，建安
以後，更綺麗不足為法。迨有唐文運肇興，而己適當其時，將以刪述繼獲麟
之後。是其眼光所注，早已前無古人，後無來者，直欲於千載後上接《風》
《雅》。蓋自信其才分之高，趨向之正，足以起八代之衰，而以身任之，非徒
大言欺人也。（《甌北詩話》卷一）

　　喬億曰：「大雅久不作」言東周後無正，《大雅》亦無變《大雅》也。竊
嘗執此說觀漢魏以還詩，其善者猶不失變《小雅》之遺意，而《大雅》洵未
有也。然太白能言之。太白不能復之，蓋其人非凡伯、芮良夫、尹吉甫之儔
也，世運然乎哉？（《劍溪說詩》又編）

　　翁方綱曰：且如「大雅久不作，吾衰竟誰陳……正聲何微茫，哀怨起騷
人」，此以為五言之正，不必言矣。（《小石帆亭著錄》卷五）

　　《唐宋詩醇》曰：《古風》詩多比興，此篇全用賦體，括風雅之源流，
明著作之意旨，一起一結，有山立波回之勢。昔劉勰《明詩》篇略云：兩漢
之作，結體散文，直而不野，為五言之冠冕。又云：建安之初，五言騰踊，
不求纖密之巧，惟取昭晰之能。何晏之徒，率多浮淺，惟嵇志清峻，阮旨遙
深，故能標焉。晉世群才，稍入輕綺，采縟於正始，力柔於建安。觀白此篇
即劉氏之意。指歸《大雅》，志在刪述，上溯風騷，俯觀六代，以綺麗為賤，
清真為貴。論詩之意，昭然明矣。舉筆直書所見，氣體實足以副之。陽冰稱

其馳驅屈、宋，鞭撻揚、馬，千載獨步，惟公一人，洵非阿好。其纂《草堂集》以《古風》列於卷首，又以此弁之，可謂有卓見者。枕上授簡，同不朽矣。（卷一）

劉熙載曰：《離騷》，淮南王比之《國風》《小雅》。朱子《楚辭集註》謂其語祀神之盛，幾乎《頌》。李太白《古風》云：「正聲何微茫，哀怨起騷人。」蓋有《詩》亡春秋作之意，非抑騷也。（《藝概》卷二）

宋宗元曰：「正聲」六句，識高論卓。「建安來」指建安以後言。「我志在刪述，垂輝映千春」志在夫子刪述以垂教也。（《網師園唐詩箋》〔註2〕卷二五言古詩之二）　按：此本選《大雅久不作》篇，至「垂輝映千春」為結句，後二句「希聖如有立，絕筆於獲麟」不錄，曰「收束已足，別本尚多希聖如有立，絕筆於獲麟二句，反覺其贅，亦且費解。」

吳闓生曰：上下千古，以自見其抱負學術。（《古今詩範》卷四）

笈甫主人曰：上首批文：此章總冒，乃五十八首之綱領，細評於後，願與天下慧業文人共賞之。《峽哀》乃東野之騷，《古風》五十九首乃太白之騷也。首尾廻合成一篇大文字，世人以意為其取，慎矣。　句評：「大雅久不作」：五十九首發端。「王風委蔓草」：此即跡熄詩亡之旨。「正聲何微茫」：所感在此。「哀怨起騷人」：主意。「揚馬激頹波」：眼大如箕，小儒咋舌。「廢興雖萬變」：包埽法。「憲章亦已淪」：主意。「自從建安來，綺麗不足珍」：筆大如椽，一句埽盡六代作者。「清真」：二字千古文訣。「文質相炳煥」：此為正聲。「我志在刪述」：所由繼《大雅》而作也。「希聖如有立，絕筆於獲麟」：一生志趣，關係甚大。　總評：揚馬而曰「頹波」，建安來而曰「不足珍」，此其所以眼大如箕，筆大如椽也。（《瑤臺風露》）

章學誠曰：昔李白論詩，貴於清真，此乃今古論詩文之準則，故至今懸為功令焉。清真者，學問有得於中，而以詩文抒寫其所見，無意工辭，而盡力於辭者莫及也。彼方視學問為仇讐，而益以胸懷之鄙俗，是質已喪而文無可附矣。斤斤爭勝於言語之工，是鸚鵡猩猩之傚人語也，不必展卷而已知其詩無可錄矣。（《文史通義・內篇五》）

沈赤然曰：太白《古風》五十九篇，深渾之作不過數首，餘率語意淺露，

〔註2〕此本選詩，以溫柔敦厚為旨，宋氏自序曰：「竊謂詩以詠言，敦厚溫柔而已。捨是，無問平奇淡麗，皆所必黜。」共選李白詩28首，《古風》箋9首，（《網師園唐詩箋》卷二五言古詩之二，清乾隆三十二年（1767）尚網堂刻本）。

不如陳伯玉《感遇》詩。良由其天才奔放，如駿馬下峭阪，不能復控勒之矣。
（《寄傲軒讀書隨筆》卷九）

　　張九鐔曰：余讀李太白《古風》之首篇，慨大雅之不作，歎正聲之微茫，
起於騷人哀怨，繼以揚、馬詞賦，皆詩之變體也，故復折衷。建安以來，作
者遞降，失之綺麗；唐初復古，貴在清真。其識度越前人遠矣。終明己刪述
之志，言「希聖如有立，絕筆於獲麟」，蓋以聖人刪訂筆削為宗，謂其典型憲
章卓立在前，而自道景行嚮往之意云爾。世皆不知其用意所在，而反目以為
狂言，其愚已甚。（《笙雅堂文集》卷三）

　　宋大樽曰：李仙、杜聖固已。李則曰：「我志在刪述，垂輝映千春。」
杜則曰：「別裁偽體親《風》《雅》。」遐哉邈矣！學語仙、聖語，當思仙、聖
何所有。有仙、聖胸中所有，稱心而言，不已足乎！（《茗香詩論》第四則）

　　胡壽之曰：太白「大雅久不作，吾衰竟誰陳」，似所得在《雅》，而詩乃
奇肆。（《東目館詩見》卷一）

　　方東樹曰：此專主文體文運。（《昭昧詹言》卷七）

　　梁章鉅曰：第一首開口便說《大雅》不作，騷人斯起，然詞多哀怨，已
非正聲；至揚、馬之流宕，建安之綺麗，亦不足為法；迨有唐文運肇興，而
己適當其時，即思以刪述繼「獲麟」之後。此與少陵「文章千古事」同一抱
負。蓋自信其才分之高，趨向之正，足以起八代之衰，而以身任之，非徒大
言欺人也。（《退庵隨筆》卷二十一）

　　潘德輿曰：太白詩「我志在刪述，垂輝映千春」，昌黎詩「先王遺文章，
綴緝實在余」，此皆高著眼孔，有囊括百世之意，然後吐氣奮筆，足為一代宗
匠。學者徒於聲律字句間鞭心低首，反覆攻苦，求為傳人，而終與秋草並腐
煙雲等滅者，非不幸也，其樹立使然也。又曰：漁陽以太白、左思並言，疑
所謂復古者復《選》體之古焉耳。太白胸次高闊，直將漢魏六朝一氣鑄出，
自成一家，拔出建安以來，仰承《三百》之緒，所謂「志在刪述」「垂輝千春」
者，豈專主《選》體哉？（《養一齋詩話》卷九，卷十）

　　延君壽曰：才不足以雄一代者，不能代興。太白之「大雅久不作」一首，
是以一代作者自期也。人生讀書，一面要埋頭苦攻，一面要放開眼孔，方有
出息。（《老生常談》）

　　陳僅曰：首章以說詩起，若無與於治亂之數者。而以《王風》起，以《春
秋》終，已隱自寓詩、史。自後數十章，或比或興，無非《國風》《小雅》之
遺。（《竹林答問》）

李詳曰：李太白《古風》：「自從建安來，綺麗不足珍。」謂自建安以後，綺麗不足珍也。或謂太白並建安抹殺之，誤矣。韓公《薦士》詩：「建安能者七，卓犖變風操。」推許建安亦至。(《媿生叢錄》卷二)

(日)近藤元粹曰：嚴滄浪曰：初聲所噫，便悲慨欲絕。又云：「王風」以下，是申前語，是遞起語；「正聲」二句，又是一慨。又云：當鄭重炫赫處，著「清真」二字，妙。又云：「秋旻」具眼，若讀《爾雅》太熟，但認作有來歷，非知詩者。(《李太白詩醇》卷一)

(德國)郭實臘(Karl Friedlich Gutzlaff)：懷古慨今之作，歎時勢之變遷，有興則有廢，有成則有敗，勿以一時榮華富貴驕傲凌人，上帝主宰萬主，權衡萬世，惟修德者受天之祐。

王闓運曰：李純學劉公幹，非其至者。俠艷詩則佳。《古風》數十首，皆能成章，則陳、張、杜或不逮也。宜其以五言自負。(《手批唐詩選》卷一)

錢鍾書曰：李太白《古風》第一首……蓋亦深慨風雅淪夷，不甘以詩人自了，而欲修史配經，全篇本《孟子》「詩亡然後《春秋》作立意」。(《談藝錄》)

俞平伯曰：本篇大意，只是《孟子》上的兩句話：「王者之跡熄而《詩》亡，《詩》亡然後《春秋》作。」(李白《古風》第一首解析)又曰：這詩的主題是藉了文學的變遷來說出作者對政治批判的企圖，並非主張文學之復古。(《論詩詞曲雜著》)

王運熙曰：「自從建安來，綺麗不足珍」，亦包括建安詩歌在內。「我志在刪述」之意是刪述、編選詩歌，而非俞平伯所云通過作史以顯褒貶。(《李白〈古風其一〉篇中的兩個問題》，載《天府詩論》，1988年，第1期)又曰：李白推崇《詩經》的風雅正聲，主要是重視《詩經》的風雅比興傳統，他表示仰慕孔子作《春秋》的事業，實際上還是要繼承《詩經》的美刺和褒貶傳統。(《略談李白的文學思想》，載王運熙《中國古代文論管窺》)

裴斐曰：這是一首論詩詩，又是一首言志詩……詩中對《詩經》以後歷代制作之貶抑，與平時言論亦多有不相合，竊疑此詩當屬早期「大言」之作。(《李白與歷史人物》，載《文學遺產》，1990年，第3期)

林庚曰：中年以來，李白有《古風》五十九首，這是相當於阮籍《詠懷》、陳子昂《感遇》一類說明自己思想感慨的作品。其中第一篇詩帶有開宗明義的意味的。他說……通篇又正是以孔子自勉的。(《詩人李白》)

詹鍈曰：此太白對詩史的敘述和評論。上祖風雅，下掃梁陳，貴清真，

賤綺麗，具體地反映了李白的文學思想。(《李白全集校注彙釋集評》卷二)

　　安旗曰：此詩為李白自述其立言之志而作，亦其論詩之作。上述《詩》、《騷》，首標《大雅》。次敘流變，俯視千載。憲章沉淪，感慨良深。乃寄厚望於當代，而以「希聖」為己任。此非復古，實欲匡時。試觀詩末以「絕筆於獲麟」自喻，則是以己之詩為有韻之《春秋》也。「孔子作春秋而亂臣賊子懼。」可見李白退而立言亦自負不淺。明乎此，則其詩作之富於微言大義可知矣。詩云「吾衰」，當為晚年之作。又云「我志在刪述，垂輝映千春」，亦猶《雪讒詩贈友人》「立言補過，庶存不朽」之意，因並繫於五十歲之年。(《李白全集編年箋注》卷八)

　　袁行霈曰：此詩主要不是論詩，而是論政，重點在政治與詩歌乃至整個文化的關係。李白的志向不僅是做詩人，更重要的是做政治家。他所謂「我志在刪述」，並不是要學孔子刪詩，而是想傚法孔子寫一部《春秋》，總結歷代政治的得失，以此流傳千古。(《李白〈古風〉其一再探討》)

　　郁賢皓曰：詩中對《詩經》以來到唐朝的歷代詩賦作了概括性的總結和評價，並抒寫了自己的文學主張和抱負，實為中國文學史上最早的一首論詩詩。(《李太白全集校注》卷一)

　　葛曉音曰：詩人讚美上古淳樸政治在當代的復興，表達了盛唐文人乘運而起的共同理想和改革文風的責任感，並以孔子為榜樣，以總結一代文化的使命自許。這不僅是《古風》五十九首的開宗明義之詞，也是他對自己畢生志向的表白。(《論李白樂府的復與變》，《文學評論》，1995 年，第 2 期。) 又：李白在《古風》其一中，批評戰國以來哀怨綺麗的文風，以恢復大雅正聲自任，其實正是發揮了唐玄宗《定大唐樂制》詔的意思。詔書說：「發揮雅音，導達和氣，揖讓而理，不豈盛歟？自戰國以來，此道隳壞……歷代因循，莫之改革……雖舊制之空存而正聲之多缺。」可見李白的復古主張與開元時期朝廷和士大夫們大倡雅樂的形勢是相呼應的。(《盛唐清樂的衰落和古樂府詩的興盛》，《社會科學戰線》，1994 年，第 4 期。)

按語

　　李白《古風》其一《大雅久不作》為「五十九首」之冠，亦是核心，既是「《古風》五十九篇」之開篇，又是總綱。其主旨無論是「論詩」還是「論政」，都顯示出對「盛世文學」和「盛世王道」的嚮往與歌頌，後五十八篇無論是歌頌稱揚，還是諷諭批判，蓋不出其左右，故李白在晚年對《古風》詩

歌進行編選定名的時候，才會把該篇放在首章，以統御後來各篇。其詩整體
氣韻高古，格調沉雄，詩人指點品評前賢人物與歷代詩風，氣魄宏大而眼光
獨到，沉鬱哀婉而昂揚頓挫，一反李白慣有風格之飄逸豪邁，顯得沉穩磅礴，
大氣潛湧；既有心酸苦痛之人世代謝、朝代興衰體驗，亦有反觀現實、積極
向上之志氣追求；朱熹評該篇整體風格「雍容和緩」，甚是！

　　古代論者對該篇的論說集中在通篇釋意上，如楊齊賢、唐汝詢、朱諫等
語。在主旨上大多認為此乃李白「自明其素志」之作，且除了明代唐汝詢、
劉履、胡震亨數家認為李白有誇飾之嫌外，餘者基本對李白的志向持肯定態
度。近代學者們對該篇的關注點則主要集中在旨意解讀上，集中於兩端：這
首作品到底是提倡文學復古，「以詩論詩」，用以表達李白的文學觀？還是政
治復古，「以詩論政」，藉以表達李白的政治觀？俞平伯1959年發表於《文學
遺產（增刊）》第七輯的《李白〈古風〉第一首解析》，首倡「以詩論政」，隨
後得到了袁行霈、劉寧的支持。王運熙1988年發表於《天府新論》的《李白
〈古風其一〉篇中的兩個問題》提出了「以詩論詩」的說法，閻琦支持此觀
點。另有一些學者如薛天緯，則提出了調和二者的觀點，認為兩方面都有。
引起解讀差異的關鍵點就在於研究者對李白在「大雅久不作，吾衰竟誰陳」
中表露的是文學觀念還是政治態度，「希聖如有立，絕筆於獲麟」的典故指的
是孔子刪《詩》還是著《春秋》的典故理解的差異上。

　　余意認為，單就此一篇而言，「以詩論詩」的傾向是比較明顯的，明代
朱諫《李詩選注》也說：「此其首章，言文辭也。」然《古風》五十九篇是一
個整體，不能割裂開來，統觀李白《古風》五十九篇，論詩者有之，如《醜
女來效顰》（其三十五）；論政者亦有之，如《羽檄如流星》（其三十四），詩
歌（文學）離不開政治，就程度而言，論詩者旨意較明顯，而論政者則較隱
晦；就數量而言，論詩者為少，而涉政者較多。此篇以「賦體」的形式括詩
歌發展源流，旨意較為明朗，《唐宋詩醇》曰：「《古風》詩多比興，此篇全用
賦體」，亦是此意。然其餘篇章，比興較多，表層詩意之下往往隱喻著更深層
內涵，涉及時政諷刺者尤多。

　　若從整體而論，未嘗不可把此篇看作整個《古風》五十九首之興，是李
白在編選整理《古風》詩歌時所定下的一個整體基調，「以詩隱政」似乎更為
恰切，既可以解釋為「以詩歌的形式隱喻政治」，也可以解釋為「以論詩的表
象暗喻政治」，這也正符合孔子「微言大義」之「《春秋》」筆法。李白這種思
想在當時不乏其人，賈至《工部侍郎李公集序》：「《易》曰：『觀乎天文，以

察時變；觀乎人文，以化成天下。』然則唐、虞賡歌，殷、周雅頌，美文之
盛也。厥後四夷交侵，諸侯征伐，文王之道將墜地。於是仲尼刪《詩》述《易》，
作《春秋》而敘帝王之書，三代文章，炳然可觀。洎騷人怨靡，揚、馬詭麗，
班、張、崔、蔡、曹、王、潘、陸揚波扇颷，大變風雅。宋、齊、梁、隋盪
而不返。昔延陵聽樂。知諸侯之興亡。覽數代述作，固足驗夫理亂之源也。
皇唐紹周繼漢，頌聲大作。神龍中興，朝稱多士，濟濟儒術，煥乎文章，則
我李公，傑立當代。於戲，斯文將衰久矣！習鄭、衛者，難與言《咸》《護》
之節；被氍裘者，難與議周公之服。而公當頹靡之中，振洋洋之聲，可謂深
見堯、舜之道，宣尼之旨，鮮哉希矣。」〔註 3〕此「李」雖指李适，作者賈
至卻於「客梁園」時與李白有深交，文風思想互相影響，似亦可以作為本篇
之注腳。

　　李白於《雪讒詩贈友人》曰：「嗟予沉迷，猖獗已久。五十知非，古人
嘗有。立言補過，庶存不朽。包荒匿瑕，蓄此頑醜。月出致譏，貽愧皓首。
感悟遂晚，事往日遷。白璧何辜，青蠅屢前。群輕折軸，下沉黃泉。眾毛飛
骨，上凌青天。萋斐暗成，貝錦粲然。泥沙聚埃，珠玉不鮮。洪焰爍山，發
自纖煙。蒼波蕩日，起於微涓。交亂四國，播於八埏。拾塵掇蜂，疑聖猜賢。
哀哉悲夫，誰察予之貞堅。彼婦人之猖狂，不如鵲之強強。彼婦人之淫昏，
不如鶉之奔奔。坦蕩君子，無悅簧言。擿發續罪，罪乃孔多。傾海流惡，惡
無以過。人生實難，逢此織羅。積毀銷金，沈憂作歌。天未喪文，其如余何。
妲己滅紂，褒女惑周。天維蕩覆，職此之由。漢祖呂氏，食其在傍。秦皇太
后，毒亦淫荒。螮蝀作昏，遂掩太陽。萬乘尚爾，匹夫何傷。辭殫意窮，心
切理直。如或妄談，昊天是殛。子野善聽，離婁至明。神靡遁響，鬼無逃形。
不我遐棄，庶昭忠誠。」很明顯是講述自己五十歲左右「知天命」之時的心
路歷程和心態變化的，其中「立言補過，庶存不朽」與首篇「我志在刪述，
垂輝映千春」同意，而「月出致譏」「螮蝀作昏」又明顯與此篇照應，後「白
璧」「青蠅」「泥沙」「珠玉」「貞堅」等句都可在《古風》五十九首中找到相
互照應的篇章。

　　有理由認為，這一系列表達類似感情的篇章，大概都作於李白中晚年五
十歲左右，是其經歷半生之後的人生歸納和感慨。李白《鳴皋歌送岑徵君》：

〔註 3〕〔唐〕賈至《工部侍郎李公集序》，《全唐文》，卷三六八，中華書局，
　　　　1983 年，第 3736 頁。

「掃梁園之群英，振《大雅》於東洛。」宋本下有小注「時梁園三尺雪，在清泠池作」，可見《鳴皋歌》作於是天寶四載（745）東遊梁宋時，此時仍希冀友人能振興《大雅》於東洛。至此篇言「大雅久不作」，一個「久」字，可見又過去了至少數年之久。又，李白詩中對「吾衰」的描寫，亦見於《覽鏡書懷》：「得道無古今，失道還衰老。自笑鏡中人，白髮如霜草。捫心空歎息，問影何枯槁？桃李竟何言，終成南山皓。」《為趙宣城與楊右相書》：「衰當益壯，結草知歸。」《秋於敬亭送從姪耑遊廬山序》：「吾衰久矣，見爾慰心。」可知己為人生暮年，故此篇「吾衰」之歎，當與這些作於前後同時，大抵在50歲之後了。

其二　蟾蜍薄太清

蟾蜍薄太清，蝕此瑤臺月[1]。圓光虧中天，金魄遂淪沒[2]。
蟪蜮①入紫微，大明夷朝暉[3]。浮雲隔兩曜②，萬象昏陰霏[4]。
蕭蕭長門宮，昔是今已非[5]。桂蠹花不實，天霜下嚴威[6]。
沉歎終永夕③，感我涕沾④衣[7]。

題解

朱言：比也。此詩蓋為明皇廢王皇后而作。

按：此篇當作於天寶三載閏二月，由「星大如月」「毀墜東南」的類似「月蝕」事件為契機，生發聯想上次「月蝕」事件中廢王皇后事，延及自身失寵，有感而發，託宮怨以喻見棄而作。

編年

楊齊賢、蕭士贇、王琦、詹鍈繫於開元十二年（724年），時李白24歲。
安旗繫於天寶十二年（753年），時李白53歲。

按：此篇似作於天寶三載（744年）閏二月。詳見篇末按語。

校記

① 蝀：兩宋本作「蝶」，誤。餘均作「蝀」。
② 曜：兩宋本、咸淳本、李齊芳本作「耀」。
③ 終永夕：朱諫《李詩選注》作「永終夕」，誤。
④ 沾：繆本作「沽」，誤。劉世教本作「霑」。

注釋

（1）蟾蜍：《淮南子·精神訓》：「日中有踆烏，而月中有蟾蜍。」高誘注：「蟾蜍，蝦蟆。」又《說林訓》：「月照天下，蝕於詹諸。」高誘注：「詹諸，月中蝦蟆。食月，故曰食於詹諸。」　薄：王云：「薄，侵也，迫也」。《淮南子·精神訓》：「日月失其行，薄蝕無光。」高誘注：「薄者，迫也。」《史記·天官書》：「日月薄蝕。」韋昭注：「氣往迫之為薄，虧毀為蝕。」　太清：天也。　蝕：《釋名》：「日月虧曰蝕。」　瑤臺：神仙居住之地。晉王嘉《拾遺記》卷一〇《昆崙山》：「昆崙山者……上有九層……第九層山形漸小狹……旁有瑤臺十二，各廣千步，皆五色玉為臺基。」李白《清平調》其一：「若非群玉山頭見，會向瑤臺月下逢。」

（2）圓光：指滿月之光。陳子昂《感遇》其一：「微月生西海，幽陽始化升。圓光正東滿，陰魄已朝凝。」　金魄：言滿月之影。魄：《釋文》：「魄，《漢書·律曆志》作霸。」《增韻》：「月體黑者謂之霸。」《玉篇》：「今作魄。」《說文》：「月始生霸然也。承大月二日，承小月三日。」《書·武成》：「惟一月壬辰，旁死魄。《傳》：月二日近死魄。《疏》：魄者，形也。謂月之輪廓無光之處名魄也。朔後明生而魄死，望後明死而魄生。」《前漢·律曆志》：「四月己丑朔死霸。死霸，朔也。生霸，望也。是月甲辰望，乙巳旁之，故《武成篇》曰：『惟四月既旁生霸。』師古曰：霸，古與『魄』同。」楊注：「月生於西，實金方，故曰『金魄』。」王注云：「魄，月體黑暗處。朔日之月，謂之死魄；望日之月，謂之生魄。金魄者，是言滿月之影，光明燦爛，有似乎金，故曰金魄也。」該二句描述了月食發生的全過程。郭璞《遊仙詩》：「晦朔如循環，月盈已見魄。」陳子昂《感遇》其一：「圓光正東滿，陰魄已朝凝。」

（3）蝃蝀：同「蝃蝀」，音帝東，虹也。《詩經·鄘風·蝃蝀》：「蝃蝀在東，莫之敢指。」　《詩》序：「蝃蝀，止奔也。」或亦指既嫁之女而拒其他求婚者之詩，古人認為婚姻錯亂會出現彩虹，而民俗認為用手指指點彩虹，頭上會長疔。《春秋潛潭巴》：「虹出日旁，后妃陰脅主。」《後漢書》：「凡日旁氣，色白而純者名為虹。」朱熹《詩集傳》：「虹也，日與雨交，倏然成，質似有血氣之類，乃陰陽之氣不當交而生者，蓋天地之淫氣也。在東者，暮虹也，虹隨日所映，故朝西而暮東也。」琦按：「蝃

蜺，亦日之光氣。但日在東，則蟠蜺見西方；日在西，則蟠蜺見東方。與日旁白色之氣，均有虹之名，而實則判然二物也。太白以日旁之虹，呼為蟠蜺，不無混稱。」李白《雪讒詩贈友人》：「蟠蜺作昏，遂掩太陽。」

紫薇：《晉書·天文志》：「紫宮垣十五星，其西蕃七，東蕃八，在北斗北，一曰紫薇，大帝之座也，天子之常居也，主命主度也。」紫微星，即北極星，北極五星中的帝星，主吉。　　大明：鄭康成《禮記·禮器》：「大明生於東，月生於西。」鄭康成注：「大明，日也。」楊注：「大明，日也，以喻君也。夷，傷也。」

（4）兩曜：《初學記》：「日月謂之兩曜。」日、月、星都叫曜，日、月和火、水、木、金、土五星合稱七曜。　　萬象：一切景象。孫綽《文選·遊天台山賦》：「渾萬象以冥觀，兀同體於自然。」楊注：「月蝕於蟾蜍，日夷於紫薇，則兩曜隔絕，萬象皆昏亂無主。」

（5）蕭蕭：風聲。《史記·刺客列傳》：「風蕭蕭兮易水寒。」　　長門宮：漢代宮殿。《漢書·外戚傳》：「孝武陳皇后，長公主嫖女也。初，武帝得立為太子，長主有力，取主女為妃。及帝即位，立為皇后，擅寵驕貴，十餘年而無子。聞衛子夫得幸，幾死者數焉，上愈怒。後又挾婦人媚道，頗覺。元光五年，上遂窮治之。女子楚服等坐為皇后蠱，祠祭祝詛，大逆無道，相連及誅者三百餘人。使有司賜皇后策曰：皇后失序，惑於巫祝，不可以承天命，其上璽綬，罷退，居長門宮。」

按：瞿、朱本，及安旗本、詹鍈本，均根據此句認為此篇乃喻士之見棄，但未詳述。詳見篇末按語。

（6）桂蠹：桂樹上所寄生的蟲。《漢書》卷九十五《南粵傳》：「桂蠹一器」。顏師古注：「應劭曰：『桂樹中蝎蟲也。』蘇林曰：『漢舊常以獻陵廟，載以赤轂小車。』此蟲食桂，故味辛，而漬之以蜜食之也。」隋江總《南越木槿賦》：「井上桃蟲難可雜，庭中桂蠹豈見憐。」比喻拿俸祿卻不忠心的臣子。《楚辭》卷一三東方朔《七諫·怨世》：「桂蠹不知所淹留兮，蓼蟲不知所徙乎葵菜。」王逸注：「桂蠹以喻食祿之臣。言桂蠹食芬香、居高顯，不知留止，妄欲移徙，則失甘美之木，亡其處也，以言眾臣食君之祿，不建忠信，妄行佞諂亦將失其位，喪其所也。」陳子昂《感遇》其十二：「招搖青桂樹，幽蠹亦成科。」　　花不實：《漢書·五行志》：「成帝時歌謠曰：『桂樹花不實，黃雀巢其顛。』」　　天霜：楊注：「天霜，天子之威也。」

（7）「沉歎」二句：朱注：「沉歎者，歎之深也。永終夕，言久不寐也。」

集評

　　楊齊賢曰：按《唐書》，王皇后久無子，而武妃有寵，后不平，顯詆之，遂廢。武妃進冊為惠妃，欲立為后。太白詩意似屬乎此。（《分類補注李太白詩》卷二）

　　蕭士贇曰：蟾蜍薄太清，月為之蝕，以喻武妃入後宮卒為王后之蠹也。蟪蛄入紫薇，而大明夷朝暉，以喻武妃既得幸而玄宗卒為所惑也。日君象，月后象，今焉廢黜，是浮雲隔之不得代明矣。萬象昏陰霏者，意謂自后卒不正中宮，浸成女寵之禍也。蕭蕭長門宮者，王后事全與漢武陳后事蹟相類。二后雖各以無子巫蠱厭勝廢，然推其由，實衛子夫、武惠妃爭寵有以激之也。陳后之廢，司馬相如作《長門賦》；王后之廢，王諲作《翠羽帳賦》以諷帝，先後一致。太白引以此證，最為且當。桂蠹花不實，是採廢后制中語。天霜下嚴威者，事發覺時，帝自臨劾也。（《分類補注李太白詩》卷二）

　　朱諫曰：（「蟾蜍」八句）按《唐書》皇后王氏，帝為臨淄王時聘為妃。將清內難，預大計。後立為后。久無子，而武妃稍有寵。后不平，顯詆之。帝怒，欲廢后。后兄守一懼，為求厭勝。浮屠明悟教祭北斗，取霹靂木刻天地文及帝諱，令佩之，曰：「后有子，與則天比。」事覺，帝自劾，有狀，廢后為庶人。王諲作《翠羽帳賦》諷帝。未幾，而后卒，後宮思慕之。帝亦悔，此詩之意蓋刺之也。言蟾蜍薄乎太清，而蝕此瑤臺之月，則月光虧損，金魄銷鑠，遂至於淪沒矣。以此眾妾得幸於君，漸至奪嫡，則母后寵衰，終至於廢棄也。夫王者之化自正家始，若使賤妾之乘乎嫡後，則天子失王家之道，無以成天下之大化，是猶蟪蛄入乎紫薇，日光為之虧損，浮雲隔乎兩曜，萬象為之昏冥也。人君之德，惡可以不明？風化之首，惡可以不正乎？（「蕭蕭」六句）承上言王皇后被讒言失寵，與漢之陳后事雖相倣，而實有不同。昔者陳后以驕妒而見謫，今王皇后則撫下有恩，後宮我有譖短之者，（見《唐書》）似不宜於見棄也。然武帝感相如《長門》之賦，而陳后得寵如故，今雖有王諲《翠羽帳》之賦，帝亦不省，則昔者是而今者非矣。譬之桂焉，既遭蠹蝕而華不實，天又降之以嚴霜，則桂之憔悴者，可立而待，安得復有生意乎？夫后者，母儀天下者也，以非罪而見棄，終為君德之累，吾所以終夕而永歎，為之損涕而沾衣也。（《李詩選注》卷一）

　　胡震亨曰：此詩舊注以為白詠玄宗寵武妃廢王皇后事，桂蠹一聯實用廢

后詔「皇后華而不實，不可承宗嗣」語，其說是矣。然白之意自謂當世相如惟我，賦《長門》悟主，我事耳。纔詠志在刪述，即及此事，故當自有深旨，不作是觀，倫次將無突如。（《李詩通》卷六）

佚名曰：紅批曰：皇后被廢，國家安危，實有關係，太白一生，亦是嫉惡如仇，故朝廷之上，不容煖席。又曰：此確是刺元宗寵妃廢后之作，蟾蜍，蠛蠓比讒妾亂政，所以戒女禍也，桂蠹不實，即明皇敕中語，引之以明非鑿空也。措詞則哀而不怒，得《小雅》《國風》之旨，可以怨美。（《李詩鈔述注》卷五上首批文）

王夫之曰：怨詩本體。（《唐詩評選》卷一）

沈德潛曰：意指武惠妃有寵，王皇后見廢而作，通體皆作隱語，而「蕭蕭長門宮」二句若晦若顯，布置最佳。（《唐詩別裁集》卷二）

王琦曰：《新唐書》：玄宗皇后王氏，同州下邽人，梁冀州刺史神念之裔孫。帝為臨淄王，聘為妃。將清內難，預大計。先天元年立為皇后。久無子，而武妃稍有寵。后不平，顯詆之，然撫下素有恩，終無肯譖短者。帝密欲廢后，以語姜皎，皎漏言即死。后兄守一懼，為求厭勝。浮屠明悟教祭北斗，取霹靂木刻天地文及帝諱，合佩之，曰：「后有子，與則天比。」開元十二年事覺，帝自臨劾，有狀，乃制詔有司：皇后天命不祐，花而不實，有無將之心，不可以承宗廟，母儀天下，其廢為庶人。賜守一死。當時王諲作《翠羽帳賦》諷帝。未幾卒，以一品禮葬，後宮思慕之。此詩蓋詠其事也。蕭士贇曰：王后事，與漢武陳后事極相類。二后雖各以無子、巫蠱厭勝廢，然推原其由，實衛子夫、武惠妃爭寵有以激之也。陳后之廢，司馬相如作《長門賦》，王后之廢，王諲亦作《翠羽帳賦》，先後一致。太白引此為證，最為切當。桂蠹不實，是採廢后制中語。唐仲言曰：蟾蜍蝕月，比武妃逼后。月光虧而魄沒，見后已廢而憂死也。蠛蠓借日之光以成形，今入紫薇而日反為所蔽。比武妃既得幸，而蠱惑帝心，至於荒亂也。苟日月俱為陰邪所傷，而蒼生無以仰照，則萬象皆昏冥矣。因言后之被廢，正如陳后之居長門，然陳后以嫉妒幾絕皇嗣，實有可廢之條。今王后撫下有恩，明皇特以武妃之故而謀廢之，則非陳后比矣。所謂「昔是今已非」也。且帝以後無子，罪其花而不實，然不觀諸桂樹乎？桂蠹則不能成實，寵分則不能有子，奈何遽以天霜之威加之哉！大抵國家之亂，起自宮闈，我因念及此事，為之感歎霑衣也。其後武妃幸早世，而明皇卒以太真亂國，太白可謂知幾矣。琦按：《舊唐書》：開元十二年秋七月壬申，月蝕既。己卯，廢皇后王氏為庶人。太白此篇，首以月蝕

為喻，是雖比而實賦也。（《李太白文集》卷二）

　　吳昌祺曰：詩不難於寫景，而難於指事。此全用比體，有《小雅》之遺風焉。（《刪訂唐詩解》卷二）

　　方東樹曰：此似感祿山之亂而作。（《昭昧詹言》卷七）

　　曾國藩曰：蟾蜍句暗指楊妃，蟪蛄句指祿山陷京師，兩曜謂玄宗在蜀，肅宗在靈武。（《求闕齋讀書錄》卷七）

　　笈甫主人曰：上首批文：閨門為王化之始，故《風》首《二南》之《關雎》《鵲巢》，今王后之冤如此而莫之悟，本實拔矣，所以《大雅》不作而有吾衰之歎也，故以此為五十八首之發端。　　句評：「蟾蜍薄太清」：此為王皇后被廢而作。「蟪蛄入紫微，大明夷朝暉」：轉韻法草〔註4〕，如轆轤，圖轉自然。「蕭蕭長門宮」：神接用草，搖曳出之，唱歎有神。（《瑤臺風露》）

　　瞿蛻園、朱金城曰：前人但見詩中長門宮一語，遂附會為指王皇后之被廢，其實唐人詩中託宮怨以喻士之見棄者已成常調，李詩中亦不止此一首。王氏更據開元十二年七月月蝕，同月王皇后被廢，遂指此詩為是年所作。然是年李才二十四歲，遠之蜀中，無由知此，即知之亦無緣關心此宮闈中之事。若云事後追詠，則天下事大於此者甚多，李意恐不在此也。（《李白集校注》卷二）

　　安旗曰：此與上篇為同時之作，詩旨不同。前人多以此詩為開元十二年王皇后被廢一事而發，實屬附會。方、曾以之屬安史亂後，亦非。瞿、朱之言良是。此詩當與《古朗月行》並讀，其意自明。二詩皆以蟾蜍蝕月喻天寶季葉時局而抒其憂國之情。「蕭蕭」二句，乃託宮怨以喻己身之見棄。本年所作古風其十三云：「君平既棄世，世亦棄君平。……寂寞綴道論，空簾閉幽情。」《贈從弟宣州長史昭》云：「才將聖不偶，命與時俱背。獨立山海間，空老聖明代。」足見白此期孤獨寂寞之情亦如陳后之在長門也。至於「桂蠹」句，與廢后詔實不相涉，此乃用漢末歌謠，暗示時局已至成、哀之世。「天霜」句，乃用《易》「履霜堅冰至」，暗示禍亂將及矣。前人以此詩繫開元十二年（七二四），殊不倫。置之此期諸詩中，則左右逢源。前此之《遠別離》《橫江詞六首》，後此之《宣州謝朓樓餞別校書叔雲》，以及此期《古風》多首，其憂時傷事之情，一脈相承，皆可印證。（《李白全集編年箋注》卷十）

_____

〔註4〕指草書筆法，《瑤臺風露》多有用書法、小說術語論詩者。

詹鍈曰：按楊齊賢說是，依曾說則「桂蠹花不實，天霜下嚴威」二句便不可解矣。（《李白全集校注彙釋集評》卷二）

按語

此篇題旨說法有四：一曰刺玄宗廢后。蕭士贇、朱諫、胡震亨、沈德潛、王琦諸家均認為此詩刺玄宗寵武惠妃廢王皇后事。二曰喻士之見棄。瞿蛻園、朱金城認為此乃「託宮怨而喻士之見棄」。三曰憂天寶時局。安旗認為此詩當與《古朗月行》並讀，「二詩皆以蟾蜍喻天寶季葉時局而抒其憂國之情。」四曰感祿山之亂，方東樹云：「此似感祿山之亂而作。」各家關於本篇題旨的四種解釋，各有論據，但任何一種猜測似乎都不能完全概括每一句之詩意和典故。一說刺玄宗廢后，乃坐實之論，諸家所提出的理由極其契合背景，但反駁者卻認為李白是年才 24 歲，無由知宮闈秘事，更與前八句闊大詭譎的時局風雲變化之氣氛不符。三說憂天寶時局，感祿山之亂，忽視了「月蝕」這一刺激生發太白作此篇的事件契機。此篇明顯有所隱喻，非籠統之作。

以上說法，楊、蕭等所言似符合此詩整體內容、背景，且開元十二年有月蝕發生，《舊唐書》載：「（玄宗開元十二年）秋七月壬申，月蝕既，廢皇后王氏為庶人。」廢王氏詔書中有「華而不實」語（見上集釋），然瞿、朱反駁這一說法的理由是李白此時年輕，尚在蜀中，無由知宮中事〔註5〕。

〔註5〕日本學者松浦友久也反對這一說法，認為「若進一步考慮，說七月在長安發生的事件，由蜀中二十四歲李白作詩加以諷諭，缺乏可信度。《古風》五十九首明顯不是一時連續之作，從創作年代推測，大體上在三十歲以後，即由安陸結婚生活轉向本色所好的遊歷生涯時期所作。大體情況既然如此，而只將第二首《蟾蜍薄太清》追溯為十年前的蜀中之作，這與五十九首共有的氛圍難免相衝突。還有，伴隨王皇后因武惠妃而被廢事件，也有新臣受寵、舊臣被貶等對詩歌素材持續起作用的現實問題。從古風的傳統類型角度看，很可能是李白在長安和洛陽解除了宮廷政治實際以後，以王皇后事件為素材，以詩歌隱喻詠出與現實政治和後宮某種有關之事。至少，很難將此詩確定在李白與宮廷完全無緣的時期所作。」（〔日〕松浦友久著，劉維治、尚永亮、劉崇德譯《李白的客寓意識及其詩思——李白評傳》，中華書局，2001 年，第 68～69 頁。）其論述需要注意的有兩點，其一，否認李白二十四歲在蜀中時作此篇是正確的，但以《古風》詩歌大體創作於李白三十歲之後為背景來推測《蟾蜍薄太清》不作於李白二十四歲的合理性存在問題，因為我們可確知《古

　　安氏之說在於忽略了首句「月蝕」的描寫，明顯是有所感而發，而天寶十二載，《唐史》無月蝕記錄，若作於是年，開篇寫蟾蜍蝕月，憑空而來，無有依據。

　　此篇應作於天寶三載，《舊唐書》玄宗朝關於月蝕的記載共有三次，一是開元四年，「夏六月庚寅，月既蝕，癸亥，太上皇崩於百福殿」；二是開元十二年，後不久王皇后被廢；三就是天寶三載，《舊唐書》載：「（天寶三載閏二月）辛亥，有星如月，墜於東南，墜後有聲，京師譌言：『官遣枨捕人肝以祭天狗』，人相恐，畿縣尤甚，發使安之」，且此次「有星如月」，毀墜東南的事件，應了貞觀十七年的讖語〔註6〕，在社會上引起了極大的騷亂。按理說，此次事件並非嚴格的「月蝕」，而是大流星墜落，但因「捕人肝以祭天狗」的譌言，加之「天狗食月」的傳說在民間流傳已久，社會上「祭天狗」的活動似乎也更加導向了詩人主觀上認為是「月蝕」事件的可能性，使此次流星墜落事件與月蝕自然聯繫了起來，也使社會上充滿了恐懼緊張的氣氛。「有星如月」的現象，在歷史上時有發生，《新刊大宋宣和遺事》載：「宋徽宗政和六年十一月，有星如月，徐徐南行，而落光照人物，與月無異」，宋人認為這種大流星是「與月無異」的，而對於浪漫的詩人來說，「月蝕」和「似月流星墜落」的區分顯然並不十分嚴格。所以此次事件被李白當做「月蝕」來描寫，是有其極大可能性的。

　　此時，李白正在長安，且頻繁出入宮中，太真妃盛寵正濃，此年秋八月甲辰，即冊封貴妃，此篇當是由此「蝕月」之事聯想追憶上一次「月蝕」事件，並及彼時王皇后被廢的遭遇，對比今朝楊妃之盛，聯想起自身遭際，由「月蝕」事件刺激感發而作，如此則篇末「沉歎終永夕，感我涕沾衣」，情緒

風》中是有少數篇章作於少年時期的，比如《北溟有巨魚》；其二，承認此篇必為李白接觸到後宮之事所發，而李白與宮廷有關涉的時段即天寶初年被玄宗下詔徵召入宮為翰林學士時期，其所接觸到的宮廷現實政治和後宮生活明顯隱喻楊妃，所言模糊。

〔註6〕類似此次事件，在貞觀十七年七月的時候，就已經引發過一次騷亂，《新唐書》卷三五載：「民訛言官遣枨枨殺人，以祭天狗。云其來也，身衣狗皮，鐵爪，每於暗中取人心肝而去。於是更相震怖，每夜驚擾，皆引弓箭自防，無兵器者剡竹為之，郊外不敢獨行。太宗惡之，令通夜開諸坊門，宣旨慰諭，月餘乃止。」《新唐書》在記載了天寶三載二月的「有星如月」事件後，又說：「遣使安諭之，與貞觀十七年占同。」

亦有著落處。且此篇以上次「月蝕」事件中王皇后被廢，此次類似事件中自己被疏遠，隱喻「士之見棄」，在情感邏輯上有貫通之處，後不久，李白即於此年三月上書請還山，焉知不是長夜沉歎失望之舉？而「賜金放還」的結局，似也與王皇后被疏的結果有暗合之處。李白此時尚未離開長安，備受謗傷，日益被疏，滿心愁苦卻又不合直言出之，此篇第一層表面上是寫月蝕事件，第二層則是隱射上次月蝕事件中王皇后被廢，第三層才是由此回轉延及自身被疏，如此幽微曲折，含蓄隱晦，也正符合《古風》首篇所倡溫柔敦厚的創作宗旨和委婉諷諫的寫作手法。由此，「紫微」指月，「大明」指日，故隔兩曜者，當指「日」「月」相離，帝后疏遠而言，非是謂肅宗、玄宗，若言謂二帝，則陳皇后長門宮典故不可解。憂天寶時局，感祿山之亂，這兩種說法，自然不成立。

　　此篇的確映像王皇后被廢一事，然卻非作於當年，而是天寶三載，由類似事件生發聯想的事後追詠。瞿蛻園雖然提及「事後追詠」，卻又以天下事大於此者甚多，李白「無由」追憶王皇后事為脫解，一筆蕩開，閒閒帶過，忽視了其「因由」正是天寶三載「月蝕」事件在長安引起的巨大恐慌，以及此次事件給詩人帶來的巨大震動和心緒浮動聯想。從首句「月蝕」事件入手，結合天寶三載大唐時局逐漸顯露出由盛轉衰的跡象，李白此年年初仍身在長安，仕途不順，遭小人讒害的個人經歷，以及詩中典故、地名的描寫運用，此篇詩句旨意從各個方面都能圓融貫通地得到合理解釋。此篇乃天寶三載，作於長安，李白由親見類似「月蝕」事件的「星大如月」「毀墜東南」生發聯想，追憶上次「月蝕」事件中王皇后被廢，對比此時楊妃恩寵之盛，借漢代陳皇后「長門宮」典故出之，託宮怨以喻己之見棄。此篇既是李白此時（天寶三載閏二月）處境的真實寫照，更是李白三月上書請還山的心理預兆。大抵因此時太白身受小人讒害之苦，有所感而發。

　　李白把此篇排在《大雅久不作》後，是依據古詩傳統而來的。這種傳統大抵源自《詩經》首篇《關雎》，以帝后之情、男女之愛為喻來反映風氣教化，《毛詩序》說：「《風》之始也，所以風天下而正夫婦也。故用之鄉人焉，用之邦國焉。」《荀子·大略》：「夫婦之道，不可不正也，君臣父子之本也。」劉子政《戰國策序》：「周室自文、武始興，崇道德，隆禮義，設辟雍泮宮庠序之教，陳禮樂絃歌移風之化。敘人倫，正夫婦，天下莫不曉然論孝悌之義、悖篤之行，故仁義之道滿乎天下。」在古人看來，夫婦關係為人倫之始，其

他一切道德的完善，都要以此為基礎，從帝后，到平民，皆是如此。在阮籍八十二首《詠懷詩》中，其二曰：「二妃遊江濱。逍遙順風翔。交甫懷環佩。婉孌有芬芳。猗靡情歡愛。千載不相忘。傾城迷下蔡。容好結中腸。感激生憂思。萱草樹蘭房。膏沐為誰施。其雨怨朝陽。如何金石交。一旦更離傷。」也是寫后妃之德，也正是如此。李白《古風》此篇放在第二首，當有繼承此傳統之意。

其三　秦王掃六合

秦王^①掃六合，虎視何雄哉^{②(1)}！揮^③劍決浮雲，諸侯盡西來⁽²⁾。
明斷自天啟^④，大略駕群才⁽³⁾。收兵鑄金人，函谷正東開⁽⁴⁾。
銘功會稽嶺，騁望琅邪^⑤臺⁽⁵⁾。刑徒七十萬，起土驪山隈⁽⁶⁾。
尚採不死藥，茫然使心^⑦哀⁽⁷⁾。連弩射海魚，長鯨正崔嵬⁽⁸⁾。
額鼻象五嶽，揚波噴雲雷⁽⁹⁾。鬐鬣蔽青天，何由覩^⑥蓬萊⁽¹⁰⁾？
徐市^⑧載秦女，樓船幾時回⁽¹¹⁾？但見三泉下，金棺葬寒灰⁽¹²⁾。

題解

　　朱言：賦也。此言始皇之事也。

　按：此篇借秦皇以諷諫。

編年

　　安旗繫於天寶六年（747 年），時李白 47 歲，言詩旨略近《登高丘而望遠海》，「秦皇漢武空相待」「窮兵黷武今如此，鼎湖飛龍安可乘」句，故繫於此年。先不論《登高丘而望遠海》本身不好繫年，只根據句意相同就確定作年，恐不妥。

　　詹鍈言當繫於天寶十載（751 年），時李白 51 歲。詹鍈曰：《通鑒》：天寶九載十月，太白山人王玄翼上言：見玄元皇帝言寶仙洞有妙寶真符，命刑部尚書張均等往求得之。時上尊道教，慕長生，故所在爭言符瑞，群臣表賀無虛月。此詩所譏倘指此等事而言，當是天寶十載作。

　　郁賢皓《李白選集》，認為此篇為託古諷今，有感而作，不必編年。

　按：此詩作年不詳。此篇旨意甚明，頗多歷史感慨，人主祈求長生，求仙好
　　道，歷代以來不乏其人；而此篇又不涉具體時事，即使有所隱射時事，
　　所指亦不明顯，明皇求仙，也非一載之事，似不好編年。郁說為是。

校記

① 王：兩宋本、咸淳本（當塗本）、楊蕭本、嚴羽點評本、林兆珂《李詩鈔述注》《唐李白詩》、劉世教本、李齊芳本、近藤元粹本均作「皇」。

② 雄：劉世教本注：「雄哉一本作耽哉。」

③ 揮：楊蕭本、嚴羽點評本、郭雲鵬本、胡震亨本均作「飛」。劉世教本注：「飛劍一本作揮劍。」

④ 明斷自天啟：兩宋本、劉世教本、繆曰芑本、王琦本，均注云：「一作雄圖發英斷」。

⑤ 琅邪：楊蕭本、嚴羽點評本、郭雲鵬本作「瑯琊」。按：安旗本作「琅玡」，其底本為兩宋本，然兩宋本作「琅邪」，安琪本誤。

⑥ 覩：咸淳本作「觀」。

⑦ 心：兩宋本注：「一作人」。劉世教本注：「使心一本作使人。」

⑧ 市：兩宋本、《唐李白詩》作「氏」。

注釋

（1）六合：指天下四方，泛指天地宇宙。《莊子·齊物論》：「六合之外，聖人存而不論；六合之內，聖人論而不議。」成玄英疏：「六合，天地四方。」賈誼《過秦論》：「及至秦王，續六世之餘烈，振長策而御宇內，吞二周而亡諸侯，履至尊而制六合。」　虎視：《後漢書》卷四〇《班固傳》載《兩都賦》：「周以龍興，秦以虎視。」李賢注：「龍興虎視，喻盛強也。」

（2）決浮云：《莊子·說劍篇》：「天子之劍……上決浮雲，下絕地紀。此劍一用，匡諸侯，天下服矣。」　諸侯盡西來：王琦注云：「『諸侯盡西來』者，六國之王皆為所虜，而西入於秦也。」

（3）天啟：《左傳》：「天下所啟，人弗及也。杜預注：啟，開也。」　大略：遠大的謀略。　駕：駕馭，操縱。

（4）收兵鑄金人：《史記·秦始皇本紀》：「二十六年，收天下兵，聚之咸陽，銷以為鍾鐻，金人十二，重各千石，置宮廷中。」　函谷：即函谷關，秦之東關。位於今河南省三門峽市靈寶縣南，因關在谷中，深險如函，故名。歷史上函谷關有秦關、漢關兩座，此處指秦關。《水經注》卷四《河水》：「潼關歷北出東崤，通謂之函谷關也。邃岸天高，空谷幽深，澗道之狹，車不方軌，號曰天險。」王琦注：「『函谷正東開』者，當六國未滅之時，慮其侵伐，以函谷為守禦之要樞，啟閉甚嚴。六國已滅，天下

一統，無事守禦，函谷可以常開矣。」

（5）會稽嶺：在今浙江紹興市南。《史記·秦始皇本紀》：「三十七年……上會
稽，祭大禹，望於南海，而立石刻頌秦德。」　　瑯邪臺：位於今山東
諸城東南瑯邪山。《史記·秦始皇本紀》：「二十八年……南登瑯邪，大樂
之，留三月。乃徙黔首三萬戶瑯邪臺下，復十二歲。作瑯邪臺，立石刻，
頌秦德，明得意。」

（6）刑徒：指犯人。《史記·秦始皇本紀》：「三十五年……隱宮徒刑者七十
餘萬人，乃分作阿房宮，或作麗山。」　　起土：挖土，掘土，意指開
始建造（宮殿）。　　驪山：秦嶺的一個支脈，今位於陝西省臨潼縣東
南。　　限：山水等彎曲處。

（7）尚：還，仍然。不死藥：《史記·秦始皇本紀》：「三十二年……因使韓
終、侯公、石生求仙人不死之藥。」

（8）連弩：靠機械力連續射箭的弓。　　射海魚：《史記·秦始皇本紀》：「
……方士徐市等入海求神藥，數歲不得，費多，恐譴，乃詐曰：『蓬萊藥
可得，然常為大鮫魚所苦，故不得至。願請善射與俱，見則以連弩射之。』」
　　長鯨：《文選》卷一二木華《海賦》：「魚則橫海之鯨……巨鱗插雲，
鬐鬣刺天，顱骨成嶽，波膏為淵。」　　崔嵬：高大，高聳。

（9）此二句言「長鯨」之巨大，氣勢之駭人。

（10）鬐鬣：鬐，古通「鰭」，魚脊。鬣，魚頜旁小鰭。　　蓬萊：《史記·秦
始皇本紀》：「維二十八年……齊人徐市等上書，言海中有三神山，名曰
蓬萊、方丈、瀛洲，仙人居之。請得齋戒，與童男女求之。於是遣徐市
發童男女數千人，入海求仙人。」

（11）樓船：楊齊賢注曰：「船上施樓曰樓船。」

（12）三泉：三重泉，地下深處，多指人死後葬處。《史記·秦始皇本紀》：「九
月，葬始皇驪山……穿三泉，下銅而致槨。」《正義》：「顏師古注：三重
之泉，言至水也。」　　寒灰：指化為灰土之尸骨。《韓非子·說林上》：
「夫死者，始死而血，已血而衂，已衂而灰，已灰而土。」

集評

蕭曰：白意若曰仙者清淨自然，無為而化，秦皇之所為若此，求仙者豈
如是乎？宜其卒為方士之所欺而不免於死也。後之為人君而好神仙者，亦可
鑒矣。（《分類補注李太白詩》卷二）

嚴羽曰：首四句：雄快。「收兵」二句，與「西來」相應。「尚採」二句：二語緊接，方警動。若蓄而不露，只就下文委蛇去，便氣漫不振矣。（嚴羽、劉辰翁評點，聞啟祥輯《李杜全集》卷一）

朱諫曰：（「秦王」十句）言始皇吞滅流過，如虎之猛，劍決浮雲，而兵威無敵，關東諸侯皆相率而來朝，明斷由乎天啟，而非人力之可為，大略駕乎群材，而顛倒一時之豪傑，遂能滅諸侯以成帝業，自謂萬事無虞，乃收天下之兵，鑄為十二金人，置之司馬門外，函谷東開，諸侯相率而西朝，坦然無東顧之憂矣。於是巡行天下，南登會稽之山，刻石以頌功德，東至瑯琊之臺，導海以驪夫遊，觀蓋以六合為一家，而肆情於盤樂也。（「刑徒」十四句）上言始皇吞六國以成帝業矣。此則言其愛長生，然仙洲渺茫，仙樂難致，傷財害人，徒費歲月，未允令人之可哀也，採藥海中，又以巨魚為患，則使連弩射之，殊不知鯨魚之大，長數十里，頷鼻高如五嶽，揚波鼓浪勢若雲雷，奮鬐揚鬐，上斷霄漢，海道阻塞而仙洲隔絕矣。所謂蓬萊者，何由得見，仙樂何從而致哉？徐市樓船逍遙滄海之上，又不知何時而得回也。藥既不及身，亦不保祖龍死於沙丘矣。但見驪山之側，三泉之下，金棺石槨葬於寒灰，向求不死，今乃一旦溘然而長逝，豈不令人可哀也乎？（《李詩選注》卷一）

徐禎卿曰：此篇借秦皇以為諷也。（郭本李集引）

佚名曰：起筆意態雄傑，出橫絕一世。又曰：「尚採」二字妙於下文，但見字遙遙相應。　紅批曰：人主求仙者索然。又曰：但見照應「尚採」字筆力，千鈞前後，一氣吞吐，令人讀之背汗神沮，凡人君好求神仙，講厚葬，若見此，能毋面色灰死？（《李詩鈔述注》卷五上首批文）

邢昉曰：唐人代有作者，此足包之。（《唐風定》卷之一上）

沈德潛曰：既期不死，而又築高陵，自相矛盾矣。（《唐詩別裁集》卷二）

應時曰：（後二句）無此一轉，氣不足。（總批）：揮斥驅驟，而語有分寸。（《李詩緯》卷一）

《唐宋詩醇》曰：極寫其盛，正為中間轉筆作地，「茫然使心哀」五字，多少包含。借秦以諷，意深旨遠。（卷一）

陳沆曰：此亦刺明皇之詞，而有二意：一則太白樂府中所謂：「窮兵黷武有如此，鼎湖飛龍安可乘」。二則人心苦不足，周穆、秦、漢同一轍也。（《詩比興箋》卷三）　　按：陳沆選此篇，只到「茫然使心哀」。謂，各本此下尚有「連弩射海魚……」，今節去之，似較蘊藉。

奚祿詒曰：似為玄宗好仙而發。時玄宗方用兵吐蕃南詔，而受籙投龍不廢。（見《李詩通》卷六手批）

沈寅、朱崑曰：此言人君好神仙之鑒也。……後之期長生而求神仙者，視此可不戒與？（《李詩直解》卷一）

笈甫主人曰：上首批文：此承上首來，言明皇平韋武之亂，何等英武！今乃判若兩人，則姦臣蒙蔽之罪，不可勝誅也，似賦而實比。「海魚」「長鯨」即指林甫、祿山諸奸，「蔽青天」三字，點破正意。　　句評：「秦皇掃六合，虎視何雄哉」：並下一首，承蟾蜍蝕月來，皆《大雅》不作之根。「起土驪山隈」：影語，暗刺明皇。「鬐鬣蔽青天，何由覩蓬萊」：奇句露意，令人不測。（《瑤臺風露》）

詹鍈曰：《資治通鑒》：（玄宗開元二十二年）方士張果自言有神仙術……肩輿入宮，恩禮甚厚……後卒，好異者奏以為尸解，上由是頗信神仙。（卷二一四）（玄宗天寶九年），太白山人王玄翼上言見玄元皇帝，言寶仙妙洞有妙寶真符。命刑部尚書張均等往求，得之。時上尊道教慕長生，故所在爭言符瑞，羣臣表賀無虛月。此詩即為玄宗慕仙事而發，借秦皇以刺玄宗。（卷二一四）（《李白全集校注彙釋集評》卷二）

方東樹：收兩義合併。（《昭昧詹言》卷七）

（日）近藤元粹曰：嚴云：雄快。又云：「函谷正東開」與西來相應。又云：刑徒二句與銘功騁望為掎角之句。又云：「尚採」二語緊接，方警動；若蓄而不露，只就下文委蛇去，便氣漫不振矣。（《李太白詩醇》卷一）

按語

此篇說法側重有三：一借秦以諷，未明言玄宗，如蕭、徐、《唐宋詩醇》，此乃就文本而言，未有引申；二泛言譏人主求仙，如林兆珂、沈寅、朱崑，此乃關注點在總結歷代規律；三明言直指明皇，如奚祿詒、陳沆、笈甫主人等，此乃側重於李白所面對生活的時代現實。所言皆有道理，只是關注點不同。

通篇諷秦皇求仙之意甚明，刺明皇之意稍弱而隱晦，除「茫然使心哀」似有所感，餘句完全不涉當時時局。然整篇讀來，指言時事之意又頗為明晰。大概一則源於對玄宗之避諱，臣子不明言君主之過，屬於君臣之禮；二則印證了李白創作《古風》時是繼承《詩經》的「風雅精神」和「春秋筆法」，雖內含諷喻而語意婉轉，鋒芒盡削，不失中正平和之儒家教化，只要能達到提醒在位君主以史為鑒的目的，點到即止。

其四　鳳飛九千仞

鳳飛九千仞，五章備綵珍⁽¹⁾。銜書且虛歸，空入周與秦⁽²⁾。
橫絕歷四海，所居未得鄰⁽³⁾。吾營紫河車，千載落風塵⁽⁴⁾。
藥物秘海嶽，採鉛青溪濱⁽⁵⁾。時登大樓山，舉首^①望仙真⁽⁶⁾。
羽駕滅去影，颷車絕回輪⁽⁷⁾。尚恐丹液^②遲，志願不及申^③⁽⁸⁾。
徒霜^④鏡中髮，羞彼鶴上人⁽⁹⁾。桃李何處開？此花非我春⁽¹⁰⁾。
惟^⑤應清都境，長與韓眾親⁽¹¹⁾。

題解

朱言：比也。此白託物以自比也。

按：前六句借鳳自比，亦有興意，後則借遊仙自況。

編年

安旗繫於天寶十三年（754年），時李白54歲。認為乃本年或次年在秋浦作。詹鍈認同此觀點。郁賢皓亦認為，詩中提到青溪、大樓山等地，當是天寶十四載遊秋浦時所作。

按：此篇作年無有爭論，以上諸家之說為是。又由「徒霜鏡中髮」，可知定為李白晚年所作，天寶十三（或十四）載，李白遊秋浦，作了大量詩文反映此時行蹤，如《與周剛清溪玉鏡潭宴別》：「我來遊秋浦，三入桃陂源。……溪當大樓南，溪水正南奔。」《自代內贈》：「估客發大樓，知君在秋浦」等，「青溪」（亦寫作清溪）是這些詩歌中常出現的地名，亦可互相印證。

校記

① 首：楊蕭本、嚴羽點評本、劉世教本、李齊芳本、《全唐詩》本作「手」。
按：從意義上看，「舉首」與「望」相聯似更妥帖。

② 丹液：朱、瞿校本，詹鍈本皆曰：咸本注云：一作神州，又作金液。然查咸淳本並無此注，恐誤。

③ 申：劉世教本作「伸」。

④ 霜：咸淳本作「茲（一作霜）」。

⑤ 惟：王本、明林兆珂《李詩鈔述注》作「惟」。餘者從兩宋本、咸淳本、楊蕭本、嚴羽點評本、劉世教本、李齊芳本等皆作「唯」。

注釋

（1）鳳：《山海經》曰：「又東五百里，曰丹穴之山，其上多金玉。丹水出焉，
而南流注於渤海。有鳥焉，其狀如雞，五采而文，名曰鳳皇。」　仞：
古代計量單位，合周尺七尺或八尺，一尺約二十三釐米。九千仞：朱注：
「九千仞，言其高也。」賈誼《弔屈原賦》：「鳳凰翔於千仞兮，覽德輝
而下之。」　五章：此言鳳之五采，隱喻五德也。即《山海經》所言
「五采而文」者，指鳳皇的首、翼、背、膺、腹五部之文采華美，彰顯
鳳之德行珍貴，《山海經》又曰：「名曰鳳皇，首文曰德，翼文曰順，背
文曰義，膺文曰仁，腹文曰信。是鳥也，飲食自然，自歌自舞，見則天
下安寧。」詹鍈本認為「五章」指五色，引《左傳》昭公二十五年：「為
九文、六采、五章，以奉五色。」杜預注：「青與赤謂之文，赤與白謂之
章，白與黑謂之黼，黑與青謂之黻，五色備謂之繡。集此五章，以奉成
五色之用。」似非是。　綵珍，朱注：「言其綵色之可貴也。」

（2）銜書：《呂氏春秋・有始覽》：「及文王時……赤鳥銜丹書集於周社。」李
白《江夏使君叔席上贈史郎中》：「鳳凰丹禁裏，銜出紫泥書。」

（3）橫絕：《漢書・張良傳》：「歌曰：『鴻鵠高飛，一舉千里。羽翼已就，橫
絕四海。』」顏師古注：「絕，謂飛而直度也。」　所居未得鄰：李白
《鳴皋歌送岑徵君》：「鳳孤飛而無鄰。」

（4）紫河車：指道家修煉的玉液金丹。隋唐以來，道家主要從內丹學角度來
解釋「河車」之意，據《鍾呂傳道集》，腎臟五行屬水，「河車」主要指
兩腎蘊藏的「水府真一之氣」及其運行方式，兩腎一左一右，像日月周
轉的兩個輪子，故稱「河車」。蕭士贇注：「道書蓬萊修鍊法：河車是水，
朱雀是火，取水一抖鐺中，以火炙之，令沸，致聖石九兩其中。初成姹
女，次謂之玉液，後成紫色，謂之紫河車。白色曰白河車，青色曰青河
車，赤色曰赤河車，亦曰黃芽。」楊齊賢注：《抱朴子》曰：「丹砂可為
金，河車可作銀，子得其道，可以仙身。」《西山群仙會真記》陰真君曰：
「北方正氣號河車，車謂運載物於陸地，往來無窮，而曰河車者，取意
於人身之內，萬陰之中，有一點元陽上升，薰蒸其胞絡，上生元氣。……
純陰下降，真水自來，純陽上升，真火自起，一升一沈，相見於十二樓
前，顆顆還丹而出金光萬道，則曰紫河車也。故車行於河如氣在血絡之
中，氣中暗藏真水，如車載物，所謂河車者詳矣。」　落風塵：喻由

仙而降為人也。　　「千載」句：此當與太白「謫仙」之號相聯繫，自太白被賀知章驚呼為「謫仙人」，太白便常以此自謂，對此一號頗為自豪，有強烈的內心認同感。

（5）秘：隱藏，不以示人。　　海嶽：此言海上仙山。　　採鉛：楊注：「五嶽四海，靈藥所產，而不輕以畀人。青溪之鉛，乃可採耳。」朱諫注：「鉛，亦藥物之一品。」　　青溪：即清溪，在今安徽池州城北。《嘉慶重修一統志》卷一一八池州府：「清溪河，在貴池縣東。」庾仲庸《荊州記》曰：「臨沮縣有青溪山，山東有泉，泉側有道士精舍。」陳子昂《感遇》其十一：「吾愛鬼谷子，青溪無垢氛。」一說在今湖北省當陽市西北。由李白《與周剛清溪玉鏡潭宴別》《自代內贈》等，可知「青溪」當與「大樓山」「秋浦」毗鄰，故此當為貴池縣之青溪。

（6）大樓山：楊齊賢注：「據太白《代內贈》詩云：『估客發大樓，知君在秋浦。』則大樓當在秋浦。」《嘉慶重修一統志》卷一一八池州府：「大樓山，在貴池縣南四十里。孤撐碧落，若空中樓閣然。」瞿蛻園、朱金城《李白集校注》云：「卷二十二《宿鰕湖》詩云：『明晨大樓去……』卷二十七《金陵與諸賢送權十一序》云：『而嘗採姹女於江華，收河車於清溪，與天水權昭夷服勤爐火之業久矣。』皆與此首所云『採鉛青溪濱，時登大樓山』情事相合。」

（7）羽駕：楊齊賢注：「言乘鸞鶴。」麗車：楊注：「言御風雲。」

（8）丹液：《抱朴子·金丹》：「余考覽養性之書，鳩集久視之方……莫不皆以還丹金液為大要者焉。」朱諫注：「丹，乃液之已成；液，乃丹之未堅者也。」

（9）鶴上人：駕鶴之仙人。

（10）桃李：朱諫注：「喻當時只榮貴者。」楊齊賢曰：「言桃李花乃世俗之春，非仙境之春也。」按：楊言是。

（11）清都：朱諫注：「帝居也。」楊齊賢曰：「《列子》：清都，紫薇鈞天廣樂，帝之所居。」　　韓眾：仙人也。《楚辭》卷五《遠遊》：「羨韓眾之得一。」王逸注：「眾，一作終。」洪興祖補注：「《列仙傳》：齊人韓終為王採藥，王不肯服，終自服之，遂得仙也。」《抱朴子·仙藥》：「韓終服菖蒲十三年，身生毛，日視書萬言，皆誦之，冬袒不寒。」《神仙傳》卷八《劉根》：「吾昔入山，靜思無所不到，後入華陰山，見一人，乘白鹿，從十餘人，

玉女左右四人，執彩旄之節，年皆十五六。余再拜頓首，求乞一言。神
人乃住，告余曰：『汝聞有韓眾否乎？』答曰：『嘗聞有之。』神人曰：『即
我是也。』」

集評

　　楊齊賢曰：此篇太白自況也。(《分類補注李太白詩》卷二)

　　蕭士贇曰：此篇遊仙詩，太白自言其志云。(《分類補注李太白詩》卷
二)

　　朱諫曰：(「鳳飛」六句) 言鳳飛千仞之上，身備五采之章，口銜丹書，
欲呈祥於王者。入周秦之郊，無有所遇，而空歸矣。歸又無所棲息，乃橫絕
於四海，翻飛遨遊，而又孑然無與為鄰者。是猶我之抱藝浪跡四方，而不得
一有所遇也。較之於鳳，夫何異乎！(「吾營」十二句) 承上言我之周流四方，
既無所遇矣。於是退而為修鍊之術，然猶未免落於風塵之中，藥物秘於海嶽，
遠而不可得也，乃採鉛於青溪之濱，鉛亦藥物之一品，青溪地近，採之或可
得耳，青溪東行，抵於宣城大樓之山，亦仙人之所棲者，我將從之以與相親，
但見其駕鸞鶴，御飆輪，飄然而遠去，又不可得而親矣。來往風塵，歲月云
邁，而丹砂未就，仍恐此志不及一伸，蹉跎髮白，誠有愧於鶴背之仙人耳。
(「桃李」四句) 承上言入周秦而空歸，絕四海而無鄰，彼富貴者，皆與我而
相違矣。譬之桃李，雖有艷陽之色，亦不知開於何人之家，皆非我之春也。
富貴既不可求，不如從吾所好，吾將入於清都之境，挾群仙以遨遊，長與韓
眾而相親。安可以丹液之遲，半道而自廢乎！(《李詩選注》卷一)

　　徐禎卿言：此以鳳凰喻至人也。言鳳飛則凌千仞，身則備五色，雖來儀
於周秦之郊，而不可羈掛，以比至人能全身遠害也。(郭本李集引)

　　林兆珂曰：此章喻言不能為王者佐，以成功名，則將採藥修丹，一去清
都，與仙人韓眾遊也。　　　　紅批曰：遺世獨立，孑然寡偶，太白、屈原千古
同悲。又曰：造語清超絕俗，雖遜漢魏澤源，卻勝齊梁靡麗。(《李詩鈔述注》
卷五)

　　胡震亨曰：舊注云：此遊仙詩。太白少遇司馬承禎，謂其有仙風道骨，
可與學仙，故自言其志。今考《古風》為篇六十，言仙者十有二，其九自言
遊仙，其三則譏人主求仙，不應通蔽互殊乃爾。白之自謂可仙，亦藉以抒其
曠思，豈真謂世有神仙哉！他詩云：「此人古之仙，羽化竟何在。」意自可見，
是則雖言遊仙，未嘗不與譏求仙者合也。時玄宗方用兵土蕃、南詔而又受籙

投寵，崇尚玄學不廢，大類秦皇、漢武之為，故白之譏求仙者亦多借秦、漢為喻。白他詩又云：「窮兵黷武今如此，鼎湖飛龍安可乘？」其本旨也歟！（《李詩通》卷六）

　　劉城曰：《遊大樓山記（上）》：人皆言大樓山與府治面，遠去五十里而為之朝，此大略之辭也。山延袤弘闊，有絕高兩峰……太白「秋浦長似秋，蕭條使人愁。客愁不可渡，行上東大樓。正西望長安，下見江水流。寄言向江水，女意憶儂不。遙傳一掬淚，為我達揚州。」始余疑大樓與江水遼闊，何詩意超乎乃爾。及履其地，乃知詩言不誣。蓋登山實見江水，既見江水則掬淚付之，無不可達矣。西東字於吾邑境亦大分明。子蠻進曰：太白《古風・鳳飛九千仞》一首中云「萬藥秘海嶽，採鉛清溪濱。時登大樓山，舉首望仙真」諸語，亦實指茲山而言，以既落風塵之後，藥物卒不可得，所以泛清溪而登大樓，非概云仙人樓居意也。惟山高遠曠闊，心境廓然，故羽駕滅景，飆車回輪，當是登覽時所作。余曰：然。太白他日代內答云：「估客發大樓，知君在秋浦。」又《與周剛清溪宴別》：詩云「溪當大樓南，」觀其言必指稱，非雄曠瑰奇不足當乃公意。顧吾曹不躬親遊歷，亦不知詩與大樓親切有味至此，此不可不記。（《嶧桐文集》卷八）

　　鍾惺、譚元春曰：鍾惺評「吾營紫河車」下十句：此下至「志願不及伸」可厭。太白有飲酒學仙兩路語，資淺俗人口角。又評：「徒霜鏡中髮」：同一「霜」字，用得不好，則為「何處得秋霜」矣。　　譚元春評「桃李何處開」二句：幽句竦然。（《詩歸》卷一五）

　　王夫之曰：規運廣遠，而示人者恒以新密。若直以太白為一往豪宕人，則視此類詩為何語邪？（《唐詩評選》卷二）

　　沈寅、朱崑曰：此篇太白借遊仙之意以自況也。（《李詩直解》卷一）

　　方東樹曰：此託言仙人，放懷忘世。（《昭昧詹言》卷七）

　　笈甫主人曰：上首批文：「銜書」十字言非無衷諫之臣，其如君之不聽何！姦邪競進，賢臣去矣！有心人挽回無術，飆車羽駕，但聽其影滅音沉耳。他年設祭韶州，悔之晚矣！「此花非我春」五字沉痛異常，世人當作遊仙詩讀，一何可笑？（《瑤臺風露》）

　　詹鍈曰：詩云：「銜書且虛歸，空入周與秦。橫絕流四海，所居未得鄰。……藥物秘海嶽，採鉛青溪濱。」太白蓋歷遊燕趙邠岐，始入秋浦。《宿鰕湖》詩王注：「太白古詩有『採鉛青溪濱，時登大樓山』之句，疑與此詩是一時之作。」即指此首而言。（《李白全集校注彙釋集評》卷二）

瞿、朱曰：按卷二十二《宿鰕湖》詩云「明晨大樓去……」卷二十七《金陵與諸賢送權十一序》云：「而當採妊女於江華，收河車於清溪，與天水權昭夷服勤爐火之業久矣。」皆與此首所云「採鉛青溪濱，時登大樓山」，情事相合。（《李白集校注》卷二）

安旗曰：首四句當指上年入長安獻策未果事。亂後所作《經亂離後天恩流夜郎憶舊遊書懷贈江夏韋太守良宰》一詩回憶幽州之行後有句云：「心知不得語，卻欲棲蓬瀛。」可與此詩所寫出世之情參照。此詩固是託言仙人放懷忘世之作，但詩中所謂「吾營紫河車」「採鉛清溪濱」等亦非虛語。秋浦清溪從事煉丹之事，一見於本篇，二見於《宿鰕湖》，三見於與權昭夷等人之詩文。茲將諸詩並繫於此。（《李白全集編年箋注》卷十一）

按語

此篇從「青溪」「大樓山」等地名和李白此時的相關詩作推斷作年，諸家觀點基本相同。其爭論處乃在題旨的解讀，說法有三：一言太白自況，如楊齊賢、笈甫主人；二言遊仙，如胡震亨、鍾惺、譚元春；三言借遊仙以自況，如蕭士贇、朱諫、沈寅、朱崑、方東樹等。劉城《登大樓山記》之言頗有見地，蓋解詩想像之處，終不如尋跡追蹤，親身經歷耳，三說似更合理。此篇乃太白借遊仙以自況，自比鳳凰，然志願不及申，才轉而求仙。

此首開篇之「彩鳳」有直接的比興象徵意味，徐禎卿言以鳳凰喻至人，雖有理，卻顯得泛泛，下述「吾營紫河車」為第一人稱敘事，開篇借「鳳」自比的意味更濃。整篇充溢著濃鬱的道家求仙思想，「尚恐丹液遲，志願不及申」又有明顯的藉以自比和抒發己懷之意，朱諫曰：「此白託物以自比也」，正是此意。蓋《古風》中所言求仙，雖尋仙味道濃鬱，實非僅僅只為求仙而發也。

其五　太白何蒼蒼

太白何蒼蒼！星辰上[①]森列[(1)]。去天三百里，邈爾與世絕[(2)]。
中有綠髮翁，披雲[②]臥松雪[(3)]。不笑亦不語，冥棲在巖穴[(4)]。
我來逢真人，長跪問寶訣[(5)]。粲然啟玉齒[③]，授以煉藥說[(6)]。
銘骨傳其語，竦身已電滅[(7)]。仰望不可及，蒼然五情熱[(8)]。
吾將營丹砂，永世與[④]人別。

題解

　　朱言：賦也。此亦遊仙之詩。

按：此篇借遊仙以抒懷。事有前因後果，此篇雖寫求仙之事，然關注點應在
　　「吾將營丹砂」之前因，為何要「永世與人別」？大抵是經歷入世挫折
　　後，失望灰心，一時激憤語也。

編年

　　安旗繫於天寶三年（744年），時李白44歲，然又言：「此詩去朝之際作。
開元十八年（730），白出長安西遊歧邠時，有《登太白峰》詩。此則神遊太
白之境而寄其出世之情也。」前後矛盾，不知為何。詹鍈據此誤認為安旗繫
於開元十八年，言「可商」，實誤解安氏之意。郁賢皓認為：「此詩作年不詳。
或謂開元年間首次入京西遊太白山所作，可從。蓋初入長安追求功業未成，
幻想成仙也。」

　　阮堂明有《〈太白何蒼蒼〉繫年與李白相關行跡求是》（《中國李白研究》，
2013年集，黃山書社，2014年，第135～148頁），繫此篇於天寶元年秋，獲
謁賀知章前，可參看。

按：此篇作年不詳。《登太白峰》詩曰：「西上太白峰，夕陽窮登攀。太白與
　　我語，為我開天關。願乘冷風去，直出浮雲間。舉手可近月，前行若無
　　山。一別武功去，何時復見還。」全詩寫景留戀成分居多，無此篇「永
　　與世人別」所道出的出世遊仙幻滅之感和傷悲之情。蓋李白去太白山，
　　當不止一次。《登太白峰》當為早年初登之作，故言「何時復見還」；後
　　時局變遷，白入世之心大退，遊仙之願劇增，頓生長居於此，與世長別
　　之感，故言「吾將營丹砂，永與世人別」。若依開元年間之說，《登太白
　　峰》與此篇末句所流露的情感完全不同，言二者作於同時，似兩相矛盾。
　　恐不妥。

校記

① 上：明佚名《唐翰林李太白詩集》作「何」。

② 披雲：兩宋本注：「一作千春」。王本同。餘無。

③ 啟玉齒：兩宋本作「忽自哂（一作啟玉齒）」。王本相反，作「啟玉齒（一
　　作忽自哂）」。

按：詹鍈本以兩宋本為底本，校記云：「忽自哂（一作啟玉齒），王本同」，實
　　誤。

④　世與：別本皆作「與世」。

注釋

（1）太白：一曰星名，即金星，又稱「長庚」「啟明」。二曰山名，位於陝西
　　　省郿縣東南。《水經注》卷一八《地理志》曰：「縣有太一山，古文以為
　　　終南，杜預以為中南也，亦曰太白山。在武功縣南，去長安二百里，不
　　　知其高幾何。」李白《蜀道難》：「西當太白有鳥道，可以橫絕峨眉巔。」
　　　此指山。朱諫注曰：「太白，山名，在鳳翔郿縣，去長安三百里。俗云『武
　　　功太白，去天三百。』」天：謂天子所在也。《錄異記》：『金星之精，墜落
　　　漢南圭峰之西，號為太白，其精化為白石。』」　　蒼蒼：深青色。

（2）邈：遙遠。陶淵明《癸卯歲十二月中作與從弟敬遠一首》：「寢跡衡門下，
　　　邈與世相絕。」

（3）綠髮翁：朱諫注曰：「髮老不白，轉而為綠，仙人之髮也。」

（4）冥棲：幽棲，猶言隱居。

（5）真人：道教修仙得到者成為真人。曹植《飛龍篇》：「我知真人，長跪問
　　　道。」朱諫注曰：「真人者，許慎云『真德之人也』，即上文所謂綠髮翁
　　　也。」　　寶訣：升仙之法。

（6）粲然：楊注：「露齒之狀。」郭璞《遊仙詩》其二：「靈妃顧我笑，粲然
　　　啟玉齒。」　　鍊藥：成仙之藥。

（7）竦身：縱身往上跳。《淮南子‧道應》：「若士舉臂而竦身，遂入雲中。」
　　　《抱朴子‧對俗》：「夫得道者，上能竦身於雲霄，下能潛詠於川海。」　　電
　　　滅：像閃電一樣迅速消失。

（8）朱諫注曰：「蒼然，猶茫然也。五情，五內之情也。」五情：喜、怒、哀、
　　　樂、怨也。陶淵明《形影神》：「身沒名亦盡，念之五情熱。」

集評

　　　嚴羽、劉辰翁曰：蒼然字妙，以不必本郭景純「萬物蒼蒼然生」語。（嚴
羽、劉辰翁評點，聞啟祥輯《李杜全集》卷一）

　　　蕭士贇曰：太白少遇司馬承禎，謂其有仙風道骨，可與學仙，太白亦有
志焉。凡方外異人，圖錄丹訣，無不參授。其四、其五兩詩非泛然之作，蓋
亦一時紀實之辭也。（《分類補注李太白詩》卷二）

　　　朱諫曰：（「太白」八句）言太白之山高接星辰，去天不遠，雖在平地，
絕與世隔，中有綠髮之仙，貌若少年之子，披雲而臥雪，不笑而不語，宛然

養真，棲於此山。（「我來」十句）言綠髮之翁乃真人也，我來太白山中，遇此真人，因長跪致敬，以求長生之訣。幸真人之不我棄，粲然啟齒而授我以鍊藥之方，我當銘骨佩服而不敢忘也。授受既畢，真人又將捨我而去矣，竦身輕舉，倏如電滅，引首望之，遠不可及，徒爾熱中從之，雖無由學之，或可至也。吾以所授之訣，營丹砂之藥，庶可從真飛昇，永與世人而相別矣。（《李詩選注》卷一）

徐禎卿曰：此篇語意與上亦相類，蓋白真有慕於仙而作也。（郭本李集引）

佚名曰：紅批曰：相其骨幹，直有白雲輕舉之概。又曰：仙道珊珊，吐納煙霞，不食人間煙火，乃能道得出此冰雪皎潔之詞。（《李詩鈔述注》卷五上首批文）

《唐李白詩》朱批曰：幻化虛無不盡，空悲涼。（卷一）。

應時曰：（「去天」二句）平淡中自與人迥別。（「銘骨」二句）絕非凡徑。（「仰望」二句）造字奇。（總評）不結束，不矜持，竟飄然霞舉。丁谷雲曰：雖可澹情，實恐亂紀，變也。（《李詩緯》卷一）

《唐宋詩醇》曰：郭璞《遊仙詩》「清溪百餘仞」一首純是寓意，白詩與彼不同。蓋士之不得志於時者，姑寄其意於此耳。舊史稱白少有才逸，志氣宏放，飄然有超世之心，殆亦性之所近。或其被放東歸，將受道籙時作也。（卷一）

方東樹曰：此託言仙人，放懷忘世。（《昭昧詹言》卷七）

笈甫主人曰：上首批文：前兩首皆承「蟾蜍」一首來，乃《大雅》不作之根。此從上首「此花非我春」句，指到自己，言世不我用，身將隱矣。乃「吾衰誰陳」之根也。玩「蒼然五情熱」句，知太白非果能忘世者。（《瑤臺風露》）

近藤元粹曰：吳昌祺曰：《爾雅》：春為蒼天；郭景純曰：萬物蒼蒼然生。此言五情蒼然而生也。嚴羽云：蒼然字妙，亦不必本郭景純「萬物蒼蒼生語」。（《李太白詩醇》卷一）

詹鍈曰：按岑參有《太白胡僧歌》，序云：太白中峰絕頂有胡僧，不知幾百歲。眉長數寸，身不製繒帛，衣以草葉，恆持《楞伽經》，雲壁絕響，人跡罕到。歌云：「聞有胡僧在太白，蘭若去天三百尺。一持楞伽入中峰，世人難見但聞鐘。」太白所見之綠髮翁疑即此人。又曰：天寶三載，白去長安，天寶四載，就從祖陳留採訪大使李彥允，請北海高天師授道籙於齊州紫極宮

是詩似作於天寶三載未授道籙之前。「吾將營丹砂，永與世人別。」即白自傷
其不見用於世，將學仙於巖穴也。(《李白全集校注彙釋集評》卷二)

　　瞿蛻園、朱金城曰：岑詩所詠為胡僧，李詩意指仙者，恐不能牽合。同
時常建有《夢太白西峰》詩云：「夢寐昇九崖，杳靄逢元君。遺我太白峰，寥
寥辭垢氛。」而岑亦有《太白東溪張老舍即事》詩云：「主人東溪老，兩耳生
長毫。遠近知百歲，子孫皆二毛。」蓋以太白為仙境，自是當時人共有之觀
念耳。(《李白集校注》卷二)

　　安旗曰：此詩去朝之際作。開元十八年白出長安西遊岐邠時，有《登太
白峰》詩。此則神遊太白之境而寄其出世之情也。(《李白全集編年箋注》卷
六)

按語

　　此篇雖言遊仙，然言之鑿鑿，似不應是李白冥想神遊之作。蕭士贇、《唐
宋詩醇》均秉此觀點，朱諫言「賦也」，認為乃紀實之作，安旗亦認同此觀點，
當是。至於太白何時到此山而作，則不可考。

　　太白遊仙之作，不應與郭璞「慕仙而少實行」之類純靠想像的作品等而
視之，太白遊仙，一則真信其事，李白自身對成仙之事深信不疑，並對賀知
章稱揚自己乃「謫仙人」的稱謂極為自豪，其字「太白」，亦是天上的星宿；
二則真有其行，道教為唐之國教，慕仙求道之風甚熾，人人對此趨之若狂，
李白亦不例外，此乃外在大環境使然，以上瞿蛻園、朱金城言「以太白為仙
境，自是當時人共有之觀念」，正是此意，李白一生中亦用諸多實際行動去虔
心追求過。但李白「求仙」，與其說是為了虛無縹緲的「長生之術」，不如說
是一種在挫折困頓中的心靈慰藉，李白雖真信其事，亦真有其行，但並不固
執拘泥於某種有傚的結果，比如對於人君執迷所求的「長生不老」，李白是很
反對的，李白求仙主要是為了撫慰焦灼的心靈，這是一種根植於心靈深處的
自我信仰和藉此逃避現實的途徑。本篇以賦的手法來紀實的可能性很大。

其六　代馬不思越

代[①]馬不思越，越禽不戀燕[(1)]。情性有所習，土風固[②]其然[(2)]。
昔別雁門關，今戍龍庭前[(3)]。驚沙亂海日，飛雪迷胡天[(4)]。
蟣虱生虎鶡，心魂逐旌旃[(5)]。苦戰功不賞，忠誠難可宣。
誰憐李飛將，白首沒三邊[(6)]。

題解

朱言：比也。此詩蓋為當時之戍邊者而言，既咈其所習之性，又掩其敵愾之功，乃譏之也。

按：此篇為戍邊將領中忠誠湮沒者代言。

編年

詹鍈認為乃悲王忠嗣事，繫於天寶八載（749 年）以後。李白 49 歲以後。安旗繫於天寶八年（749 年），時李白 49 歲。二家皆認為此篇乃傷王忠嗣之作。

校記

① 代：兩宋本、咸淳本、《唐李白詩》、王琦本作「代」。咸淳本注「一作岱」。楊蕭本、嚴羽點評本、玉海堂本、郭雲鵬、劉世教本、李齊芳本作「岱」。林兆珂《李詩鈔述注》：「代為岱偽。」

② 固：元《唐翰林李太白詩》作「因」。《全唐詩》作：「其固然。」

注釋

（1）代馬：代地所產之良馬。代地，即代郡，戰國時屬趙國，趙武靈王置代郡，治所在今河北省蔚縣西南。《文選》卷二九《古詩十九首》：「胡馬依北風，越鳥巢南枝。」李善注：「《韓詩外傳》曰：詩曰：『代馬依北風，飛鳥棲故巢』，皆不忘本之謂也。」徐禎卿曰：「岱北越南，鳥獸各有所戀，以比去家就戍，非人之情也。」

（2）習：相因。　土風：朱諫注：「五方之風氣也。」指當地風俗習慣。《文選》卷二九張協《雜詩》其八：「土風安所習，由來有固然。」

（3）雁門關：又名西徑關，在今山西代縣西北三十里雁門山上。王注：「《山西通志》：雁門山在代州北三十五里，雙關陡絕，雁欲過者必由此經，故名。一名雁門塞，倚山立關，謂之雁門關。山西之關凡四十有餘，皆踞隘險保固，而聳拔雄壯，則雁門為最。趙李牧、漢郅都備邊於此，匈奴不敢近塞，固皆一時良將，然不可謂非借地險也。」　龍庭：又稱龍城。楊注：「單于祭天所也。」《文選》班固《燕然山銘》：「躡冒頓之區落，焚老上之龍庭。」李賢注：「匈奴五月大會龍庭，祭其先、天地、鬼神。」

（4）胡天：胡人地域的天空，泛指胡人居住的地方。岑參《白雪歌送武判官歸京》：「北風卷地白草折，胡天八月即飛雪。」王維《使至塞上》：「徵

蓬出漢塞，歸雁入胡天。」高適《塞上聽吹笛》：「雪淨胡天牧馬還，月明羌笛戍樓間。」

（5）虎鶡：將士之虎衣鶡冠也。楊注：「鶡，勇雉，其鬥無已，一死乃止，故趙武靈王為冠，以表武士。」《後漢書》：「武冠，俗謂之大冠，環纓無蕤，以青係為緄，加雙鶡尾，豎左右，為鶡冠。」朱諫注：「《東都賦》云：虎夫戴鶡，故曰虎鶡。」《淮南子·氾論訓》：「甲冑生蟣蝨，燕雀處羅幕，而兵不休息。」王琦注：「太白所謂『蟣虱生虎鶡』者，蓋謂其生於虎衣鶡冠之上，猶之『甲冑生蟣蝨』也。」　　旌旃：泛指打伐時使用的旌旗。王琦注：「《周禮》：通帛為旃，析羽為旌。鄭康成注：通帛，謂大赤，從周正色，無飾。析羽，五彩，繫之於旌之上，所謂注旄於干首也。」

（6）李飛將：指漢代飛將軍李廣。王琦注：「《史記》：李廣為右北平太守，匈奴聞之，號曰漢之飛將軍。避之，數歲不敢入右北平。元狩四年，從大將軍青擊匈奴，引兵出東道，軍無導，惑失道，候大將軍。大將軍使長史問失道狀，欲上書報天子軍曲折。廣謂其麾下曰：『廣結髮與匈奴大小七十餘戰，今幸從大將軍出接單于兵，而大將軍徙廣部行回遠，而又迷失道，豈非天哉！廣年六十餘矣，終不能復對刀筆之吏。』遂引刀自剄。顧炎武曰：昔人譏此詩以飛將軍剪截作飛將，然古人自有此語。《後漢·班勇傳》：『班將能保北鹵不為邊害乎？』後魏唐永，正光中為北地太守，數與賊戰，未嘗敗北，時人語曰：『莫陸梁，恐尔逢唐將。』並以將軍為將。」　　三邊：王應麟《小學紺珠》：「三邊，幽、并、涼三州也。」朱諫注：「三邊者，中國之直北、東北、西北，皆與匈奴界也。」

集評

蕭士贇曰：《史記》蒯通說韓信曰：功蓋天下者不賞。此篇感諷之詩，於時必有所為而作也。（《分類補注李太白詩》卷二）

劉履曰：……《漢書》：李廣守北平，匈奴號曰飛將軍，後以大將軍長史急責，遂自剄能到，百姓為之流涕。此詩必有為而作，未詳所指。（《風雅翼》卷十一）

朱諫曰：（「代馬」四句）夫岱馬生於北方，踐雪，耐苦寒，唯知岱之為岱，而不思夫越也。越禽生於南方，處卑濕，耐溽暑，唯知越之為越，而不戀夫燕也。物之情性，各有所習，五方風氣之不齊，南北既殊，強弱亦異，

鳥可盡比而同之邪！苟違其所習，而處非其地，則身心不安，而災害生矣。矧以華夏之民，戍於腥羶之域，又烏能得其歡心，而致其死力乎？（「昔別」六句）此狀邊戍之勞苦也。言昔者戍於雁門之關，猶在中國之境，今則別雁門而遠戍龍庭，去國萬里，深入虜疆，但見驚沙亂乎海日，而飛雪暗乎胡天，虎鶡毀壞生蟣蝨矣，旌旗飛揚，心魂為之而怖蕩也，邊戍之苦有如此夫。（「苦戰」四句）承上言邊戍勞苦如此，雖有克敵之功，不蒙朝廷之賞，然臣子之懷忠誠者，又將何所陳其力哉？昔者李廣之守北平，匈奴號為飛將軍，避之數歲，不敢入界，勞苦而功高如此，然亦不得封侯，卒以後期自刎而死，誰復有憐之者乎？是於士卒既咈其性，於將帥又昧其功，以此而望攘夷安邊，何可得哉？（《李詩選注》卷一）

徐禎卿曰：此篇言塞下事，或有所感於時而作也。（郭本李集引）

佚名曰：此（□）一起，仍是《選》體風味，入濬直追漢魏矣。　　朱批曰：此首必有所指。（《李詩鈔述注》卷五上首批文）

陸時雍曰：「苦戰功不賞，忠誠難可宣」，此是詩柄。起結隱相注，令人不覺。（《唐詩鏡》卷一七）

《唐宋詩醇》曰：民安鄉井，離別為難，況驅之死地乎！起意惻然可念。《杕杜》勞士，道其室家之情；《出車》勞率，美其執獲之功。盛世豈無征役哉！明皇喜邊事，致有冒賞掩功者，故蕭士贇謂其感諷時事，有為而作。《揚水》《圻父》，所以為《風雅》之變也。（卷一）

陳沆曰：此傷王忠嗣也。忠嗣兼河西、隴右、河東、朔方節度使，仗四節制萬里，屢破突厥、吐蕃、吐谷渾。李林甫忌其功名日盛，恐其入相，因事搆陷幾死，賴哥舒翰力救，乃貶漢陽太守而卒。故悲其功高不賞，忠誠莫諒也。（《詩比興箋》卷三）

奚祿詒曰：譏黷武也。（見《李詩通》卷六手批）

笈甫主人曰：上首批文：此承上首末句來，言胡驕至矣，徵調紛紛，世之人苦乃至是。吾與之別，非棄置也，無術以救之，又不忍耳聞目覯耳，故雖將營丹砂，猶不能自禁其五情之熱也。（《瑤臺風露》）

近藤元粹曰：奇典。（《李太白詩醇》卷一）

詹鍈曰：《詩比興箋》：此傷王忠嗣也。忠嗣兼河西、隴右、河東節度使，仗四節，制萬里，屢破突厥、吐蕃、吐谷渾。李林甫忌其功名日盛，恐其入相，因事搆陷幾死，賴哥舒翰力救，乃貶漢陽太守而卒。故悲其功高不賞，忠誠莫諒也。按《舊唐書・王忠嗣傳》：「天寶六載十一月貶漢陽太守，七載

量移漢東郡太守，明年暴卒。」則此詩之作亦當在天寶八載以後。(《李白全集校注彙釋集評》卷二)

安旗曰：此篇傷王忠嗣。(《李白全集編年箋注》卷八)

郁賢皓曰：此詩作年不詳。首四句以「代馬」「越禽」起興，比喻將士思戀故鄉。中六句寫將士離鄉戍守邊疆之苦。末四句歎立功而不得賞，白首還得戍守邊疆，顯然是為守邊將士鳴不平之作。(《李太白全集校注》卷一)

按語

此主旨有三：一概言諷邊事，譏黷武，如朱、奚、郁等所言；二曰必有所感，有所指而發，如蕭士贇、林兆珂、徐禎卿等家所言；三認為是隱言王忠嗣事，陳沆、詹鍈、安旗等語。

朱諫認為是「比也」。然全篇敘事明顯，「賦」的意味更濃些，尤其是「苦戰功不賞」「誰憐李飛將」句，似實有所指，非泛泛之作，傷王忠嗣之言，似乎頗為可信。首先，此篇必寫戰爭中個體將領之命運，從「昔別」「今戍」，「獨憐李飛將，白首沒三邊」等語明確的個體指向性即可看出，且由對比可知，其十四《胡關饒風沙》所寫才是整體上大的戰爭所造成的社會災難，故一說概言譏黷武者，對題旨的理解似有所偏失；蕭士贇等雖言必有所指，然未明確所指為誰，是更確切保守些的說法；三說認為指言王忠嗣者，亦有理，惜未有確據，更何況當時戍邊將領眾多，遭際如王忠嗣者，不乏其人，王忠嗣只是其中突出的代表而已，在並未明言所指的情況下，以「忠誠難可宣」指一類人而言似乎更穩妥些。

其七　客有鶴上仙

客有鶴上仙①，飛飛凌太清(1)。揚言碧雲裏②，自道安期名(2)。
兩兩白玉童，雙吹紫鸞笙(3)。去影忽不見，回風送天聲(4)。
舉首遠望之③，飄然若流星(5)。願飡金光草，壽與天齊傾④(6)。

題解

朱言：賦也。此亦遊仙之辭。

按：此篇遊仙之意甚濃，幾無隱射現實之語。《古風》遊仙詩中，如此者不多。
　　不能以此純遊仙之少數，推導其餘借遊仙以自況、抒懷、隱射現實者，
　　如集評中葛立方之語，此為需注意處。

編年

安旗繫於天寶元年（742 年），時李白 42 歲。言此篇與《遊泰山》諸詩光景、造語、情緒頗相類，似一時之作，因繫於此。詹鍈不同意此觀點，曰：安注繫此詩於天寶元年，殊無確據。

按：此篇作年不詳。

校記

① 客有鶴上仙：咸淳本注：「一本作家有鸕上來。」胡震亨本、《全唐詩》本作：「五鶴西北來。」

② 揚言碧雲裏：胡震亨本、《全唐詩》本作：「仙人綠雲上。」

③ 舉首遠望之：兩宋本、繆曰芑本注：「一作我欲一問之。」胡震亨本、《全唐詩》本作：「我欲一問之。」　　首：楊蕭本、嚴羽點評本、郭雲鵬本、朱諫本作「手」。

④ 「壽與天齊傾」以上全篇：兩宋本、《唐李白詩》、劉世教本、繆曰芑本、王琦本俱注：「一作（一本云）五鶴西北來，飛飛凌太清。仙人綠雲上，自道安期名。兩兩白玉童，雙吹紫鸞笙。飄然下倒景，倏忽無留行。遺我金光草，服之四體輕。將隨赤松去，對博坐蓬瀛。」

注釋

（1）鶴上仙：《太平廣記》卷一五：「桓闓者，不知何許人也。事華陽陶先生，為執役之士，辛勤十餘年。性常謹默沉靜，奉役之外，無所營為。一旦，有二青童、白鶴，自空而下，集陶隱居庭中，隱居欣然臨軒接之。青童曰：『太上命請桓先生耳。』……於是桓君服天衣，駕白鶴，昇天而去。」　　太清：道家三清之一，為道德天尊所居，其境在玉清、上清之上，本指天空，此泛指仙境。

（2）安期：《史記・封禪書》引李少君言於上曰：「臣嘗遊海上，見安期生。安期生食巨棗，大如瓜。安期生，仙者，通蓬萊中。合則見人，不合則隱。」於是天子遣方士入海，求蓬萊安期生之屬。劉向《列仙傳》卷上：「安期先生者，瑯琊阜鄉人也。賣藥於東海邊，時人皆言千歲翁。秦始皇東遊，請見，與語三日三夜。賜金璧，度數千萬，出於阜鄉亭，皆置去。留書，以赤玉舄一雙為報，曰：『後數年，求我於蓬萊山。』始皇即遣使者徐市、盧生等數百人入海。未至蓬萊山，輒逢風波而還。立祠阜鄉亭海邊十數處云：寥寥安期，虛質高清。乘光適性，保氣延生。聊

悟秦始，遺寶皋亭。將遊蓬萊，絕影清冷。」

（3）兩兩：楊齊賢注：「《天文志》：三臺六星，兩兩而居。」　　白玉童：仙
童。蕭士贇注：「白玉童，言童之顏如玉之白也。」　　紫鸞笙：即鳳笙，
形如鳳身，色紫，故名。楊齊賢注：「《樂書》王子晉之笙，其制像鳳翼，
亦名參差竹，嘗於緱氏山月下吹之。」東漢應劭《風俗通義·聲音》：「謹
按《世本》：隨作笙，長四寸，十二簧，像鳳之身，正月之音也。」陳子
昂《與東方左史虬修竹篇》：「驅馳翠虬駕，伊鬱紫鸞笙……永與眾仙逝，
三山遊玉京。」

（4）回風：朱諫注：「風之轉也。」《楚辭》卷四《九章·悲回風》：「悲回風
之搖蕙兮。」王逸注：「回風謂之飄風。」朱熹注：「旋轉之風也。」　　天
聲：楊齊賢以「天聲」為「天籟」，注：「《莊子》『天籟』注言『天聲』
甚詳」（詳見《莊子·齊物論》）。朱諫注：「天聲者，天上之聲也。」徐
禎卿曰：「天聲，即笙音，以至高故言天，齊賢以為天籟，非也。」

（5）流星：《釋名》：「流星，星轉行如流水也。」《晉書·天文志》：「流星，
天使也。自上而降曰流。」

（6）金光草：朱諫注：「金光草，即金明草，仙藥也。《廣異記》：『謝元卿至
東嶽夫人所居，見有異草，葉如芭蕉，花正黃色，光可鑑人，曰金明
草。』」　　傾：盡。壽與天齊：即人之壽長與天相齊。蕭士贇注：「《道
經》：雲華夫人宴坐於瑤臺之上，禹稽首問道。召禹而謂曰：我師三元道
君曰：《上真內經》，天真所寶，亦謂之太上玉珮金鐺之妙文也。吾所受
寶書，可以出火入水，嘯叱幽冥，妝束虎豹，呼召六丁，隱論八地，顛
倒五星，久視存身，與天相傾也。」

集評

葛立方曰：李太白《古風》兩卷近七十篇，身欲為神仙者殆十三四。或
欲把芙蓉而蹈太清，或欲挾兩龍而凌倒影，或欲留玉舄而上蓬山，或欲折若
木而遊八極，或欲結交王子晉，或欲高揖衛叔卿，或欲借白鹿於赤松子，或
欲湌金光於安期生，豈非因賀季真有謫仙之目，而因為是以信其說邪？抑身
不用鬱鬱不得志而思高舉遠引耶？其中「或欲湌金光於安期生」即指此首而
言。（《韻語陽秋》卷一一）

蕭士贇曰：此篇亦遊仙詩體，恐是贈答之詩，非泛然之作也。（《分類補
注李太白詩》卷二）

朱諫曰：（「客有」八句）言仙人之憑虛御風，遊於太清之上，自道姓名曰：我是安期生也。仙童吹笙以相從，但聞笙聲隨風回轉，自天而下，仙人去影不可得而見矣。（「舉首」四句）言仙人之凌乎太清也，舉手望之，有若流星迅速閃爍，莫能為狀，飄然遠逝，可望而不可扳也。仙人不可見矣。惟願得其仙藥，所謂金光草，與我湌之，使我之壽與天同傾，我即鶴背之仙矣。按遊仙之作，古有此體，自郭景純以下詩家者流皆好言之，而白最多且深，白嘗有志於此，故言之親切而有味也。（《李詩選注》卷一）

林兆珂曰：此亦是遊仙之意，太白吐屬動雲，修丹學仙，固是前生夙根未忘，然亦以才大心高見忌，倖佞不能得君展佈，遂激而自甘肥遯，英雄退步之所為也，豈為懼死而求長生術哉。　　朱批曰：此續於「誰憐李飛將，白首沒三邊」之後，斷非徒為慕仙而作，太白寄託必不如斯之淺，四五兩作亦然，本注立見，以有心學仙讀之，未免太滯。（《李詩鈔述注》卷五）

《唐宋詩醇》曰：前「太白何蒼蒼」一首，謹得其語，此則欲問而不可得，更進一層。「天聲」「流星」二語，真如天上飛仙，可望而不可即，覺李賀「羲和敲日玻璃聲」，極意創造，終屬雕琢，自是仙鬼之別。（卷一）

沈寅、朱崑曰：此遊仙之詩，想亦贈答之詞，借仙以比客也。（《李詩直解》卷一）

笈甫主人曰：上首批文：此指當時膴仕之得意者，如張均張垍一輩，蓋真仙人未有以仙人自居者，玩「自道」二字，諷刺微婉，言今之天下如此，而猶吹笙遊戲，問之不答，棄我如遺，萬一國步占危，若輩其能久活耶？收二句乃反言之，以致其痛詆，與下一首皆甚言其上恬下嬉，醉生夢死也。　　句評：「自道」：二字狡獪。（《瑤臺風露》）

安旗曰：此詩兩宋本、繆本，王本俱注云：「一作五鶴西北來，飛飛凌太清。仙人綠雲上，自道安期名。兩兩白玉童，雙吹紫鸞笙。飄然下倒景，倏忽無留行。遺我金光草，服之四體輕。將隨赤松去，對博坐蓬瀛。」當是一詩之兩傳者。（《李白全集編年箋注》卷四）

按語

蕭士贇、沈寅、朱崑言此篇恐贈答之詞，大抵由首句「客」字推測而來，然贈答對象的身份特徵太過於模糊難尋，又有異文首句曰「五鶴西北來」，並無「客」字，恐非是。觀白遊仙之作，與以往郭璞等遊仙之作相比，頗有不同，往往似真有其事，又隱含比興寄託，朱諫曰「親切而有味」者，蓋因白

觀念上於此深信不疑，行動上又涉此頗深，且寓興寄於其裏也。

　　此篇整首有異文，底稿有二。白作《古風》之初，當有「孿生底本」存在，後又經反覆審慎修改，非一蹴而就。詳見《〈古風〉五十九首異文考論》一節。

其八　咸陽二三月①

咸陽二三月，宮柳黃金枝(1)。綠幘誰家子？賣珠輕薄兒②(2)。
日暮醉酒歸，白馬驕且馳。意氣人所仰③，冶遊④方及時(3)。
子雲不曉事，晚獻《長楊辭》⑤(4)。賦達身已老，草《玄》鬢若絲(5)。
投閣良可歎，但為此輩嗤(6)。

題解

　　朱言：賦也。疑此詩為刺當時之佞倖者。

按：諷刺長安浪蕩佞邪之人為前半篇之意，末六句乃自傷之辭也，前後對比之意甚明。

編年

　　安旗繫於天寶十二年（753年），時李白53歲。認為是李白「三入長安」時所作。

　　郁賢皓曰：「此詩當是天寶三載（744年）春在長安有感而作。」時李白44歲。

按：此篇作年不詳，由「晚獻」「草《玄》鬢若絲」，可知當為暮年所作。「三入長安」之說，頗為可信，惜無確據。

校記

① 王琦注：此首繆本編入二十二卷，題作《感遇》，與諸本不同。

按：兩宋本此首編入卷二十一，題作《感遇》。

② 「輕薄兒」以上三句：兩宋本作「百鳥鳴花枝（一作宮柳黃金枝）。玉劍誰家子，西秦豪俠兒（一作綠幘誰家子？賣珠輕薄兒。）」　繆曰苣正文同兩宋本，注曰：「一作宮柳黃金枝。綠幘誰家子？賣珠輕薄兒。」　蕭本正文作：「宮柳黃金枝。綠幘誰家子？賣珠輕薄兒。」注：「一作百鳥鳴花枝。玉劍誰家子，西秦豪俠兒。」　劉世教本：「『宮柳黃金枝』一作

『百鳥鳴花枝』,『綠幘誰家子,賣珠輕薄兒』一作『玉劍誰家子,西秦豪俠兒。』」

③ 仰:兩宋本、繆曰芑本、王琦本俱注「一作傾。」劉世教本:「所仰一作所傾。」

④ 冶遊:兩宋本、繆曰芑本作:「遊冶」。

⑤ 辭:兩宋本作「詞」。李齊芳本作「賦」。

注釋

（1）咸陽:朱諫注:「咸陽,秦所建都之地,即漢之長安也。在今陝西京兆府。」　　朱諫注:「宮柳,宮中之柳也。」

（2）「綠幘」「賣珠兒」:代指董偃,此二句用其典故。《漢書》卷六五《東方朔傳》:「帝姑館陶公主,號竇太主,堂邑侯陳午尚之。午死,主寡居,年五十餘下矣。近幸董偃。始偃與母賣珠為事,偃年十三,隨母出入主家。左右言其姣好。主召見曰:『吾為母養之。』因留第中,教書計、相馬、御射,頗讀傳記。至年十八而冠,出則執轡,入則侍內,為人溫柔愛人。以主故,諸公接之,名稱城中,號曰董君。主因推令散財交士,令中府曰:『董君所發,一日金滿百斤,錢滿百萬,帛滿千匹,乃白之。』安陵爰叔……與偃善,謂偃曰:『足下私侍漢主,挾不測之罪,將欲安處乎?……何不白主獻長門園,此上所欲也。如是上知計出於足下,則安枕而臥,長無慘怛之憂。』偃入言之主,主立奏書獻之。上大悅,更名竇太主園為長門宮……上以錢千萬從主飲,後數日,上臨山林。主自執宰蔽膝,道入登階就坐。坐未定,上曰:『願謁主人翁。』主乃下殿,去簪珥,徒跣頓首謝……有詔謝。主簪履起,之東廂自引董君。董君綠幘傅韝隨主前,伏殿下。主乃贊館陶公主庖人臣偃昧死再拜謁,因扣頭謝。上為之起,有詔賜衣冠上……當是時,董君見尊不名,稱為主人翁,飲大驩樂。主乃請賜將軍列侯從官金錢雜繒各有數。於是董君貴寵,天下莫不聞。至年三十而終,後數歲,竇太主卒,與董君會葬於霸陵,是後公主貴人多踰禮制,實自董偃始。」　　此二句異文「玉劍」二句:楊齊賢注:「唐京兆府咸陽縣,秦咸陽故地,王莽傳玉具寶劍,關中為西秦。《漢書》:萬章,長安人,長安熾盛,街閭各有豪俠。章在城西柳市,號曰:『城西萬子夏』。」曹子建詩:「白馬飾金羈,連翩西北馳。借問誰家子,幽并遊俠兒。」

（3）意氣：意態，氣勢。　　仰：通「昂」，形容氣概軒昂，意氣高昂的樣
　　　子。　　冶遊：即野遊，男女在春天或者節日裏外出遊玩，後專指狎妓。
　　　李商隱《蝶詩三首》之三：「見我倦羞頻照影，不知身屬冶遊郎。」

（4）不曉事：謂不識時務。「子雲」二句：《文選》楊脩《答臨淄侯箋》：「吾
　　　家子雲，老不曉事。強著一書，悔其少作。」《漢書‧揚雄傳》：「揚雄，
　　　字子雲，蜀郡成都人，傳覽好辭賦，漢成帝時，客有薦雄文似相如者，
　　　召雄待詔承明之庭，從上行幸，奏《甘泉》《河東》校獵等賦，除為郎給
　　　事，黃門文，從至射熊館還，上《長楊賦》，以風。」

（5）《玄》：指《太玄經》。　　「賦達」二句：《漢書‧揚雄傳》：「哀帝時，
　　　丁傳、董賢用事，諸附離之者，或起家至二千石。時方草《太玄》，有以
　　　自守，泊如也。」

（6）「投閣」二句：《漢書‧揚雄傳》：「王莽時，劉歆、甄豐皆為上公。莽既
　　　以符命自立，即位之後，欲絕其原，以神前事，而豐子尋、歆子棻復獻
　　　之。莽誅豐父子，投棻四裔，辭所連及，便收不請。時雄校書天祿閣上，
　　　治獄事使者來，欲收雄，雄恐不能自免，乃從閣上自投下，幾死。莽聞
　　　之曰：『雄素不與事，何故在此？』間請問其故，乃劉棻嘗從雄學作奇字，
　　　雄不知情。有詔勿問。然京師為之語曰：『惟寂寞，自投閣。爰清淨，作
　　　符命。』雄以病免，復召為大夫。」　　《樂府歌辭‧西門行》：「愚者
　　　愛惜費，但為後世嗤。」　　良：誠，確實。

集評

　　謝枋得曰：此篇見人情可悲。（《李太白詩醇》引謝疊山《唐詩合選》）

　　嚴羽曰：悲憤語，不堪再讀。（嚴羽、劉辰翁評點，聞啟祥輯《李杜全
集》卷一）

　　劉履曰：《漢書‧東方朔傳》：初，武帝姑館陶公主，號竇太主，寡居，
五十餘矣，近幸董偃。始偃年十三，與母以買珠為事……此篇蓋見當時戚里
驕縱踰制，儒者沉困下僚，故有所感諷而作。大概詞氣俊逸，真似鮑照參軍
者；特「官柳黃金枝」五字流麗，又墮梁陳矣。（《風雅翼》卷十一）

　　蕭士贇曰：子雲曰以自況也。此時戚里驕縱踰制，動致高位，儒者沉淪
下僚。是詩必有所感諷而作。（《分類補注李太白詩》卷二）

　　朱諫曰：（「咸陽」八句）言咸陽帝都之內，陽春之時，宮柳初生，彼戴
綠幘而嬉遊者，誰氏之子乎？乃賣珠者之輕薄兒，漢董偃之徒也。身叨嬖倖，

驟得一時之富貴，飲酒至暮，既醉乃歸，身騎駿馬，驕而且嘶，意氣洋洋而
自得，市井之人皆仰視之，彼綠幘者，方且自以冶遊之及時也。（「子雲」六
句）夫枉己而早遇者，當時以為曉事之人；則守己而晚窮者，以為愚矣，如
揚子雲之居貧草《太玄》，至晚年乃獻《長楊》之賦，以取功名之成，而身已
老矣。何其不曉事之甚邪！居官不久，而又投閣以死，尤為可歎。豈不為綠
幘之徒所哂乎？彼綠幘者，少年蒙幸，自為得志，宜乎以迂儒之晚遇為哂也？
（《李詩選注》卷一）

林兆珂曰：此有感於戚宦權貴、紈綺驕謠而刺之也，子雲則自況爾。
紅批曰：憤懣之詞，如讀《史記·伯夷貨殖諸傳》。（《李詩鈔述注》卷五上首
注）

唐汝詢曰：此刺戚里驕橫，而以子雲自況也。所謂綠幘，必有所指。（《唐
詩解》卷三）

陸時雍曰：感慨逸蕩，歸於和平，所謂有大力者不動。（《唐詩鏡》卷十
七）

吳昌祺曰：言子雲不能自守，則反為小人所嗤，謂以子雲自況者非也。
（《唐宋詩醇》引）

《唐宋詩醇》曰：世所謂曉事者，及時行樂耳。而至老矻矻者，晚節末
路，又復可歎。白氣骨自負，豈願以辭人終老？兩兩夾照，不是漫作詼啁語。
（卷一）

方東樹曰：此言少年乘時，賢者無位。（《昭昧詹言》卷七）

宋長白曰：劍具稍短，佩於脅下者，謂之腰品。隴西韋景珍常衣玉篆袍，
佩玉鞢兒腰品，酣飲酒肆，李太白識之，有詩曰：「玉劍誰家子，西秦豪俠
兒。」謂景珍也。見陶穀《清異錄》。（《柳亭詩話》）

王闓運曰：「綠幘誰家子」，楊國忠亦其類。「投閣」二，令人不能不羨
富貴，與班固同意。（手批《唐詩選》卷一）

安旗曰：蕭、唐二家之說，大體得此詩之旨。綠幘，當指楊國忠。國忠
素無行，既為相，小人得志，猖狂無所顧忌。與貴妃姊虢國夫人有私，於宣
陽坊中構連甲第，晝夜往來，無復期度，或並轡走馬入朝，公然調笑，不以
為羞，道路為之掩目。國忠嘗謂客曰：「吾本寒家，一旦緣椒房至此，未知稅
駕之所，然念終不能致令名，不若且極樂耳。」見兩《唐書》本傳及《通鑒·
唐紀》。杜甫《麗人行》即作於本年春（據黃鶴繫年），仇兆鰲注：「此詩刺諸
楊遊宴曲江之事。」白此詩與《麗人行》為同時同類之作。（《李白全集編年

箋注》卷十）

詹鍈曰:「綠幘誰家子,賣珠輕薄兒」一作「玉劍誰家子,西秦豪俠兒」,一作是也。五代陶穀《清異錄》云:「唐劍具稍短,常施於脅下者名腰品,隴西人韋景珍有四方志,呼盧酣酒,衣玉篆袍,佩玉轎兒腰品,修飾若神人,李太白常識之,見《感遇》詩云:「玉劍誰家子,西秦豪俠兒。」謂景珍也。是知此詩本無諷刺之意,蕭士贇,唐仲言二家之說皆左矣。(《李白全集校注彙釋集評》卷二)

瞿、朱曰:《清異錄》說此詩姑無論有無確據,即使李意果指韋景珍而言,篇末「但為此輩嗤」一語,顯非褒許之詞。(《李白集校注》卷二)

郁賢皓曰:詩中以揚雄與輕薄兒對比,顯為有感而發。前人或謂以揚雄自況,恐未必是。不如視為詠史為妥。(《李太白全集校注》卷一)

按語

此篇題旨說法有四:一曰白以揚雄自況,刺戚里驕橫,必有所感而發,如劉、蕭、朱、林、唐等;二則反對上說,言白諷子雲不能自守,反為輕薄兒所哂,視為詠史即可,吳昌祺別出心裁,倡此說;三據別本,言「豪俠兒」當為好友韋景真而發,如唐汝詢、宋長白、詹鍈等;四,亦有指言楊國忠者,如王闓運、安旗,方東樹、謝枋得別為新解。瞿、朱、郁對諸說存有質疑。

此篇雖題旨說法不一,但顯然是白有感而發,非泛泛空談。即使不是比附當時人事,也能看出其顯有所指。刺戚里驕縱,賢者不得其位,並藉以感傷己遭,當為本意。

其九　莊周夢胡蝶①

莊周夢胡蝶,胡蝶為莊周(1)。一體更變易,萬事良悠悠(2)。
乃②知蓬萊水,復作清淺流(3)。青門種瓜人,舊日東陵侯(4)。
富貴故③如此,營營何所求(5)。

題解

朱言:賦也。此詩言古今事變而富貴無常。
按:此篇全用典故,頗不類《古風》風格。歎富貴無常旨意甚明。

編年

安旗繫於天寶四年(745年),時李白45歲。言此及以下《古風》二首

（《秋露白如玉》《朝弄紫泥海》），均有超脫世情之意，故繫一處。

詹鍈曰：「按此詩《河嶽英靈集》題作《詠懷》，當是天寶十二載以前所作。」又：「按庾信《詠懷》二十七首之十八：『尋思萬戶侯，中夜忽然愁。琴聲遍屋裏，書卷滿床頭。雖言夢胡蝶，定自非莊周。殘月如初月，新秋似舊秋。露泣連珠下，螢飄碎火流。樂天乃知命，何時能不憂？』又第二十四首：『無悶無不悶，有待何可待。昏昏如坐霧，漫漫疑行海。千年水未清，一代人先改。昔日東陵侯，惟有瓜園在。』此詩蓋擬之而作。」（《李白全集校注彙釋集評》卷二）

按：此篇作年不詳。

校記

① 殷璠《河嶽英靈集》收錄此篇，題作《詠懷》。

② 乃：兩宋本、繆曰芑本、王本俱注：「一作那」。劉世教本：「乃知一作那知。」

③ 故：兩宋本、繆本作「固」，注：「一作苟」。咸淳本作「固」。王琦本注：一作「苟」，繆本作「固」。劉世教本：「固如一作苟如。」

注釋

（1）「莊周」二句《莊子・齊物論》：「昔者莊周夢為胡蝶，栩栩然胡蝶也。自喻適志與？不知周也。俄然覺則蘧蘧然周也。不知周之夢為胡蝶與？胡蝶之夢為周與？周與胡蝶則必有分矣，此之謂物化。」

（2）一體：指人身。　悠悠：周流貌。　楊注：「一體之間尚有變易，萬事豈能堅牢哉？」蕭注：「莊子，聖人，達綱繆，盡一體矣，而不知其然，性也。」

（3）「乃知」二句：葛洪《神仙傳》卷七：「麻姑自說云：接待以來，已見東海三為桑田。向到蓬萊，水又淺於往者。會時略半耳，豈將復還為陵陸乎？方平笑曰：聖人皆言海中行復揚塵也。」沈德潛注：「興下『青門』二句。」

（4）「青門」二句：漢代長安城東南門。《三輔黃圖》卷一「都城十二門」：「長安城東出南頭第一門曰霸城門，民見門色青，名曰青城門，或曰青門。門外舊出佳瓜。廣陵人邵平為秦東陵侯。秦破，為布衣，種瓜青門外。瓜美，故時人謂之『東陵瓜』。」《史記・蕭相國世家》：「召平者，故秦東陵侯。秦破，為布衣，貧，種瓜於長安城東南門。瓜美，故世俗謂之

『東陵瓜』。從召平以為名也。」阮籍《詠懷》其六：「昔聞東陵瓜，近在青門外。」陳子昂《感遇》其十四：「西山傷遺老，東陵有故侯。」李白《竄夜郎，於烏江留別宗十六璟》：「失勢青門旁，種瓜復幾時。」

（5）富貴：《史記・伯夷列傳》：太史公曰：「子曰：『道不同不相為謀。』亦各從其志也，故曰：『富貴如可求，雖執鞭之士，吾亦為之；如不可求，從吾所好。』」　營營：奔走鑽營之忙碌貌，常含貶義。《詩經・小雅・青蠅》：「營營青蠅，止于樊。」《莊子・庚桑楚》：「全汝形，抱汝生，勿使汝思慮營營。」楊齊賢注：「《毛詩》：營營，青蠅，又曰不知我者，謂我何求？鮑明遠詩：『營營市井人』。」

集評

謝枋得曰：此篇見世態可慨，言既能燭破達生者之理，則尚所求耶！（《李太白詩醇》引謝疊山《唐詩合選》）

嚴羽曰：境變轉在情變之下，此文心之幻處。若次第說來，則成俗格矣。（嚴羽、劉辰翁評點，聞啟祥輯《李杜全集》卷一）

劉辰翁曰：語意音節，適可如此而止。（《李詩鈔評》卷二／《唐詩品匯》卷四引）

蕭士贇曰：此詩達生者之辭也，然意卻有三節：謂忽然為人，化為異物，忽為異物，化而為人，一體變易尚未能知，悠悠萬事豈能盡知乎？況又何能知桑田滄海之變乎？故侯種瓜，富貴者固如是也。既燭破此理，則尚何所求而營營苟苟以勞吾生哉？（《分類補注李太白詩》卷二）

朱諫曰：（「莊周」六句）夫莊周夢為胡蝶，而胡蝶化為莊周，人之一身，尚有變易如此，而況身為事乎？故萬事之悠悠者，其變更不一，又不可得而度也，以此推之，雖天地山川，亦有遷改，乃知蓬萊之水，固有清淺之日矣，不足怪也。況於塵世之區區者乎？（「青門」四句）言古今之更變如此，則知富貴之無常矣，今日青門種瓜之人，乃是昔日東陵之侯也，以百里之侯封轉為匹夫之瓜畦，富貴之不足恃，是亦一大夢也，彼營營者，亦何所求哉？（《李詩選注》卷一）

徐禎卿曰：此篇歎世之難保，而人貴達理，以自守也。（郭本李集引）

佚名曰：（朱批）其筆如龍，其氣如雪，其詩則神也，其思則仙也。又曰：浩氣盤旋，循環無端，止見一片清光，上下往來，不可捉摸，並不能測度也，文心之幻，筆力之矯，翩若驚鴻，矯如遊龍，庶可喻諸。（《李詩鈔述

注》卷五上首注）

佚名曰：看得破，妙甚。(《李詩鈔評》卷二）

陸時雍曰：雜沓處彷彿阮公。(《唐詩鏡》卷一七）

王夫之曰：用事縱別，意言之間，藏萬里於尺幅。(《唐詩評選》)

應時曰：不落理窟，其結起有水到渠成之樂。(《李詩緯》卷一）

丁谷雲曰：雖黃老之精微，卻可醒世，故入於正。(《李詩緯》卷一）

沈德潛曰：言一體尚有變易，而富貴能長保耶？(《唐詩別裁集》卷二）

吳昌祺曰：「青門」十字，足矣。宋人演作數十字，陋也。(《刪訂唐詩解》卷二）

宋宗元曰：「莊周夢胡蝶」四句：一體尚然，何況富貴。(《網師園唐詩箋》卷二五言古詩之二）

《唐宋詩醇》曰：作達語是白本色，然意在後半，前乃興起耳。「莊周」三句起第四句，五、六兩句橫空插入，實貫上下，無此二語，全詩便是率直。「青門」二句，就事指點，結出本意，有無數層折。至其辭意自然，則韓愈所云「文如翻水成，初不用意為」也。(卷一）

方東樹曰：言世事幻妄，不必營營富貴。(《昭昧詹言》卷七）

笈甫主人曰：此從「但為此輩嗤」句，推進一層，言萬事更變，忽焉沒矣，而吾栖皇無已，宜其為所嗤也。(《瑤臺風露》)

近藤元粹曰：蕭注解得明快。(《李太白詩醇》卷一）

按語

各家之說，蕭解為是。此篇所寫白之心緒，當為人到中年以後語也。燭破富貴之念，洞悉人世無常，不復少年時之熱烈向上，轉而沉省自守，頗有消極出世之感。

其十　齊有倜儻生

齊有倜儻生，魯連特高妙[1]。明月出海底，一朝[①]開光曜[②][2]。
卻秦振英聲，後世仰末照[3]。意輕千金贈，顧向平原笑[4]。
吾亦澹蕩人，拂衣可同調[5]。

題解

朱言：賦也。此白詠魯仲連也。

按：此篇白以魯仲連自勉也。

編年

安旗繫於開元二十九年（741 年），時李白 41 歲。

按：此篇作年不詳。

校記

① 朝：《唐文粹》作「夕」。

② 曜：朱諫《李詩選注》、《唐宋詩醇》作「耀」。

注釋

（1）倜儻：卓越豪邁，灑脫不受約束的樣子。《三國志》卷二十一《魏書·阮
籍傳》：「瑀子籍，才藻豔逸，而倜儻放蕩，行己寡欲，以莊周為模則。」

　　　　魯連：事見《史記·魯仲連傳》：「魯仲連者，齊人也，好奇偉俶儻
之畫策，而不肯仕宦任職，好持高節。遊於趙……會秦圍趙，聞魏將欲
令趙尊秦為帝，乃見平原君曰：『事將奈何？』……魯仲連曰：『……彼
秦者，棄禮義而上首功之國也，權使其士，虜使其民。彼即肆然而為帝，
過而為政於天下，則連有蹈東海而死耳，吾不忍為之民也。所為見將軍
者欲以助趙也。』……魯連曰：『梁未睹秦稱帝之害故耳。使梁睹秦稱帝
之害，則必助趙矣。』新垣衍曰：『秦稱帝之害何如？』魯連曰：『……
今秦萬乘之國也，梁亦萬乘之國也。俱據萬乘之國，各有稱王之名，睹
其一戰而勝，欲從而帝之，是使三晉之大臣，不如鄒魯之僕妾也。且秦
無已而帝，則且變易諸侯之大臣。彼將奪其所不肖而與其所賢，奪其所
憎而與其所愛。彼又將使其子女讒妾為諸侯妃姬，處梁之宮。梁王安得
晏然而已乎？而將軍又何以得故寵乎？』……秦將聞之，為卻軍五十
里。適會魏公子無忌奪晉鄙軍以救趙，擊秦軍，秦軍遂引而去。於是平
原君欲封魯連，魯連辭讓者三，終不肯受。平原君乃置酒。酒酣，起前，
以千金為魯連壽。魯連笑曰：『所貴於天下之士者，為人排患釋難解紛亂
而無取也。即有取者，是商賈之事也，而連不忍為也。』遂辭平原君而
去，終身不復見。」

（2）明月：即夜明珠，喻傑出之士。《史記·龜策列傳》：「明月之珠，出於江
海，藏於蚌中，蚗龍伏之。」《淮南子》：「『明月之珠，不能無纇。』高
誘注：『夜光之珠，有似月光，故曰明月。』」曹植《贈丁翼》：「大國多
良材，譬海出明珠。」朱諫注：「明月，珠也。張景陽詩：『魚目笑明月』，
注云：『明月，寶珠，出海底。』」李白《哭晁卿衡》：「明月不歸沉碧海。」

楊齊賢注：「太白意謂魯仲連崛起於齊，猶明月出於海底，光彩照耀天下，人所同仰。」

（3）卻秦：事見注（1）。李白《贈從兄襄陽少府皓》：「卻秦不受賞，擊晉寧為功。」　朱諫注：「英聲，美名也。末照，餘輝也。」謝朓《楚江賦》：「願希光於秋月，承末照於遺簪。」

（4）千金贈：事見注（1）。

（5）澹蕩：放達貌。楊齊賢注：「猶放蕩。」朱諫注：「無欲也，亦不羈之意。」鮑照：「澹蕩逸思多。」　拂衣：朱諫注：「振衣以相從也。」《宋書》：「王弘之拂衣歸耕，逾歷三季。」按：「拂衣」在李白詩中多指歸隱，《玉真公主別館苦雨贈衛尉張卿》：「功成拂衣去，搖曳滄州旁。」《俠客行》：「事了拂衣去，深藏功與名。」　同調：朱諫注：「調，樂調也，同調者謂音律之相叶也。」謝靈運《七里瀨》：「誰謂古今殊，異代可同調。」

集評

嚴羽曰：「倜儻」與「澹蕩」，絕不相類，而看作一致，始知有意倜儻者，非真倜儻也。惟澹蕩人乃可與同耳。（嚴羽、劉辰翁評點，聞啟祥輯《李杜全集》卷一）

楊齊賢曰：此篇蓋慕魯仲連之為人，排難解紛，功成而無取也。（《分類補注李太白詩》卷二）

蕭士贇曰：太白生平豪邁，藐視權臣，浮雲富貴，此詩蓋有慕乎仲連之為人也。（《分類補注李太白詩》卷二）

朱諫曰：（「齊有」四句）言齊國有一士，倜儻不羈者，魯仲連也。為人特然高妙，出於稠人之上，固非勢利之所能拘者，譬如明月之珠，出於海底，一朝開發其光輝，則有昭然而不可掩者矣。（「卻秦」四句）言仲連之倜儻高妙者，以不苟仕而苟取也，卻秦解圍而有芳聲，餘光照乎後世，而人皆仰之，輕千金而不受，顧平原而一笑，雖有救人之功，不肯受人之賞，此所以振芳聲而有餘光也，所謂倜儻高妙者，豈易及乎。（「吾亦」二句）上言仲連為人尚義輕利而有大節，此則白自言願學之也。我亦澹蕩之人，於勢利無所嗜好，聞仲連之風即欲拂衣以相從，期與異世而同調，惜乎時不我知，徒託空言已矣。（朱）按：白欲慕仲連之為人，連不貪而白多欲，連不污於亂世而白喪身於邪臣，連與白似有間矣，跡雖相仿而實不同也。（《李詩選注》卷一）

梅鼎祚曰：曹植詩：「南國有佳人，容華若桃李。朝遊江北岸，夕宿瀟

湘沚。時俗薄朱顏，誰為發皓齒？俛仰歲將暮，榮耀難久恃。」白此詩全用之。(《李詩鈔評》卷二)

　　林兆珂曰：此以魯連之高曠自比也。　　　紅批曰：慕仲連憂有一片真情，嚮往之概，故下語不同泛泛。又曰：「澹蕩」二字，太白之自許，誠不謬，天下惟真澹蕩人，乃能倜儻不羈爾，否則拖泥帶水，必不能輕世肆志，叱除強秦帝號，咲卻千金之贈也。(《李詩鈔述注》卷五上首注)

　　唐汝詢曰：此慕魯連之為人也。言魯連立談而名顯，猶明珠乍出而揚光。彼卻秦之英聲，既為後世所仰，又能輕千金，藐卿相，以成其高，故我慕其風而願與之同調也。(《唐詩解》卷三)

　　應時曰：氣焰迮人。(《李詩緯》卷一)

　　丁谷雲曰：倜儻人方有澹蕩性情，信然。(《李詩緯》卷一)

　　吳昌祺曰：以「澹蕩」目魯連，最妙。(《刪訂唐詩解》卷二)

　　趙翼曰：青蓮少好學仙……然又慕功名，所企羨者，魯仲連、侯嬴、酈食其、張良、韓信、東方朔等。總欲有所建立，垂名於世，然後拂衣還山，學仙以求長生。(《甌北詩話》卷一)

　　《唐宋詩醇》曰：曹植詩：「大國多良材，譬海出明珠。」即「明月出海底」意。白姿性超邁，故感興於魯連。後篇子陵、君平，亦此志也。(卷一)

　　方東樹曰：此託魯連起興以自比。(《昭昧詹言》卷七)

　　笈甫主人曰：上首批文：雖然吾亦營營者，豈有求哉？特欲振英聲而垂末，然耳奈何平原君輕魯仲連耶？此首作麌筆，以振文勢。　　　句評：「齊有倜儻生」：此首作一曲。(《瑤臺風露》)

　　瞿、朱曰：以魯連功成不受賞自比，為李詩中常用之調，例如：在《水軍宴幕府諸侍御》：「所冀旄頭滅，功成追魯連。」《留別王司馬》：「願一佐明主，功成返舊林。」《五月東魯行》：「我以一箭書，能取聊城功。」皆是。此蓋受左思《詠史》詩之影響，即以下第十二、十三首亦不出左詩之範圍。(《李白集校注》卷二)

　　郁賢皓曰：李白在許多詩中將魯仲連視為自己的榜樣，顯然受左思《詠史詩》影響，同時亦為表達詩人要求做一番事業後功成身退的思想。(《李太白全集校注》卷一)

按語

　　此篇側重點有二：一謂李白感慕魯仲連而作也，側重詠史，如楊齊賢、

蕭士贇、唐汝詢、朱諫等，關注點在前八句；二謂李白託魯仲連以自比，側重自身，如林兆珂、方東樹、瞿蛻園、朱金城等，關注點在後二句。

李白感慕魯仲連，其關鍵字眼應在「澹蕩」二字，因本性澹泊坦蕩，故其形象才能英光朗練，其行事才能豁達振發，其為人才能輕財重義。末二句一個「亦」字，串聯起了李白和魯仲連間異代知音之感；「拂衣」者，與李白《俠客行》所言「事了拂衣去，深藏身與名」同意，此篇雖貌似詠史，歌慕魯仲連，然朗朗如金聲玉振，頗有俠氣，實自我勉勵之意。

其十一　黃河走東溟

黃河走東溟，白日落西海[1]。逝川與流光，飄忽不相待[2]。
春容捨我去，秋髮已衰改[3]。人生非寒松[1]，年貌[2]豈長在[4]？
吾當乘雲螭，吸景駐光彩[3][5]。

題解

朱言：賦也。此詩言時日易邁，當求為長生之術也。

按：此篇旨意乃在感歎時光易逝，年華易老。

編年

安旗繫於開元二十九年（741 年），時李白 41 歲。

郁賢皓曰：詩云「春容捨我去，秋髮已衰改」，可知為晚年之作。

按：此篇作年不詳。

校記

① 寒松：朱諫本作「松柏」。劉世教本：「寒松一作松柏。」

② 年貌：兩宋本、繆曰芑本、王琦本注：「一作顏色」。劉世教本：「年貌一作顏色。」

③ 「吾當」二句：兩宋本、胡震亨本、劉世教本、繆曰芑本、王琦本、全唐詩本注：「一作誰能學天飛，三秀與君採」。

注釋

（1）東溟：即東海。《文選》卷三二顏延年《車駕幸京口，侍遊蒜山作》：「元天高北列，日觀臨東溟。」呂向注：「東溟，謂東海。」　　西海：泛指西方，與「東溟」對舉。屈原《離騷》：「路不周以左轉兮，指西海以為期。」

（2）逝川：東流之河水，此處代指首句「黃河」。《論語・子罕》：「子在川上曰：『逝者如斯夫，不捨晝夜。』」《文選》卷二〇謝瞻《王撫軍庾西陽集別時為豫章太守庾被徵還東》：「離會雖相親，逝川豈往復。」　　流光：流失之時光，此處代指次句之「白日」。曹植：「明月照高樓，流光正徘徊。」　　飄忽：猶須臾，形容迅速消逝。

（3）「春容」「秋髮」：楊齊賢注：「春容，蒼顏也；秋髮，白髮也。」王琦注：「春容，謂少年之容；秋髮，謂衰暮時之髮。」

（4）寒松：《論語・子罕》云：「歲寒，然後知松柏之後凋也。」此二句反用此熟典。

（5）雲螭：一種無角的龍。《廣雅》：「有角曰虯龍，無角曰螭龍。」劉向《列仙傳》卷下：「遂駕雲螭，趨步太極。」《文選》卷二一郭璞《遊仙詩》：「雖欲騰丹谿，雲螭非我駕。」呂延濟注：「雲螭，龍也。」　　吸景：楊齊賢注：「吸日月之景，以駐吾之顏彩。」朱諫注：「景，日月之光也。光彩，顏色好也。」

集評

楊齊賢曰：太白之意謂黃河東走，白日西落，不捨晝夜，青春容色倏忽摧謝，不如長松貫四時而不改柯易葉，自非服煉九鼎，食精養神，累積長久，安能變形而仙哉？（《分類補注李太白詩》卷二）

蕭士贇曰：古詩「回車駕言邁，悠悠涉長道。四顧何茫茫，東風搖百草。所遇無故物，焉得不速老。盛衰各有時，立身苦不早。人生非金石，豈能長壽考？奄忽隨物化，榮名以為寶。」太白此詩亦此之意，古詩欲用世而留名，太白則欲學仙以離世，其見趣又出乎流俗矣。（《分類補注李太白詩》卷二）

朱諫曰：（「黃河」四句）水東流而日西沉，曾無一息之停下，皆忽然而逝，不為我而少留者，可不思所以自處乎？（「春容」六句）承上言水流而不息，日運而不已，則壯顏既衰而白髮又生矣，人無松柏之姿，年貌豈得以長好乎？所以我欲求為長生之術，乘此雲螭以採日月之精，庶幾駐容顏長生而難老也。（《李詩選注》卷一）

徐禎卿曰：此篇悲年命也。（郭本李集引）

梅鼎祚曰：曹植詩：「南國有佳人，容華若桃李。朝遊江北岸，夕宿瀟湘沚。時俗薄朱顏，誰為發皓齒。俛仰歲將暮，榮耀難久持。」白此詩全用

之。(《李詩鈔評》卷二)

應時曰：氣緊勢勁。(《李詩緯》卷一)

丁谷雲曰：「春容捨我去，秋髮已衰改」二語，刪之恐急否，日對起已排，故接滾語，若再排則犯矣。且人生句，未始不搖宕。(《李詩緯》卷一)

《唐宋詩醇》曰：郭璞《遊仙詩》云：「雖欲騰丹谿，雲螭非我駕。」結語本此。別本作「誰能學天飛，三秀與君採。」語意殊穉。(卷一)

沈寅、朱崑曰：此達生而學仙者之詩也。謂黃河東走，白日西落，流光迅速，不捨日夜矣。青春容色，倏忽摧謝，不如長松貫四時而不凋易也。自非煉仙丹以駕雲螭，安能吸日月之精華，駐顏色而為仙哉！(《李詩直解》卷一)

笈甫主人曰：上首批文：然而日落矣，海逝矣，春容去而秋髮改矣，營營者徒為人所噢矣，此首方入「吾衰」正面，收又倒盤。　句評：「人生非寒松，年貌豈衰改」：吾衰誰陳之正面也。「吾當乘雲螭，吸景駐光彩」：結又拓開，恰好呼起下二首。(《瑤臺風露》)

安旗曰：白在開元後期屢有惜餘春、悲白髮之作，實則均感歎功業未成。其《惜餘春賦》云：「恨不得掛長繩於青天，繫此西飛之白日。」本詩亦此意。(《李白全集編年箋注》卷四)

按語

此篇為白悲歎時光易逝，韶華漸老之作，當為一時感慨之作，通篇皆景，無可聯繫時事之詞，安旗繫於開元二十九年，殊無確據。徐禎卿「悲年命」之說為是。

其十二　松柏本孤直

松柏本孤直，難為桃李顏[1]。昭昭嚴子陵，垂釣滄波間[2]。
身將客星隱，心與浮雲閑[3]。長揖萬乘君，還歸富春山[4]。
清風灑六合，邈然不可攀[5]。使我長歎息，冥棲巖石間[6]。

題解

朱言：比也。此詩言君子之高尚其志，而不屈身於富貴也。

徐禎卿曰：「此興而比也。」

按：此篇以嚴子陵自比，抒己之不屈之志。

編年

　　安旗繫於天寶二年（743 年），時李白 43 歲。

　　詹鍈繫此詩於天寶六載（747 年），時李白 47 歲。稱：「按此詩殆白遊富
春山嚴子陵釣臺時懷古而作。」

　　按：由「長揖」「還歸」二句，知此篇當作於賜金放還之後。

注釋

（1）「松柏」二句：楊齊賢注：「太白謂松柏孤直，不能如夭桃艷李，嫣然媚
　　　人也。」朱諫注：「孤，不群也；直，不屈也。」《國風·召南》：「何彼
　　　禯矣，華如桃李。」《禮記》：「其在人也，如松柏之有心也，故貫四時而
　　　不改柯易葉。」荀卿子曰：「桃李倩粲於一時，時至而後殺。至於松柏，
　　　經隆冬而不凋，蒙霜雪而不變，可謂得其真矣。」

（2）昭昭：光明磊落的樣子。朱諫注：「昭昭，明也，美之之辭也。」《孟子》：
　　　「賢者以其昭昭，使人昭昭。」陸機《擬迢迢牽牛星》：「昭昭清漢輝，
　　　粲粲光天步。」　　嚴子陵：《後漢書》卷八三《逸民傳》：「嚴光，字子
　　　陵……少有高名，與光武同遊學。及光武即位，乃變名姓，隱身不見。
　　　帝思其賢，乃令以物色訪之。後齊國上言：『有一男子，披羊裘釣澤中。』
　　　帝疑其光，乃備安車玄纁，遣使聘之。三反而後至。舍於北軍，給牀褥，
　　　太官朝夕進膳……車駕即日幸其館。光臥不起，帝即其臥所，撫光腹曰：
　　　『咄咄子陵，不可相助為理邪？』光又眠不應，良久，乃張目熟視，曰：
　　　『昔唐堯著德，巢父洗耳。士故有志，何至相迫乎！』帝曰：『子陵，我
　　　竟不能下汝？』於是升輿歎息而去。復引光入，論道舊故，相對累日……
　　　因共偃臥，光以足加帝腹上。明日，太史奏客星犯御座甚急。帝笑曰：『朕
　　　故人嚴子陵共臥耳。』除為諫議大夫，不屈，乃耕於富春山，後人名其
　　　釣處為嚴陵瀨焉。」

（3）將：王琦注：「猶與也。」　　客星：指沒有固定軌道、週期，突然出現
　　　的亮星，古代常指新星和彗星。《史記》卷二七《天官書》：「客星出天廷，
　　　有奇令。」古人也認為不屬本座的外來亮星代表造訪的客人，後借指來
　　　訪的賓客。葉憲祖《易水寒》第二折：「塵筵躬灑，專候客星來。」

（4）長揖：《漢書·酈食其傳》：「食其入，即長揖不拜。」顏師古注：「長揖
　　　者，手自上而極下。」　　萬乘：朱諫注：「萬乘者，天子也。」《漢書》：
　　　「天子畿方千里，提封百萬井，定出賦四十六萬井，戎馬四萬匹，兵車

萬乘，故稱萬乘之主。」　　　富春山：在今浙江桐廬縣西。顧祖禹《讀史方輿紀要‧浙江二‧嚴州府》：「富春山，縣西三十里，一名嚴陵山，前臨大江，漢子陵釣處，人號嚴陵瀨，有東西二釣臺，各高數百丈。」

（5）六合：指天地和四方，泛指天地或宇宙。《莊子‧齊物論》：「六合之外，聖人存而不論。」成玄英疏：「六合，天地四方。」　　　邈然：高遠貌。陶淵明《詠貧士》其五：「袁安困積雪，邈然不可干。」李白《南都行》：「此地多英豪，邈然不可攀。」又《遊溧陽北湖亭，望瓦屋山懷古，贈同旅》：「目色送飛鴻，邈然不可攀。」

（6）冥棲：見「太白何蒼蒼」注。

集評

嚴羽曰：「昭昭」二字，為隱人生光焰，妙！妙！「身將」四句，何等傲逸。（嚴羽、劉辰翁評點，聞啟祥輯《李杜全集》卷一）

蕭士贇曰：《漢書‧王貢兩龔鮑傳序》：「揚雄論曰：谷口鄭子真，不詘其志，耕種於巖石之下，名震於京師，太白亦有高尚其事之意，此詩有所慕而作。」（《分類補注李太白詩》卷二）

朱諫曰：（「松柏」二句）松柏之資，本自孤直，豈能為桃李之嬌媚而有可悅者乎，是以松柏不變而桃李易衰也，譬之君子正直不阿，不為小人邪媚之態，宜君子之難合而小人之易投也。（「昭昭」六句）上以松柏比君子之孤直不屈，此則以子陵之事實之也，言昭昭嚴子陵之為人也，不求聞達，垂釣滄波之間，為天子故人，應上天，列宿志，不肯屈，而終於隱遁，心與浮雲而俱閒也，長揖天子，還於故山，其高世之志，誠若松柏之孤直，歷歲寒而不凋，豈若桃李之媚於春陽者乎？（「清風」四句）承上言子陵之高潔若此，其清風布於六合，邈然高遠，不可得而攀也，天下古今寧有企及之者，使我聞風興起，喟然歎息，亦將高蹈遠引，棲於巖穴之間，如子陵之還於富春，寧為松柏之孤直，又安能為桃李之嬌媚乎？（朱）按：此詩韻有二間字，蓋故人用韻不甚拘泥，如李白《江夏贈韋太》重疊數韻，不以為嫌，又如杜子《八仙歌》之重韻，可見唐人去古未遠，而猶不屑於音韻之間也。（《李詩選注》卷一）

徐禎卿曰：此篇蓋有慕乎子陵之高尚也。（郭本李集引）

林兆珂曰：子陵身份，清風灑六合，邈然不可攀，鐵板不可移動，此詩高超絕倫。　　　紅批曰：子陵之身份，尤為高於魯連，太白所不及矣。故悠

然遐物，邈然而望，覺其不可攀躋也，詩則超妙不負子陵之雅。(《李詩鈔述注》卷五上首注)

　　佚名曰：漢士今何在，還歸富春山。仙人留古蹟，隨釣滄波間。錦峰繡嶺。　　勝境富春雪未消，羊裘獨釣止寒江。先生古蹟今留在，一支漁竿肅稱高。漢士富春留古蹟，羊裘釣澤七里灘。(梅鼎祚《李詩鈔評》卷二上首批文)

　　唐汝詢曰：言松柏孤高，不能為桃李之媚色，以比子陵耿直，不能儗時輩之苟榮，是以獨垂釣桐江耳。彼其襟懷泊如，揖萬乘而歸臥，豈不偉哉！故其人雖遠，我猶慕其風以興歎，尋其蹤以棲息也。按太白始為玄宗所重，已而見疏，遂傲求放還，無復戀寵，此蓋以子陵自負云。(《唐詩解》卷三)

　　沈德潛曰：不著議論，詠古一體。(《唐詩別裁集》卷二)

　　《唐宋詩醇》曰：起句本之荀子，直揭本指，嚴羽所謂開門見山者也。與左思《詠史》作風格正復相似。《荀子》曰：桃李倩粲於一時，時志而後殺。至於松柏，經隆冬而不凋，可謂得其真矣。(卷一)

　　邢昉曰：詠史亦人所同，氣體高妙則獨步矣。(《唐風定》卷之一上)

　　應時曰：(首二句)寫出高人心性。　　(「身將」四句)古樸。(「清風」四句)悠然。　　(總評)敘事、敘情樸素。(《李詩緯》卷一)

　　笈甫主人曰：上首批文：此二首(《松柏本孤直》《君平既棄世》)承前章而嬗衍之，借子陵、君平以自況也。又曰：「清風灑六合」「白日照高名」蓋至此長與世辭而斯民之塗炭不可救矣，松柏、君平二首收足「吾衰」，「胡關」以下則寄其蔓草、荊榛之感也，線索在空中，轉折在空際。　　句評：「松柏本孤直」：興起。「昭昭嚴子陵」：次入子陵。(《瑤臺風露》)

　　安旗曰：此篇抒其仰慕嚴光之情，蓋寄託退隱之思耳。(《李白全集編年箋注》卷五)

按語

　　《齊有倜儻生》篇詠魯仲連，該篇詠嚴子陵，下篇詠嚴君平，三者可互讀。大抵皆借歌詠歷史人物以抒己懷，然細讀之又略有不同：魯仲連篇，通篇洋溢著對魯仲連建功立業，功成身退的讚美羨慕之情，結句不乏樂觀自信、積極昂揚的情緒，蓋彼時太白對功業尚存希冀；嚴子陵篇，則由外向的「事功」轉向了內向的「歸隱」，結句「使我長歎息」，充滿了消極避世之情；至嚴君平篇，開篇「世」與「君平」兩相互「棄」，有心死成灰之感，則為不獲

見知的牢騷之歎。三篇遞進，棄世之感逐漸加深，似為不同時期之作。安旗
分別繫於李白 41 歲、43 歲、53 歲時，前後順序較為合理，然詠史之作，難
推時事，似亦無確據。詹鍈據「白遊富春山嚴子陵釣臺」繫此詩於天寶六載，
由「長揖」「還歸」句，似作於賜金放還之後。

其十三　君平既棄世

君平既棄世，世亦棄君平⁽¹⁾。觀變窮太易，探元①化群生⁽²⁾。
寂寞綴道論②，空簾閉幽情③⁽³⁾。驪虞不虛④來，鸑鷟有時鳴⁽⁴⁾。
安知天漢上，白日懸高名⁽⁵⁾？海客去已久，誰人⑤測沉冥⁽⁶⁾？

題解

朱言：賦而比也。此言隱德之士，世人莫能知之，如嚴君平之賢，不求
人知，人亦不知之也。

按：此篇寫「身」「世」兩棄之感。

編年

安旗繫於天寶十二年（753 年），時李白 53 歲。

詹鍈曰：安本繫此詩於天寶十二載，謂「此詩當作於三入長安獻策失敗
後旅居宣城之時」，恐未必然。

按：此篇作年不詳。

校記

① 元：兩宋本、王琦本注：「一作玄」。胡震亨本作「玄」。劉世教本：「元化
　一作玄化。」

② 道論：兩宋本、王琦本注：「一作真道」。

③ 情：兩宋本、王琦本注：「一作清」。

④ 虛：兩宋本、王琦本注：「一作覆」。

⑤ 人：兩宋本、王琦本注：「一作能」。劉世教本：「誰人一作誰能。」

注釋

（1）君平：事見《漢書‧王貢兩龔鮑傳》。蕭士贇注：「此兩句意出於《莊子》，
　　　世喪道矣。道喪世矣，世與道交相喪也之意。謂君平抱濟世之才，而無
　　　用世之意，是平棄斯世矣；世之人復不知君平之賢，而不用之焉，是世
　　　亦棄君平也。」《文選》卷二一鮑照《詠史》：「君平獨寂寞，身世兩相棄。」

李善注：「言身棄世而不仕，世棄身而不任。」

（2）觀變：《易・繫辭上》：「動則觀其變而玩其占。」朱諫注：「變者，卦爻之變也。」　　太易：《列子・天瑞》：「有太易，有太初，有泰始，有太素。太易者，未見氣也。太初者，氣之始也。泰始者，形之始也。太素者，質之始也。」《孝經鉤命訣》：「天地未分之前，有太易，有太初，有泰始，有太素，有太極，是為五運。形象未分，謂之太易；元氣始萌，謂之太初；形氣之端，謂之泰始；形變有質，為之太素；質形已具，謂之太極。」鄭康成《乾鑿度注》：「以其寂然無物，故名之為太易。」《三墳》：「太易者，天地之變也。」　　元：朱諫注：「元，善之長也，即《易》所謂乾元之道也。」　　群生：朱諫注：「眾人也。」《古詩箋》聞人倓箋：「化群生，即所謂言孝言順也。」　　此二句言君平卜卦，以觀世人，《漢書・王貢兩龔鮑傳》：『卜筮者，賤業，而可以惠眾人。有邪惡非正之問，則依蓍龜為言利害。與人子言，依於孝；與人弟言，依於順；與人臣言，依於忠，各因勢導之以善。從吾言者已過半矣。』

（3）寂寞：《莊子・天道》：「夫虛靜恬淡，寂寞無為者，天地之平，而道德之至。」　　道論：《漢書・司馬遷傳》：「太史公學天官於唐都，受《易》於楊何，習道論於黃子。」謝靈運《述祖德詩》：「委講綴道論。」《古詩箋》聞人倓箋：「此言君平依老子之旨，著書十萬餘言也。」　　空簾：晉皇甫謐《高士傳》：「嚴遵字君平，蜀人也。隱居不仕，常賣卜於成都市。日得百錢以自給，卜訖則閉肆下簾，以著書為事。」　　幽情：朱諫注：「幽賾深遠之情也。」　　《漢書・王貢兩龔鮑傳》：「君平卜筮於成都市……裁日閱數人，得百錢足自養，則閉肆下簾而授《老子》。博覽亡不通，依老子、嚴周之指，著書十餘萬言。」

（4）騶虞：傳說中的一種義獸。《詩經・召南・騶虞》：「于嗟乎騶虞。」《毛傳》：「騶虞，義獸也。白虎黑文，不食生物，有至信之德則應之。」《毛詩》：「仁如騶虞，則王道成。」　　鸑鷟：即鳳凰，舊以為神鳥也。音月卓。《說文解字》：「鳳屬，神鳥也。」《國語・周語上》：「周之興也，鸑鷟鳴於岐山。」韋昭注：「鸑鷟，鳳之別名也。」蕭士贇注：「此乃喻聖賢不虛生，其出也有時。」朱諫注：「騶虞，白虎黑文，不踐生草，不履生蟲。鸑鷟，鳳雛，皆瑞世之物也。」　　按：此二句言祥瑞之鳥獸，亦應時應運而生，不會憑虛而來。

（5）天漢：朱諫注：「天河也。」張華《博物志》卷一〇：「舊說云：天河與

海通。近世有在人居海渚者，年年八月，有浮槎，去來不失期。人有奇志，立飛閣於槎上，多齎糧，乘槎而去。十餘日中，猶觀星月日辰，自後茫茫忽忽，亦不覺晝夜。去十餘日，奄至一處，有城郭狀，屋舍甚嚴。遙望宮中多織婦；見一丈夫牽牛渚次飲之，牽牛人乃驚問：『何由至此？』此人見說來意，並問：『此是何處？』答曰：『君還至蜀郡，訪嚴君平則知之。』竟不上岸，因還如期。後至蜀，問君平。曰：『某年、某月、某日，有客星犯牽牛宿。』計年月，正是此人到天河時也。《河圖括地象》曰：「河精，上為天漢。」李陵詩：「招搖西北馳，天漢東南流。」　　高名：即盛名。

(6) 海客：經常航海的人，此指海上仙人。李白詩中常出現之詞，如《夢遊天姥吟留別》：「海客談瀛洲，煙濤微茫信難求。」《江上吟》：「仙人有待乘黃鶴，海客無心隨白鷗。」　　沉冥：謂幽居匿跡。揚雄《法言·問明》：「蜀莊沉冥，蜀莊之才之珍也，不作苟見，不治苟得，久幽而不改其操。」李軌注：「沉冥，猶玄寂，泯然無跡之貌。」朱諫注：「沉冥，言君平之術深沉而窈冥也。」蕭士贇注：「《漢書》曰：『蜀嚴湛冥，久出而不改其操。』孟康注曰：『蜀郡嚴君平深沉玄默無欲。』言幽深難測也。」

集評

嚴羽曰：如此用下簾事，才為寫生。讀鮑照詩：「君平獨寂寞，身世兩相棄」，始知酒娘著水，其味轉薄。又「天上知名，一解寂寞，然沉冥靡測，終歸寂寞，慨想愈深。」（嚴羽、劉辰翁評點，聞啟祥輯《李杜全集》卷一）

蕭士贇曰：此詩雖詠史詩，其自負之意亦深矣，大意與詠子陵詩意同。（《分類補注李太白詩》卷二）

劉履曰：以上二首（按：指《莊周夢胡蝶》《君平既棄世》兩首）亦放黜後所作。蓋涉歷至此，不復感歎，而有棄世之心矣。（《風雅翼》卷十一）

朱諫曰：（「君平」六句）是君平既棄乎世，世亦棄乎君平矣，且君平善於卜筮，能觀卦爻之變窮，究大《易》之理，深探善道，化誘群生，凡來卜筮者，得聞孝悌忠順之論，而有以格其非心，甘貧守己，不求贏餘，閉幽情於空簾之下，自守之意泊如也。（「騶虞」六句）言君平能知道而安貧，有如騶虞、鸑鷟為希世之瑞，生不虛生，而言則多中，非特為人間之瑞而已。雖天漢之上亦知其名，誠有若海客之所傳聞者。今而海客之去已久，無人復見河邊之牽牛矣，誰能測其至術之深沉而窈冥者乎？雖有君平，世人莫得而識

也。是則非惟君平之棄世，而世實棄乎君平也。要之欲知吉凶者，須致敬以質於君平。欲知理亂者，須盡禮以致乎賢者，斯可也。（《李詩選注》卷一）

　　徐禎卿曰：此篇白自託於君平之詞也。又曰：白意蓋以騶虞、鸞鷟比君平，而歎世人之莫識也。安知其高名乃如白日之懸於天漢，而牛女皆知之。然海客之去已久，又誰能測其幽深之道哉？末二句，亦藉以自寓之意也。（郭本李集引）

　　林兆珂曰：意謂君平雖寂寞，為世所棄，而大名昭昭，固久正高懸天漢之上，第惟有海客能知之，碌碌世人，誰復能測其杳冥哉？此亦太白自負而欲學之之意。又曰：「空簾」句鍊字特妙，自然幽秀，好以此雕龍，所謂隱秀者是也。（《李詩鈔述注》卷五上首注）

　　佚名曰：漢士嚴陵七里灘，還歸古蹟富春山。羊裘釣澤長歎息，邈然冥棲巖石間。東京城闕久湮泯，此地江山亙古新。七里灘頭嚴子瀨，雙峰林下釣公論。怨歌慷慨庚啼鳥，愁色蒼涼對碧筠。牛渚客星碑尚在，祇與世後問津人。（梅鼎祚《李詩鈔評》卷二上首批文）

　　唐汝詢曰：此太白廢斥後，無心用世，而託君平以見志也。言君平既與世相違，則唯高尚自守，研窮《易》理，化育群生。處寂寞以論道，閉空簾以卻喧而已，將安所自見邪？但天生是人，如騶虞、鸞鷟，不終使之泯泯。即舉世不獲取重，天漢上業已標名，不然彼牽牛何以識其姓氏哉？方今海客之去已久，縱有君平孰能測其沈冥者，此蓋太白自歎其不為人知也。（《唐詩解》卷三）

　　陸時雍曰：末路感歎，一往情深。（《唐詩鏡》卷一七）

　　沈德潛曰：言人之不泯，如騶虞鸞鷟，必然見知；即世人不知，天上猶懸其名也。「天漢」二句，用海渚人乘槎至織女宮意。（《唐詩別裁集》卷二）

　　吳昌祺曰：起句拆開鮑照語反佳。又曰：第九句用「豈知」，則七八當以「沉冥」言之。「騶虞」二句是太白適意處，非法也。（《刪定唐詩解》卷二）

　　《唐宋詩醇》曰：騶虞見王道之成，鸞鷟為興期之瑞。蕭士贇曰：「此喻聖賢不虛生，其出也有時。」名懸天漢，而人不能測，此非聖賢所知也。以正意作轉關，與前篇各一機杼。（卷一）

　　宋宗元曰：「不虛來，言不屑虛來；有時鳴，言待時乃鳴。解此則下『安知』字才得熨帖；高名，正指客星犯牽牛事。」（《網師園唐詩箋》卷二五言古詩之二）

　　方東樹曰：此言賢士不求名，非人所知。（《昭昧詹言》卷七）

曾國藩曰：君平、騶虞、鸞鷟，皆太白以自比。（《求闕齋讀書錄》卷七）

笈甫主人曰：上首批文：清風灑六合，白日照高名。蓋至此長與世辭而斯民之塗炭不可救矣。松柏、君平二首收足「吾衰」，「胡關」以下則寄其蔓草、荊榛之感也，線索在空中，轉折在空際。　　句評：「君平既棄世，世亦棄君平」：此又直入，與上首章法又別。「騶虞不虛來，鸞鷟有時鳴」：大有河圖鳳鳥之慨，見吾衰之正也。（《瑤臺風露》）

詹鍈曰：曾國藩之說是也。鮑照詩云：「君平獨寂寞，身世兩相棄。」吳伯其曰：「太白詩以此五字衍為十字云：『君平既棄世，世亦棄君平。』恰是君平先棄矣。不知太白意在興起下文：『觀變窮太易，探玄化群生』云云，亦如夫之老不用退而刪述之意，故先作決絕之詞耳。畢竟君平終身不欲棄世。」（《李白詩文繫年》）

按語

此篇關鍵字眼在「棄」，乃借君平之「棄」與「被棄」，抒太白牢騷之歎也。其《送蔡山人》有：「我本不棄世，世人自棄我」，與此篇前二句同意。此篇情感較為複雜，大抵有如下幾端交織浸潤而成：其一，不獲世之見用的傷感悲歎之情，即首二句身世兩相棄之感，如劉履所言；其二，託君平以自比，頗有自負自傲之意，這一點如蕭士贇、徐禎卿、林兆珂、唐汝詢諸家都有指出；其三，如陸時雍所言，雖言「棄世」，又頗有一往情深之意。至於方東樹所言「不求名」者，恐非是。

其十四　胡關饒風沙

胡關饒風沙，蕭索①竟終古[1]。木②落秋草黃，登高望戎虜[2]。
荒城空大漠，邊邑無遺堵[3]。白骨橫千霜，嵯峨蔽榛莽[4]。
借問誰陵虐③？天驕毒威武[5]。赫怒我聖皇，勞師事鼙鼓[6]。
陽和變殺氣，發卒騷中土[7]。三十六萬人，哀哀淚如雨[8]。
且悲就行役，安得營農圃[9]？不見征戍兒，豈知關山苦④？
李牧今不在⑤，邊人飼豺虎[10]。

題解

朱言：賦也。此詩刺胡虜犯邊，而將帥不能以禦患也。

安旗言：此篇緣哥舒翰攻吐蕃石堡城事而作，兼傷王忠嗣。

按：此篇題旨在言邊事。

編年

安旗繫於天寶八年（749年），時李白49歲。

按：此篇當作於天寶十一載（752）秋冬之時。「木落秋草黃」句，可知此篇
作於暮秋初冬之時；「胡關饒風沙」「登高望戎虜」，寫胡地之景，有置身
其中之感，「荒城」「白骨」四句，所見歷歷在目，可知此時太白在幽州
之地漫遊。天寶十一載（752）秋冬之際，李白抵達范陽郡，《經亂離後
天恩流夜郎憶舊遊書懷贈江夏韋太守良宰》有回憶：「十月到幽州，戈鋋
若羅星。君王棄北海，掃地借長鯨。呼吸走百川，燕然可摧傾。心知不
得語，卻欲栖蓬瀛。」安旗繫於天寶八載，據此年哥舒翰攻打石堡城，
王忠嗣憂憤而死，然李白此年及此年都在金陵，天寶十載四月，玄宗下
令大募兩京及河南河北兵，「三十六萬人，哀哀淚如雨」前後數句，顯是
募兵之事，此篇言及天寶八載、九載、十載三年事，且李白當身在胡地，
綜合可知，當作於天寶十一載為是，李白身至邊地，目睹大漠荒城，白
骨遍野，針對前此兩三年內朝廷用兵之狀而發，其中雖有隱涉現實處，
但通篇旨意卻並非僅只諷某一事或傷某一人而已。

校記

① 索：兩宋本、王琦本注：「一作颯」。

② 木：兩宋本、繆曰芑本作「歲」。王琦本注：「繆本作歲」。劉世教本：「木
落元本作歲落。」

③ 陵虐：陵：嚴羽點評本、劉世教本、李齊芳本、《唐李白詩》作「凌」。　虐：
咸淳本注：「一作虎」。「虎」誤。

④ 豈知關山苦：兩宋本、王琦本注：「一本此下多爭鋒徒死節，秉鉞皆庸豎。
戰士塗蒿萊，將軍獲圭組四句。」　塗蒿萊：胡震亨本作「死蒿萊」。

⑤ 李牧：兩宋本、繆曰芑本、王琦本注：「一作衛、霍」。

注釋

（1）胡關：楊齊賢注：「胡虜之關。若雁門關、玉關、陽關之類，諸胡出入之
門。」朱諫注：「胡關者，中國與胡相限之界，胡人出入處也，如雁門關、
玉門關、大震關之類。此言乃大震關也，吐蕃來往之地。」張正見《雨
雪曲》：「胡關辛苦地，雪路遠漫漫。」　饒：多。　終古：永恆。
屈原《楚辭·九歌·禮魂》：「春蘭兮秋鞠，長無絕兮終古。」陳子昂《感

遇》其十七：「終古代興沒，豪聖莫能爭。」

（2）木落：即葉落。《禮記·月令》：「草木黃落。」蕭士贇注：「按『木落』，元本作『歲落』，齊賢本作『木落』，『木落』理差順，今從齊賢本。」　戎虜：古時對西方或北方少數民族的蔑稱。朱諫注：「戎虜，即吐蕃也。」蔡琰《胡笳十八拍》：「天災國亂兮人無主，唯我薄命兮沒戎虜。」溫庭筠《傷溫德彝》：「昔年戎虜犯榆關，一敗龍城匹馬還。」

（3）大漠：《文選》卷五六班固《封燕然山銘》：「經磧鹵，絕大漠。」李周翰注：「大漠，沙漠也。」《史記》：「漠北地平，無草木，多大沙。」　堵：即土墙。《說文解字》：「堵，垣也。五版為一堵。」《詩經·小雅·鴻雁》：「之子于垣，百堵皆作。」《毛傳》：「一丈為板，五板為堵。」《文選》卷二三張載《七哀詩》：「園寢化為墟，周墉無遺堵。」

（4）白骨橫千霜：劉琨《上懷帝表》：「白骨橫野。」曹操《蒿里行》：「白骨橫於野，千里無雞鳴。」　千霜：楊齊賢注：「千年也。」《古樂府》：「今日樂相樂，延年壽千霜。」　嵯峨：山勢高峻貌。《廣雅》：「嵯峨，高也。」《史記》卷一一七《司馬相如傳》：「於是乎崇山龍嵸，崔巍嵯峨。」此處形容白骨堆積如山貌。　蔽：遮擋，隱藏。榛：見「大雅久不作」篇。　莽：王琦注：「草深茂也。」《離騷》：「夕攬洲之宿莽。」

（5）陵虐：欺壓侮辱。《後漢書》卷七十五《袁術傳》：「董卓無道，陵虐王室。」　天驕：即「天之驕子」，此處代指戎虜。《漢書·匈奴傳》：「其明年，單于遣使遺漢書云：『南有大漢，北有強胡。胡者，天之驕子也。』」　毒：兇狠，猛烈，肆意貌。

（6）赫怒：盛怒貌。《詩經·大雅·皇矣》：「王赫斯怒，爰整其旅。」鄭箋：「赫，怒意。」王粲《從軍》：「相公征關右，赫怒震天威。」　聖皇：指唐玄宗。朱諫注：「按史明黃初年，命大將軍薛仁貴等護吐谷渾，舉國師凡十餘萬，至大非川，為吐蕃長子欽陵所敗。」　勞師：興師。　鼙鼓：古代軍中使用的戰鼓，藉以指戰事。楊齊賢注：「鼙鼓，鼓之尤小者，司馬法曰：萬人之師執大鼓，千人之師執鼙鼓。」白居易《長恨歌》：「漁陽鼙鼓動地來，驚破霓裳羽衣曲。」

（7）陽和：溫暖和暢的春氣。庾信《移虜留使文》：「陽和既動，澤漸萬邦。」蔡琰《胡笳十八拍》：「東風應律兮暖氣多，知是漢家天子兮布陽和。」　殺氣：陰森肅殺的寒氣，借指戰事。《禮記·月令》：「殺氣浸盛，陽和日衰。」杜甫《西山詩三首》之一：「西戎背和好，殺氣日

相纏。」　　發卒：即發兵。　　騷：擾也。楊齊賢注：「騷，動也，悲
也。」　　中土：唐之疆域。

（8）三十六萬：朱諫注：「三十萬，舉大數也。」　　哀哀淚如雨：魏武《善
哉行》：「愴歎淚如雨。」

（9）行役：因公務或兵役等事而出行。《文選》蘇武：「行役在戰場，相見未
有期。」　　農圃：農田。張載《七哀詩》：「萌隸營穡圃。」柳宗元《溪
居詩》：「閒依農圃鄰，偶似山林客。」

（10）李牧：《史記‧廉頗藺相如列傳》：「李牧者，趙之北邊良將也。常居代雁
門，備匈奴……習射騎，謹烽火，多間諜，厚遇戰士……匈奴每入，烽
火謹，輒入收保，不敢戰。如是數歲，亦不亡失。然匈奴以李牧為怯，
雖趙邊兵亦以為吾將怯。趙王讓李牧，李牧如故。趙王怒，召之，使他
人代將。歲餘，匈奴每來，出戰。出戰數不利，失亡多，邊不得田畜。
復請李牧……李牧至，如故約。匈奴數歲無所得。終以為怯。邊士日得
賞賜而不用。皆願一戰。於是乃具選車得千三百乘，選騎得萬三千匹，
百金之士五萬人，彀者十萬人，悉勒習戰。大縱畜牧，人民滿野。匈奴
小人，佯北不勝，以數千人委之。單于聞之，大率眾來入。李牧多為奇
陣，張左右翼擊之，大破匈奴十餘萬騎。滅襜襤，破東胡，降林胡，單
于奔走。其後十餘年，匈奴不敢近趙邊城。」　　豺虎：楊齊賢注：「指
匈奴。」朱諫注：「飼豺虎者，言為戎虜所殘。」張載《七哀詩》：「季世
喪亂起，盜賊如豺虎。」

集評

嚴羽曰：此首可與老杜《塞上》諸篇伯仲。（嚴羽、劉辰翁評點，聞啟
祥輯《李杜全集》卷一）

楊齊賢曰：聖皇，玄宗也。玄宗承國家富庶，侈心動，遂貪邊功，罷張
九齡，相李林甫、楊國忠，從事吐蕃、南詔，迄唐世為患。又曰：按《唐書》：
楊國忠薦鮮于仲通為蜀郡長史，率兵六萬，討閤羅鳳，戰瀘川，牢軍沒，獨
仲通挺身免，後遣留，後李宓率兵十餘萬，擊羅鳳，敗，死西洱河。國忠矯
為捷書，上聞自再興師，傾中國驍卒二十萬，天下兌之則三十六萬，當為二
十六萬，據《吐蕃傳》，天寶二年，吐蕃與閤羅鳳聯兵攻瀘南，劍南節度楊國
忠方以姦罔上，自言破蠻眾六萬，於雲南拔故供州等三城，獻俘口，則南詔
之橫，實吐蕃助之也，時閤羅鳳比臣吐蕃。（《分類補注李太白詩》卷二）

　　蕭士贇曰：此詩楊子見以為討閣羅鳳之事，非也。雲南乃西南邊，此詩
專指北邊而言，當是為哥舒翰功吐蕃石堡城之事而作也。唐史，天寶六載，
上欲使河西、隴右節度使王忠嗣攻吐蕃石堡城。忠嗣上言，石堡城險固，吐
蕃舉國守之，今頓兵其下，非殺數萬人不能克，臣恐所得不如所亡。上意決，
將軍董延光自請將兵攻石堡城，上命忠嗣分兵，哥舒翰率隴右、河西、朔方、
河東兵凡六萬三千攻吐蕃石堡城，其城三面險絕，唯一徑可上，吐蕃但以數
百人守之，多貯糧食，積雷木及石，唐兵前後屢攻之不能克，翰進攻拔之。
獲吐蕃鐵刃悉諾羅等四百人，唐士卒死亡略盡，果如忠嗣之言。蓋當時上好
邊功，諸將皆希旨開邊隙，忠嗣獨能持重安邊不生事，嘗曰：平世為將，撫
眾而已，吾不欲竭中國力以幸功名。傳中所載全與李牧相類。此詩末句曰「李
牧今不在，邊人飼豺虎」者，蓋以李牧比忠嗣也。今不在者，翰取石堡時，
忠嗣已死二年，無能諫止，卒喪數萬之師也。此詩雖微而實顯，其深得風之
體歟。（《分類補注李太白詩》卷二）

　　朱諫曰：（「胡關」六句）言中國與胡華夷相隔，自古於邊塞之地設立關
隘以辨封疆，防侵凌也。關近胡地而多風沙，開關以來，皆是蕭條之境，秋
風一起，木葉落而草色黃，郊原空闊，登高而遠望，但見沙漠之中，舊城荒
廢，邊邑民居無有遺堵之存，而戰士之死於鋒鏑，白骨交橫於草莽之間，非
一日矣。然而蕩覆我之民居，賤殺我之生靈者，誰之慘歟？乃天驕之匈奴，
肆其威武，以相荼毒有如此也。（「赫怒」八句）承上言戎虜寇邊，而殘虐若
此，於是天子赫然一怒，爰整師旅，鳴鼓進軍以致其討，變陽和為殺氣，驅
良將為征夫，調發而喧呼者，騷動乎中國大眾之舉，則有三十六萬之人，人
人哀泣，其淚如雨，懼有死亡之患，安得復營於穡圃，自遂其耕桑之樂乎，
此狀行役者之苦也。（「不見」四句）言生民之苦者，莫如征戍之人，棄親戚
捐鄉土，饑渴生日之切於身，乃天下之至苦者也。苟或不見征戍之人，又安
知有此等之苦哉？然士卒之性命，懸於將帥之一人，將帥得人，則士卒無有
死亡之憂矣，昔者李牧之居趙邊，能養士畜銳，故一戰而成功，今日李牧之
不在矣，將帥不能禦戎虜，使邊鄙之民，皆畏於虎豺之口，徒以血肉之軀，
資其飽噬而已，豈不大可哀乎？按此詩蓋為當時吐蕃犯邊而作，舊注謂為楊
國忠征閣羅鳳事，或謂哥舒翰攻石堡城事，恐俱未然，蓋閣羅鳳是雲南之喪，
師不繫北狄，石堡城乃我之攻彼，非彼之毒我也，與詩意不相體貼，考之地
理，驗之歲月，乃知為吐蕃事也。且吐蕃之顛末紀於唐史者，大略與此相合，
白目擊其事，詩意蓋刺之也。（《李詩選注》卷一）

徐禎卿曰：此篇之意，蕭說近是。(郭本李集引)

林兆珂曰：此直賦天寶間時事，傷安史之亂，悲征戍之苦也。可與老杜《出塞》諸篇相伯仲矣。　　紅批曰：此篇又偏似杜。(《李詩鈔述注》卷五上首注)

胡震亨曰：楊注以為詠鮮于仲通南詔之役。蕭注以為辭指北邊詠哥舒翰石堡之役。考翰傳，石堡用兵止十萬，與所云三十六萬轍亦未合。此亦約略言開、天數十年間用兵吐蕃之概，歎中外之騷蔽耳。指石堡一役言則非也。(《李詩通》卷六)

沈德潛曰：天寶中，上使王忠嗣攻吐蕃石堡城，忠嗣言堅守難攻。董延光自請攻之，不克。覆命哥舒翰攻而拔之，獲吐蕃四百人，而唐兵死亡略盡，其後世為讐敵矣。詩為開邊垂戒，與前一首同(指《羽檄如流星》)。(《唐詩別裁集》卷二)

趙翼曰：述用兵開邊之事，譏明皇黷武，則天寶初年事也。(《甌北詩話》卷一)

應時曰：首二句「起悲壯」，次二句「下轉得淒。」　　又曰：「三十六」二句：「古氣。」「不見」二句：「兩轉清而勁。」　　總評：「通體沉著，結峭勁，從漢魏來。」(《李詩緯》卷一)

丁谷雲曰：有過於憤處，故入變風。(《李詩緯》卷一)

《唐宋詩醇》曰：開元以來，歲有征役，王君㚟戰勝青海，益事邊功。石堡一城耳，得之不足制敵，不得無害於國。唐兵前後屢攻，所失無數，哥舒翰雖能拔之，而士卒死亡亦略盡矣。此詩極言邊塞之慘，中間直入時事，字字沉痛，當與杜甫《前出塞》參看。別本多四句，語盡而露。詩詞意已足，不當更益。(卷一)

方東樹曰：此言窮兵之害。(《昭昧詹言》卷七)

陳沆曰：刺黷武也。安祿山以六萬兵沒於契丹，哥舒翰攻石峰堡死者數萬。「李牧今不在」，思王忠嗣也。忠嗣嘗言：平世為將，以安邊為務，不肯疲中國以邀功，見可勝乃興師，故出必有成。自忠嗣讒死，而邊人塗炭矣。(《詩比興箋》卷三)

奚祿詒曰：譏天寶初之開邊也，不必定指何人。咎在邊將，鮮于、哥舒並合得有，不必執著。(見《李詩通》卷六手批)

笈甫主人曰：上首批文：「陽和」十字，凜然史筆，句法字法，亦全是杜陵，再三讀之，方歎法門不二。　　句評：「胡關饒風沙」：管韞山云：此

為哥舒翰開邊而作，以時事為比興，尤見詩心之奇幻，猶豎者治病，隔二隔三之法。「陽和變殺氣：」接脫。「不見征戍兒，豈知關山苦」：知用反接草，便靈活。（《瑤臺風露》）

（日）近藤元粹曰：敘來悽慘，使人肝膽凜冽。（《李太白詩醇》卷一）

林庚曰：這就是李白所反映的開邊問題。開邊的政策，一方面使得農民生產力削減，所以說：「三十六萬人，哀哀淚如雨。且悲就行役，安得營農圃？」一方面就使得邊將坐大，特別是其中的胡人將領，安祿山是這樣坐大的，高秀巖也是西取石堡城一役中的得力將領，這樣在民族矛盾中拖垮了國內的經濟，增長了邊將的野心，就造成了安史之亂，造成了盛唐的消逝，造成了此後吐蕃、回紇及其他外族的入侵。李白可以說是最早就認識了這個危機的。他說要「敢進興亡言」正都是實有所指的了。（《詩人李白》）

詹鍈曰：按諸說大致相去不遠。哥舒翰拔石堡城在天寶八載，王忠嗣卒亦在是年。此詩之作當在本年（八載）以後。（《李白詩文繫年》）　又：按此篇出庾信《詠懷》二十七首之十七及陳子昂《感遇詩》第三十二首。（《李白〈古風五十九首〉集說》）按：庾信《詠懷》者，應為《擬詠懷》二十七首。其十七曰：「日晚荒城上，蒼茫餘落暉。都護樓蘭返，將軍疏勒歸。馬有風塵氣，人多關塞衣。陣雲平不動，秋蓬卷欲飛。聞道樓船戰，今年不解圍。」陳子昂《感遇詩》第三十二首曰：「索居猶幾日，炎夏忽然衰。陽彩皆陰翳，親友盡睽違。登山望不見，涕泣久漣洏。宿夢感顏色，若與白雲期。馬上驕豪子，驅逐正蚩蚩。蜀山與楚水，攜手在何時。」詹鍈言出此二首，《感遇》三十二首與此篇旨意似相去甚遠。

按語

此詩題旨歷來說法有四：楊齊賢曰為鮮于仲通討閣羅鳳事；蕭士贇曰為哥舒翰征石堡城事，兼傷王忠嗣，徐禎卿同意此說；朱諫認為是為吐蕃犯邊而作；三者皆坐實之論，恐未必然。林兆珂、胡震亨、趙翼、方東樹、奚祿詒、陳沆、林庚等則認為概言開元、天寶數十年對吐蕃用兵之狀，不必定指一事。蓋林、胡之說為是。杜甫《塞上》《前出塞》等篇與此近似，蓋為當時明皇黷武，邊事頻繁而發，《昔遊》篇有：「幽燕盛用武，供給亦勞哉……肉食三十萬，獵射起黃埃」可證。篇章本身又可與陳子昂《感遇》其三十七相參看，曰：「朝入雲中郡，北望單于臺。胡秦何密邇，沙朔氣雄哉。籍籍天驕子，猖狂已復來。塞垣無名將，亭堠空崔嵬。咄嗟吾何歎？邊人塗草萊。」

其十五　燕昭延郭隗

燕昭①延郭隗，遂築黃金臺(1)。劇辛方趙至②，鄒衍復齊來(2)。
奈何青雲士，棄我如塵埃(3)。珠玉買歌笑，糟糠養賢才(4)。
方知黃鶴③舉，千里獨徘徊(5)。

題解

　　朱言：賦也。此詩刺當時大臣不能禮士也。

按：此篇借史為諷，刺在位者只知享樂不能用賢，明己志之不可屈身以就。

編年

　　安旗繫於開元十八年（730 年），時李白 30 歲。

　　詹鍈《李白詩文繫年》：按此詩寫當時小人居要津，而君子反被擯斥，
疑是去朝以後所作。

　　郁賢皓：此詩當是天寶三載（744）離長安後作。

按：此篇作年不詳。

校記

① 昭：兩宋本作「趙」。誤。

② 至：王琦本注「一作往」。劉世教本：「趙至一作趙往。」

③ 鶴：《唐文粹》作「鵠」。王琦本注「一作鵠。」

注釋

（1）「燕昭」二句：《史記・燕召公世家》：「燕昭王於破燕之後即位，卑身厚
　　　幣以招賢者。謂郭隗曰：『齊因孤之國亂而襲破燕，孤極知燕小力少，不
　　　足以報。然誠得賢士以共國，以雪先王之恥，孤之願也。先生視可者，
　　　得身事之。』郭隗曰：『王必欲致士，先從隗始。況賢於隗者，豈遠千里
　　　哉！』於是昭王為隗改築宮而師事之。樂毅自魏往，鄒衍自齊往，劇辛
　　　自趙往，士爭趨燕。」　　　黃金臺：又稱燕臺，金臺，舊址在今河北省
　　　易縣南。瞿、朱按：「《齊東野語》卷一七：王文公詩云：『功謝蕭規憼漢
　　　第，恩從隗始詫燕臺。』然《史記》止云為隗改築宮而師事之，初無臺
　　　字，而李白詩有『何人為築黃金臺』之語。吳虎臣《漫錄》以此為據。
　　　按《新序》《通鑑》亦皆云鑄宮，不言臺也。然李白慣用黃金臺事，如：
　　　『誰人更埽黃金臺』『燕昭延郭隗，遂鑄黃金臺』『掃灑黃金臺，招邀廣
　　　平客』『如登黃金臺，遙謁紫霞仙』『侍筆黃金臺，傳觴青玉案』。杜甫亦

有『揚眉結義黃金臺』『黃金臺貯賢俊多。』柳子厚亦云『燕有黃金臺，遠致望諸君。』《白氏六帖》有『燕昭王置千金於臺上以延天下士，謂之黃金臺。』此語唐人相承用者甚多，不特本於白也。又按《唐文粹》有皇甫松《登郭隗臺》詩（按：燕相謀在茲，積金黃巍巍。上者欲何顏，使我千載悲。）又梁任昉《述異記》：燕昭為郭隗築臺，今在幽州燕王故城中，士人呼賢士臺，亦為招賢臺。然則必有所謂臺矣。後漢孔文舉《論盛孝章書》曰：昭築臺以延郭隗。然皆無黃金字。宋鮑照《放歌行》云：豈伊白屋賜？將起黃金臺。」然則黃金之名始見於此。李善注引王隱《晉書》：段匹磾討石勒，進屯故安縣故燕太子丹金臺。又引《上谷郡圖經》曰：黃金臺在易水東南十八里，昭王置千金臺上以延天下之士。且燕臺事多以為昭王，而王隱以為燕丹何也？余後見《水經注》云：固安縣有黃金臺，耆舊言昭王禮賢，廣延方士，故修建下都館之南陲，燕昭創於前，子丹踵於後云云，以此知王隱以為燕丹者，蓋如此也。」又按：「孫璧文《攷古錄》略謂：王隱，晉人，太興初為著作郎，在鮑照之前，則金臺之說不始於鮑照，但隱書不以為燕昭，鮑照詩亦未明言燕昭……燕昭金臺似始於酈注。又《白氏六帖》云云，《御覽》一百七十七引《史記》與此一字不差，雖今本《史記》無此條，似燕昭金臺之說由來已久。但李善為唐初人，果《史記》有此語，何以鮑照詩注不引及而引隱書《圖經》耶？又引《史記》曰：虞卿說趙王賜黃金百鎰，何以不引此黃金臺而但引賜黃金耶？孔融書注引《史記》與今本《史記》同，何以《御覽》所引者竟不引及耶？故知《御覽》沿《六帖》之誤，未足據也。」

按：李白詩中多用「黃金臺」典故，如《行路難三首》其二：「昭王白骨縈蔓草，誰人更掃黃金臺！」《在水軍宴贈幕府諸侍御》：「如登黃金臺，遙謁紫霞仙。」《經亂離後，天恩流夜郎，憶舊遊書懷贈江夏韋太守良宰》：「攬涕黃金臺，呼天哭昭王。」《寄上吳王三首》其三：「灑掃黃金臺，招邀青雲客。」《南奔書懷》：「侍筆黃金臺，傳觴青玉案。」詩人用典，取意合為主，大抵不必完全秉筆如史。

（2）劇辛：戰國時燕將。趙國人，兵家代表，著有《劇子》，亦稱《處子》九篇。與龐煖友善，聞燕昭王下詔求賢，遂由趙赴燕。　　鄒衍：戰國末期齊國人，陰陽家代表，五行創始人，著《鄒子》一書，與魯仲連是同時期人。聞燕昭王求賢，離齊入燕。　　《說苑‧君道》載：「燕王曰：『寡人願學而無師。』郭隗曰：『王誠欲興道，隗請為天下之士開路。』

於是燕王常置郭隗上坐南面。居三年，蘇子聞之，從周歸燕；鄒衍聞之，
從齊歸燕；樂毅聞之，從趙歸燕，屈景聞之，從楚歸燕，四子畢至，果
以弱燕並強齊。」《史記‧孟荀列傳》：「（鄒衍）如燕，昭王擁彗先驅，
請列弟子之座而受業，築碣石宮，身親往師之。」

（3）青雲士：《史記‧伯夷列傳》：「閭巷之人，欲砥行立名者，非附青雲之士，
惡能施於後世哉！」張守節《正義》：「砥行修德在鄉閭者，若不託貴大
之士，何得封侯爵賞而名留後代也。」朱諫注：「青雲士，謂當時之大臣
近幸於君者也。」　　棄我：古詩《明月皎夜光》：「不念攜手好，棄我
如遺跡。」左思《詠史》之六：「貴者雖自貴，視之如塵埃。」　　李白
《猛虎行》：「賢哲棲棲古如此，今時亦棄青雲士。」

（4）「珠玉」二句：阮籍《詠懷詩》第三十一首：「戰士食糟糠，賢士處蒿萊。」
《淮南子》：「貧民糟糠不接於口，而虎狼熊羆厭芻豢；百姓短褐不完，
而宮室衣錦繡。」《後漢書‧鍾離意傳》：「藥崧，河內人，家貧，為郎，
嘗獨直無被枕，止食糟糠，顯宗夜入臺，輒見崧，問其故，甚嘉之。詔
太官賜尚書以下朝夕餐此，蓋譏時相好色而不好德者。」楊齊賢注：「太
白意謂吳姬越女，資其一歌笑，則不惜珠玉之費；至於賢人才士，則待
之以糟糠。其好色而不好德如此，則賢者將遠去，徘徊顧望而不敢輒下。」
瞿蛻園、朱金城按：「詩意似指李林甫之蔽賢，『珠玉買歌笑』不過比喻
讒諂面諛之近倖。楊說似失之淺。」

（5）「方知」句：《韓詩外傳》卷二：「田饒事魯哀公而不見察，田饒謂哀公
曰：『臣將去君，黃鵠舉矣！』哀公曰：『何謂也？』曰：『……雞有此五
德，君猶日淪而食之者，何也？則以其所從來者近也。夫黃鵠一舉千里，
止君園池，食君魚鱉，啄君黍梁，無此五德，君猶貴之，以其所從來者
遠也。臣將去君，黃鵠舉矣！』」《楚辭》：「黃鵠之一舉兮，方知山川之
紆曲。再舉兮，睹天地之圜方。」王逸注：「賢者亦宜高舉遠慮，以知君
之賢愚也。」　　徘徊：朱諫注：「徘徊，自適也。」蘇武：「黃鵠一遠
別，千里顧徘徊。」

集評

嚴羽曰：「珠玉」二字，慨痛，一字一淚。（嚴羽、劉辰翁評點，聞啟祥
輯《李杜全集》卷一）

蕭士贇曰：太白少有高尚之志，此詩豈出山之後不為時相所禮，有輕出

之悔歟！不然何以曰：「方知黃鵠舉，千里一徘徊？」吁！讀其詩者，百世之下猶有感慨。(《分類補注李太白詩》卷二) 按：查楊、蕭《四部叢刊》本、再造善本，原文正文均為「方知黃鵠舉，千里獨徘徊？」不知注釋為何又用「一」字。

朱諫曰：(「燕昭」四句) 夫為治以得人為先，自古明君賢相急於求賢，故昔者燕昭王遭亂之後，畢辭厚幣以招賢者，首得郭隗而師事之，為築黃金之臺，以為禮賓之所，故士之聞風而至者，則趙有劇辛，齊有鄒衍，皆將，輕千里而來，告之以善矣。昭王好賢如此，宜乎賢材樂為之用，果得樂毅共成伐齊之功，以遂復仇之舉也。(「奈何」六句) 承上言古之賢君好賢禮士如此，奈何今之居大位者，以富貴而驕人，藐天下之賢，棄捐我輩有如塵埃，略不加之意也。夫珠玉本為貴物，彼乃以之買歌笑，糟糠本為賤物，彼乃以之謂養賢才，沉湎滛逸，而貴所不當貴者，簡賢棄禮，而賤所不當賤，彼君子者，豈肯為之而少留乎？將如黃鶴一舉千里，悠然而遠去，徘徊容與，高出乎風塵之表，樊籠不可得而致之也。士之甘貧賤而肆志者，又豈富貴之可驕哉？須如昭王之致敬盡禮，斯可也。(《李詩選注》卷一)

徐禎卿曰：此篇刺時貴也。(郭本李集引)

林兆珂曰：沉痛悲涼，一字一淚。太白此詩，豈其不為時貴所容而作與！讀「黃鶴」之句，千載之下猶有感慨。又曰：「珠玉」二字，直視賢才不啻娼若矣，噫，能勿千里高舉而尚徘徊也哉？　又曰：此藉古形今，言古人之重士如彼，今人之輕士如此，不可復受羈縻，宜為黃鶴之高舉爾。　紅批曰：「珠玉買歌笑，糟糠養賢才」，古今堪一慟哭，讀至黃鶴於千里徘徊，知太白之高橫千古，又非彼糟糠之所可得而養者矣。嗚呼，人不為黃鶴而就糟糠之養何哉？(《李詩鈔述注》卷五)

唐汝詢曰：太白素有高尚之志，意出山後不為時相所禮，悔恨而作是詩，言我始以天子招賢，群才爭赴，故亦有希世之想，不意竟為當塗者所棄。彼貴色賤士，無足與遊，曷為而輕就之耶？方知黃鵠之徘徊不進，良有以也，吾甚愧之矣。(《唐詩解》卷三)

邢昉曰：極怨，不似晚唐怒氣。(《唐風定》卷之一上)

《唐宋詩醇》曰：《國策》：田需對管燕云：士三日不得咽，而君鵝鶩有餘粟。與《孟子》所云豕交獸畜者，更有甚焉。乃知穆生辭楚，見色斯舉耳。(卷一)

陳沆曰：刺不養士求賢也。天寶之末，宰臣媢嫉，林甫賀野無遺賢，國

忠非私人不用。廟堂惟聲色是娛，而天地否，賢人隱矣。（《詩比興箋》卷三）

笈甫主人曰：上首批文：於此而欲挽之，非賢才匯進不可，亦銜上首來，「珠玉」十字，驚心動魄，沉痛非常。（《瑤臺風露》）

安旗曰：諸說均可取，惟陳沆謂為天寶之作，則誤。此詩與本年《行路難》（其二）詞意俱類，當為同時之作。（《李白全集編年箋注》卷二）按：《行路難》其二曰：「大道如青天，我獨不得出。羞逐長安社中兒，赤雞白狗賭梨栗。彈劍作歌奏苦聲，曳裾王門不稱情。淮陰市井笑韓信，漢朝公卿忌賈生。君不見昔時燕家重郭隗，擁篲折節無嫌猜。劇辛、樂毅感恩分，輸肝剖膽傚英才。昭王白骨縈蔓草，誰人更掃黃金臺？」

郁賢皓曰：全詩借古諷今，抒發懷才不遇的深切感慨。（《李太白全集校注》卷一）

按語

李白四十二歲時得玄宗徵召，三年後約四十五歲時被賜金放還。陳沆言當作於天寶末，即李白被賜金放還後十年，李白五十五歲左右；安旗言此蓋白不遇前之詞也，故繫於白三十歲時，此時距玄宗下詔徵召還有約十二年；然詹鍈則認為當是去朝後所作，即四十五歲以後。據意，此篇於《行路難》其二從旨意到用典、用詞，皆有高度一致性，依此而言，安旗之說為是。然僅就此篇而言，似乎不遇前或放還後，安旗、詹鍈二家之說均可通。

此篇之旨意，刺時貴驕奢淫逸不惜賢才之意，與沉痛悲涼之情兼具，然唐汝詢所言「悔恨」似不通，若此篇作於玄宗徵召之前，則「悔恨」之解甚為不通；若作於放還之後，也是自負自傲之意大於悔恨之情，出世為官，施展抱負，一直是李白的志向，即使是在放還之後，尚存幻想，不管是《為宋中丞自薦表》還是「從璘」事件，李白暮年之時仍用一次又次的行動追尋報國之門，何來「悔恨」之說？況據下篇其十六朱諫所言，又有一時感憤，黃鵠去後，自我慰藉本為賢才，終當見用之意。蓋太白於入仕一途，挫折再三，中間雖有跌宕起伏，心意輾轉反側處，皆為一時之意，其本心始終不改也。

此篇之大意，似亦可解為其十三《君平既棄世》篇之「世」如何「棄」「君平（太白自比）」，表明歸隱乃是不得已之舉。《古風》諸篇，氣韻如游絲相繫，其十《齊有倜儻生》詠魯仲連，其十二《松柏本孤直》詠嚴子陵，其十三《君平既棄世》詠嚴君平，三篇「棄世」之程度逐漸加深；其十三又似

可用「棄」字串連其十五如何「棄」《燕昭延郭隗》和其十六「棄」後自我安慰的《寶劍雙蛟龍》；中間雖有割斷不能接續者如其十一《黃河走東溟》其十四《胡關饒風沙》，然整體是能前後接續的。甚至從整體來看，《古風》前半部分情緒雖有消沉低落，終能振發向上，愈往後愈衰颯頹廢，至末幾篇，則滿紙秋風蕭索、寒冬將來之意。大抵朱熹所言《古風》次序為後人所亂者，頗具慧眼。

其十六　寶劍雙蛟龍①

寶劍雙蛟龍，雪花照芙蓉 (1)。精光射天地，雷①騰不可衝 (2)。一去別金匣，飛沉失相從 (3)。風胡歿已久②，所以潛其鋒 (4)。吳水深萬丈，楚山邈千重 (5)。雌雄終不隔，神物會當逢 (6)。

題解

朱言：比也。此白以寶劍取喻賢才之難於久棄而終當見用也。

按：此篇以寶劍精光喻己之懷才若斯，雖一時不得意，然雌雄相逢，終能見用。

編年

安旗繫於開元十九年（731 年），李白 31 歲時。

按：此篇作年不詳，然積極用世之意甚明，大抵作於早年。

校記

① 王琦注：此首繆本編入二十二卷，與「咸陽二三月」一首，俱題作《感遇》。

　　按：兩宋本此首編入二十一卷，題作《感遇》。

② 雷：王琦注：「繆本作電」。

③ 風胡歿已久：王琦注：「一作聖人歿已久，蕭本作風胡滅已久」。嚴羽點評本、《唐李白詩》、李齊芳本作「風胡滅已久。」

注釋

（1）寶劍雙蛟龍：此用典。蕭士贇注：「按此篇是用《吳越春秋》『楚昭王問風胡子』及《晉書》『張華答雷煥書』之事而成詩。其間『芙蓉』字卻出《越絕書》，今子見（楊齊賢）所引張華事是矣，而所謂『吳王問劍於薛燭』者，不載出處，詳味似是。《越絕書》語句復兩乖訛，豈當時率爾不經點對邪，抑不祖《越絕》而它有傳記如此邪。雖然，二書者不家

有之，因詳錄全文於後。」朱諫注：「寶劍曰蛟龍，以其變化言之也。」
《晉書・張華傳》：「初，斗牛之間常有紫氣，華聞豫章雷煥達緯象，乃
要煥登樓仰觀，煥曰：『在豫章豐城。』華即補煥為豐城令，煥到縣，
掘獄屋基，得一石函，光氣非常，中有雙劍，並刻題：一曰龍泉，二曰
太阿。遣使送一與華，留一自佩，或謂煥曰：『得兩送一，張公豈可欺
乎？』煥曰：『本朝將亂，張公當受其禍。此劍當繫徐君墓樹耳。靈異
之物，終當化去，不永為人服也。』華得劍，報煥書曰：『詳觀劍紋，乃
干將也，莫邪何復不至。雖然，天生神物，終當合耳。』華誅，失劍所
在，煥卒，子華為州從事，持劍行經延平津，劍於腰間躍出墮水，使人
沒水取之，不見劍，但見兩龍各長數丈，蟠縈有文章，沒者懼而反，須
臾光彩照水，波浪驚沸，於是失劍，華歎曰：『先君化去之言，張公終合
之論，此其驗矣。』」　　雪花照芙蓉：雪花：光芒耀眼貌。朱諫注：「雪
花者，劍體之明也。」　　芙蓉：朱諫注：「鋒鍔之艷也。」楊齊賢注：
「歐冶子所作劍五，一純鈞，二湛盧，三豪曹，四魚腸，五巨闕，示秦
薛燭，燭善相劍，見純鈞，日光乎如屈陽之華，沉沉如芙蓉始生於湖。
觀其文如列星之行，觀其光如水溢於塘。」《越絕書外傳》：「王取純
鈞，薛燭聞之，忽如敗，有頃，懼如悟，下陛而深，惟簡衣而坐，望之
手振，拂揚其華，捽如芙蓉始出。觀其鉏，爛如列星之行；觀其光，渾
渾如水之溢於塘；觀其斷，巖巖如瑣石；觀其才，煥煥如冰將釋，此所
謂純鈞也。」

（2）精光：明亮的光芒。朱諫注：「精光，即所謂斗牛間紫氣也。」《文選》
司馬相如《長門賦》：「眾雞鳴而愁予兮，起視月之精光。」　　雷騰：
朱諫注：「言劍之飛躍如雷之騰也。」　　衝：朱諫注：「衝當言其飛躍
之勢不可擋也。」

（3）「一去」二句：言雌雄寶劍，一沉吳水，一飛楚山，兩相分離之狀。

（4）風胡子：識劍者也。「風胡」句謂伯樂泯滅已久，賢者不遇也。《吳越春
秋》：「吳王有女滕玉，因謀伐楚，與夫人及女會蒸魚，王前嘗半而與女，
女怒曰：『王食魚辱我。』不忘父生，乃自殺。闔閭痛之，葬於國西閶門
外，鑿地積土，文石為椁，題湊為中，金鼎玉杯，銀樽珠襦之寶，皆以
送女，乃舞白鶴於吳市中，令萬民隨而觀之，還使男女與鶴俱入羨門，
因發機以掩之，殺生以送死，國人非之，湛盧之劍惡闔閭之無道也，乃
去而出水，行如楚。楚昭王臥而寤，得吳王湛盧之劍於牀，昭王不知其

故，乃召風胡子而問曰：『寡人臥覺而得寶劍，不知其名是何劍也。』風胡子曰：『此謂湛盧之劍。』昭王曰：『何以言之？』風胡子曰：『臣聞吳王得越寶劍三枚：一曰魚腸，二曰磐郢，三曰湛盧。魚腸之劍已用殺吳王僚也。磐郢以送其死女。今湛盧入楚也。』昭王問：『湛盧所以去者何也？』風胡子曰：『臣聞越王元常使歐冶子造劍五枚以示薛燭，燭對曰：魚腸劍，逆理不順，不可服也，臣以殺君，子以殺父，故闔閭以殺王僚；一名磐郢，亦曰豪曹不法之物，無益於人，故以送死；一曰湛盧，五金之英，太陽之精，寄氣託靈，出之有神，服之有威，可以折衝拒敵，然人君有逆理之謀，其劍即出，故去無道以就有道，今吳王無道，殺君謀楚，故湛盧入楚。』昭王曰：『其直幾何？』風胡子曰：『臣聞此劍在越之時，客有酬其直者，有市之鄉三十，駿馬千匹，萬戶之都，二是其一也。薛燭對曰：赤堇之山，已令無雲，若邪之溪，深而莫測，群神上天，歐冶死矣。雖傾城量金，珠玉盈河，猶不能得此寶，而況有市之鄉，駿馬千匹，萬戶之都，何足言也。』昭王大悅，遂以為寶。」

（5）「吳水」二句：言雌雄寶劍，相隔之渺遠。

（6）雌雄：《越絕書》：「楚王夫人抱鐵柱，心有所感，後產一鐵，楚王命莫邪鑄為雙劍，一雌一雄，莫邪留雄而以雌進楚王，劍在匣中，常常悲鳴，王問群臣，群臣曰：『鳴雌憶其雄，王怒，收莫邪殺之。』」　神物：《越絕書外傳》：「當造此劍（純鈞）之時，赤堇之山破而出錫，若耶之溪涸而黷銅，雨師掃灑，雷公擊橐，蛟龍捧鑪，天帝裝炭，太乙下觀天精下之，歐冶乃因天之精神，悉其伎巧，造為大刑三，小刑二，一曰湛盧，二曰純鈞，三曰勝邪，四曰魚腸，五曰巨闕。」張協《七命》：「楚之陽劍，歐冶所營，邪溪之鋋，赤山之精，銷逾羊頭，金鍈鍛成。乃煉乃鑠，萬闢千灌。豐隆奮椎，飛廉扇炭，神器化成，陽文陰緵。既乃流綺星連，浮彩艷發，光如散電，質如耀雪，霜鍔水凝，冰刃露潔，形冠豪曹，名珍巨闕，指鄭則三軍白首，麾晉則千里流血。豈徒水截蛟鴻，陸灑奔駟，斷浮翮以為工，絕重甲而稱利云爾而已哉！若其靈寶，則舒闢無方，奇鋒異模，形震薛燭，光駭風胡，價兼三鄉，聲貴二都，或馳名傾秦，或夜飛去吳。是以功冠萬載，威曜無窮，揮之者無前，擁之者身雄，可以從服九國，橫制八戎，爪牙景附，函夏承風。此蓋希世之神兵，子豈能從我而服之乎？」李白《梁甫吟》：「張公兩龍劍，神物合有時。」

集評

　　楊齊賢曰：太白之詩，似擬此作（鮑照《贈故人馬子喬》，見下「胡震亨」條），故全錄之。（《分類補注李太白詩》卷二）

　　朱諫曰：（「寶劍」四句）言寶劍之有雌雄，雙若蛟龍，其體之明潔如雪花，其鍔之光艷若芙蓉，光出斗牛之間而射於天地，如雷之騰，倏忽奮發，不可禦也。（「一去」八句）言寶劍之靈為神物也，故始雖相離而終當相合，亦猶賢才為國家之利器，始雖未偶，而終當見用也。夫寶劍之別於金匣，或飛或沉，而雌雄失其相從者，正以風胡子之不在，故潛其鋒而不露耳，然神靈之物，終不可以淺沒也，雖吳水之深，楚山之遠，不能使之相隔而終，有會合之期，天生賢才，宜為世用，必遇相知之人，引而薦之於朝，又豈終於沈晦而已乎？（《李詩選注》卷二）

　　徐禎卿曰：此篇白自況也。（郭本李集引）

　　林兆珂曰：此言隱顯如寶劍，神物不可以屈沉，亦自況之詞也。筆鋒凌厲，此前具有將邪出匣之勢。（《李詩鈔注述》卷五上首引）　　又曰：以比賢者雖厄，終當見用於時，不久淪落耳。此亦太白自負之詞。（《李詩鈔注述》卷五正文）

　　胡震亨曰：此篇全祖鮑照，詩云：「雙劍將離別，先在匣中鳴。煙雨交將夕，從此遂分形。雌沈吳江裏，雄飛入楚城。吳江深無底，楚闕有崇扃。一為天地別，豈直限幽明。神物終不隔，千祀倘還並。」張華乾、鏌二劍併入吳水，此兼言楚者，借用湛盧飛入楚事也。（《李詩通》卷六）

　　王琦曰：鮑照《贈故人馬子喬》詩（見上「胡震亨」條）太白此篇蓋擬之也。然鮑詩為故人而贈別，其居要處在「神物」一聯，李詩感知己之不存，其警策處在「風胡」二語。辭調雖近，意旨自別。（《李太白全集》卷一）

　　笈甫主人曰：上首批文：糟糠養之，則賢才為黃鵠舉矣！豈知其作用固如此乎？非無寶劍，但少胡風耳。此又銜上首來。（《瑤臺風露》）

按語

　　楊齊賢、胡震亨均認為此太白擬鮑照詩；徐禎卿、朱諫、林兆珂、笈甫主人則認為此為白自況，歎雖有寶劍之才，而伯樂知音難遇也；王琦之說辨析白此篇與鮑照詩之異同，頗為入理。無論如何，此篇非純為詠史或擬作之意甚明，然諸家之說，皆失之一面。觀白此篇用典，蕭士贇曰：「按此篇是用

《吳越春秋》『楚昭王問風胡子』及《晉書》『張華答雷煥書』之事而成詩」，
頗為明朗，另有與「寶劍」相關的典故如「干將莫邪」「薛燭識劍」等亦融合
其中，其本事本典為第一層意；「雙蛟龍」「失相從」「雌雄」者喻夫妻，「風
胡」者喻知音，自古常用此類典故喻夫妻離散、朋友分別〔註 7〕，鮑照詩即
為朋友分別終當再遇而發，此為第二層意；然李白此篇並非止於這兩層，自
古「夫妻」與「君臣」兩組概念之間，有「異質同構」的關係〔註 8〕，白此
篇乃以風胡歿而寶劍潛鋒喻知音難求，寶劍相失，神物離散，雌雄相隔者，
乃以夫妻分別喻君臣離散也，此為第三層意；然「寶劍」之光芒衝射天地，
雷騰之勢不可阻擋，終當相逢於風雲際會之中，蓋此時白雖不得志，但對於
功業理想之實現尚存幻想，於對知音的期待中寄寓平交王侯之願，和君臣際
會的期許，此為第四層意。

其十七　金華牧羊兒

金華牧羊兒，乃是紫烟客⁽¹⁾。我願從之遊，未去髮已白⁽²⁾。
不知繁華①子，擾擾何所迫⁽³⁾？崑山採瓊蕊②，可以鍊精魄⁽⁴⁾。

題解

朱言：賦也。此亦遊仙詩也。

按：此篇「不知繁華子，擾擾和所迫」二句燭頗富貴之障，洩露並非純為遊
仙之詩，與《莊周夢胡蝶》篇「富貴故如此，營營何所求」同意。

編年

安旗繫於天寶六年（747 年），李白 47 歲時。曰：白本年遊越，似曾到
婺州（東陽郡），並作此詩。治所金華縣，即今浙江金華市。

郁賢皓：詩云「未去髮已白」，知為晚年之作。

按：此篇作年不詳。

〔註 7〕參見陳斐《李白詩歌中的劍意象分析》，《中國李白研究（2006～2007）
年集》，黃山書社，2007 年 8 月，第 130～144 頁。

〔註 8〕詳參尚永亮（師）有關「貶謫」「棄逐」的相關著作，如《貶謫文化
與貶謫文學：以中唐元和五大詩人之貶及其創作為中心》（蘭州大學
出版社，2004 年）、《唐五代逐臣與貶謫文學研究》（武漢大學出版社，
2007 年）、《棄逐與回歸：上古棄逐文學的文化學考察》（上海古籍出
版社，2017 年）。

校記

① 繁華：王琦本注「一作朱顏」。劉世教本：「繁華一作朱顏。」

② 蕊：王琦本注「一作蕤」。劉世教本：「瓊蘂一作瓊蕤。」嚴羽點評本作「射」，
　　誤。

注釋

（1）金華：金華山，在今浙江省金華市北，傳說為赤松子得道處。楊齊賢
注：「金華山，在梓州射洪縣蔚藍洞，天存焉。婺州亦有金華山。」《元
和郡縣志》卷二六江南道婺州金華縣：「金華山，在縣北二十里，赤松子
得道處。」　　牧羊兒：即赤松子。葛洪《神仙傳》卷二：「黃初平者，
丹溪人也。年十五，家使牧羊。有道士見其良謹，便將至金華山石室
中，四十餘年，不復念家。其兄初起行山尋索初平，歷年不得。後見市
中有一道士，初起召問之曰：『吾有弟名初平，因令牧羊，失之四十餘
年，莫知死生所在，願道君為占之。』道士曰：『金華山中有一牧羊兒，
姓黃，字初平，是卿弟非疑。』初起聞之，即隨道士去求弟，遂得相
見。悲喜語畢，問初平羊何在，曰：『近在山東耳。』初起往視之，不
見，但見白石而還。謂初平曰：『山東無羊也。』初平曰：『羊在耳，兄
但自不見之。』初平與初起俱往看之，初平乃叱曰：『羊起！』於是白
石皆變為羊數萬頭。初起曰：『弟獨得仙道如此，吾可學乎？』初平曰：
『惟好道，便可得之耳。』初起便棄妻子留住，就初平學。共服松脂茯
苓，至五百歲能坐在立亡，行於日中無影，而有童子之色。後乃俱還鄉
里，親族死終略盡。乃復還去。初平改字為赤松子，初起改字為魯班。
其後服此藥得仙者數十人。」　　紫煙客：即仙人。劉向《列仙傳・嘯
父傳》：「丹火翼輝，紫煙成蓋。」郭璞《遊仙詩》：「赤松臨上游，駕鴻
乘紫煙。」

（2）「我願」二句：《史記・留侯世家》：「曰：願棄人間事，從赤松子遊耳。」
沈約：「所願從之遊，寸心於此足。」　　《史記》：「顏回年二十九，而
髮白。」張載《七哀詩》其二：「纏綿彌思深，憂來令髮白。」

（3）繁華子：朱諫注：「繁華者，富貴之人也。」阮籍《詠懷詩》其十二：「昔
日繁華子，安陵與龍陽。」　　擾擾：朱諫注：「擾擾，亂意。」鮑照《行
藥至城東橋詩》：「擾擾遊宦子，營營市井人。」　　何所迫：《古詩十九
首》其三：「極宴娛心意，戚戚何所迫。」

（4）崑山：崑崙山之簡稱，是西部地方的大山之一，也是中國古代神話傳說
中道家仙山所在。楊齊賢注：「崑山，崑崙山也。」　　瓊蕊：瓊樹之蕊，
仙藥也。《淮南子》：「掘崑崙以下，地中有增城，九重珠樹、玉樹、璇樹、
不死樹，在其西沙棠，琅玕在其東，絳樹在其南，碧樹瓊樹在其北。」
《文選》卷二張衡《西京賦》：「屑瓊蕊以朝飧，必性命之可度。」李周
翰注：「瓊蕊，玉英也。」《漢書·司馬相如傳》：「咀嚼芝英兮嘰瓊華。」
張揖注：「瓊樹生崑崙西流沙濱，大三百圍，高萬仞。華蕊也，食之長生。」
陸機《擬涉江採芙蓉》：「上山採瓊蕊，窮谷饒芳蘭。」　　煉精魄：《淮
南子》：「愛養其精神，撫靜其魂魄，不以物易，已而堅守虛無之宅者也。」
郭璞《江賦》：「納隱淪之列真，挺異人之精魄。」江淹《雜體詩》：「偃
蹇尋青雲，隱淪駐精魄。」呂向注：「精魄，魂魄也。」徐幹《中論》：「形
體者，人之精魄也。」

集評

蕭士贇曰：此亦遊仙詩，其間微寓歎世之意而已。（《分類補注李太白詩》
卷二）

朱諫曰：（「金華」四句）言金華山中，牧羊之子乃是紫煙之仙客，我欲
欲之相從而遊，未及去而髮已白矣。此志雖有，奈何年邁而力無及也。（「不
知」四句）言我雖老而求仙好閒之意尚念念而不已，彼富貴之而繁華者，終
日營營何所迫乎？若能絕利欲不為世事之所迫，亦可以煉吾身之精魄，從仙
人而遊也。彼繁華者，固不知此，吾雖有志，惜乎已老，奈之何哉？（《李詩
選注》卷二）

徐禎卿曰：此篇諷不知止也。（郭本李集引）

奚祿詒曰：慨老也。又曰：此首乃是太白求仙本心。（見《李詩通》卷
六手批）

笈甫主人曰：上首批文：別匣潛鋒，賢才去矣。有志者當早求之，無為
觀望因循，身未去而髮已白，徒思採蕊鍊精，作亡羊補牢之計也。上首言欲
用賢才，不可不知此首言知有賢才則用之，不可不早。（《瑤臺風露》）

詹鍈曰：意不在諷，蓋抒其遊仙之思。詩云：「未去髮已白」，知為晚年
之作。（《李白全集校注彙釋集評》卷二）

郁賢皓曰：此詩寫仰慕遊仙，至髮白而不改。諷刺富貴子弟追逐富貴繁
華，實不如遊仙之快樂。（《李太白全集校注》卷一）

按語

　　此篇旨意，蕭士贇、徐禎卿、奚祿詒之說相結合為是。蓋太白遊仙，非純為遊仙，其四《鳳飛九千仞》其五《太白何蒼蒼》篇已解析，此不具言。「不知繁華子」二句為眼，可與下篇參讀。此亦《古風》諸篇整體前後氣韻游絲接續處。

其十八　天津三月時

天津三月時，千門桃與李[(1)]。朝為斷腸花，暮逐東流水[(2)]。
前水復[①]後水，古今相續流。新[②]人非舊人，年年橋上遊[(3)]。
雞鳴海色動，謁帝羅公[③]侯[(4)]。月落西上陽[④]，餘輝半城樓[(5)]。
衣冠照雲日，朝下散皇州[(6)]。鞍馬如飛龍，黃金絡馬頭[(7)]。
行人皆辟[⑤]易，志氣橫嵩邱[(8)]。入門上高堂，列鼎錯珍羞[(9)]。
香風引趙舞，清管隨齊謳[(10)]。七十紫鴛鴦，雙雙戲庭幽[(11)]。
行樂爭晝夜，自言度千秋[(12)]。功成身不退，自古多愆尤[(13)]。
黃犬空歎息，綠珠成釁讎[(14)]。何如鴟夷子，散髮棹[⑥]扁舟[(15)]？

題解

　　朱言：賦也。此詩言都城之景物有代謝，而富貴者有變遷。

　　徐禎卿曰：此篇諷時貴也。

　按：此篇借洛陽天津橋之盛寫權貴豪奢之狀，末則以史警之。

編年

　　安旗繫於天寶十二年（753 年），時李白 53 歲。曰：本年自長安東歸，途徑洛陽時作，抒今昔之感。

　　詹鍈繫此詩於開元二十二年(734 年)，謂：「雞鳴海色動，謁帝羅公侯……衣冠照雲日，朝下散皇州」是年春玄宗在東都，白親見上朝之盛，乃有此詩。安注繫此詩於天寶十二載，「本年自長安東歸，途徑洛陽時作」，但斯時不得見上朝之盛。

　　安旗又曰：詹說未諦，此詩並非開元二十三年〔註 9〕玄宗幸東都時紀事之作。如係該年親見上朝之盛而有此詩，何以前後感慨如是？觀「新人非

〔註 9〕安氏筆誤，當為二十二年。

舊人」句，顯係久別重來；觀「黃犬」「綠珠」句，顯係大故將起；詩末「散
髮」句與本年《宣州謝朓樓餞別校書叔雲》末句「明朝散髮弄扁舟」如出一
轍。凡此種種，皆可以窺知「上朝之盛」乃反視也。（《李白全集編年箋注》
卷十）

　　郁賢皓：此詩當為開元二十二年（734 年）春遊洛陽時所作。據《舊唐
書‧玄宗紀》記載，開元二十二年正月己丑，玄宗幸東都，由此可知是年春
天百官在東都上朝全為寫實。

按：此篇所言之地點「天津橋」當在洛陽（詳見按語），若言白親見上朝之盛，
則白此時亦當身在洛陽。安說繫於天寶十二年，以配合李白「三入長安」
離開時經過洛陽之說，太白《扶風豪士歌》也寫洛陽三月之天津橋，但
表現內容則是天寶後期大亂將起，人人自危之狀，似此篇更能作為「三
入長安」離開時的佐證。兩篇作於同地，所寫景象迥然，斷然不會皆作
於同時。詹、郁反駁此時不得見上朝之盛有理。安又以「前後感慨如是」
「散髮」自證乃反視，更不足為據。詹、郁繫於開元二十二年，玄宗幸
東都時，似是。

校記

① 復：兩宋本、王琦本注「一作非」。
② 新：兩宋本、王琦本注「一作今」。
③ 公：朱諫本作「王」。
④ 西上陽：兩宋本、王琦本注「上陽西」。
⑤ 辟：兩宋本作「闢」，二字互通。
⑥ 棹：兩宋本、王琦本注「一作弄」。劉世教本：「棹扁舟一作弄扁舟。」

注釋

（1）天津：即天津橋，說法有二。一說在長安城中，渭水之上。蕭士贇注：「《三
輔記》云：『秦始皇併天下，都咸陽，端門四達，以制紫宮，渭水貫都，
以象天河，橫橋南渡，以法牽牛，即今所謂天津橋也。』朱諫注：「洛
陽長安俱有天津橋，此長安之天津，秦所建，唐所都也。」一說在洛陽
城中，洛水之上。《元和郡縣志》卷五河南道河南府河南縣：「天津橋，
在縣北四里。隋煬帝大業元年初造此橋，以架洛水，用大纜維舟，皆以
鐵鎖鉤連之。南北夾路，對起四樓，其樓為日月表勝之象。然洛水溢，
浮橋輒壞。貞觀十四年更令石工累方石為腳。」《爾雅》：「『箕、斗之間

為天漢之津』，故取名焉。」雍陶《天津橋春望》：「津橋春水浸紅霞，煙柳風絲拂岸斜。」詹鍈：「天津橋在洛陽，蕭注以為天津橋在咸陽，誤。詩云：「雞鳴海色動，謁帝羅公侯。……衣冠照雲日，朝下散皇州。」……是年（開元二十二年）春，玄宗在東都，白親見上朝之盛，乃有此詩。瞿、朱曰：「蕭注據《三輔記》渭水貫都以象天河之語，以天津橋為在咸陽，是未諦觀下文『西上陽』一語，誠不足取。但必以此詩為白述所親見，亦稍拘牽。」洛陽之說為是。

按：天津橋當在洛陽，李白有《扶風豪士歌》《洛陽陌》《憶舊遊寄譙郡元參軍》，可與此篇參證，詳見按語。

（2）斷腸花：楊齊賢注：「斷腸花，猶唐明皇以千葉桃為銷恨花，任昉以萱草花為療愁花之類，言三月之朝，人見桃李爛熳，春心搖蕩，感物傷情，腸為之斷。至於日暮，花已零落，隨逐東流之水。左太沖詩云：『俛仰生榮華，咄嗟復凋枯。』人於斯世，正如是耳。」朱諫注：「斷腸者，人見之而斷腸，哀之甚也，亦猶明皇以千葉桃為銷恨花。」劉希夷《公子行》：「可憐楊柳傷心樹，可憐桃李斷腸花。」「斷腸」與「傷心」互文見義。

（3）人：朱諫注：「曰人，則所指者眾庶民公侯皆是也；遊者，來往之謂也。」江總《閨怨篇》：「故人雖故昔經新，新人雖新復應故。」

（4）海色：楊齊賢注：「海色，曉色也。雞鳴之時，天色昧明，如海氣朦朧。」蕭士贇注：「海色，日出之光也。」朱諫注：「海色動，日將出也，出則海光動矣。」《唐宋詩舉要》：「海色動，謂日出時海水沸騰也。舊注以為海色比天色，亦通。」　　謁帝：朱諫注：「入朝也。」　　羅：列也。曹植《贈白馬王彪》其一：「謁帝承明廬。」鮑照《代結客少年場行》：「扶宮羅將相，夾道列王侯。」

（5）西上陽：即西上陽宮。《舊唐書・地理志》河南道東都：「上陽宮，在宮城之西南隅。南臨洛水，西拒穀水，東即宮城，北連禁苑。宮內正門正殿皆東向，正門曰提象，正殿曰觀風。其內別殿、亭、觀九所。上陽之西，隔穀水有西上陽宮，虹梁跨谷，行幸往來。皆高宗龍朔後置。」

（6）皇州：《文選》卷三〇謝朓《和徐都曹》：「宛洛佳遨遊，春色滿皇州。」張銑注：「皇州，帝都也。」

（7）飛龍：形容車流之快。《後漢書》卷一〇上《明德馬皇后紀》：「前過濯龍門前，見外家起居者，車如流水，馬如遊龍。」《晉書・食貨志》：「車如

流水，馬若飛龍。」 黃金：《唐宋詩舉要》：「古樂府《雞鳴曲》《相逢行》《陌上桑》皆云：『黃金絡馬頭。』古詩《日出東南行》：「黃金絡馬頭，觀者滿道旁。」鮑照《代結客少年場》：「驄馬金絡頭，錦帶佩吳鉤。」

（8）辟易：驚懼躲避貌。辟即闢。《史記‧項羽本紀》：「是時，赤泉侯為騎將，追項王，項王瞋目叱之，赤泉侯人馬俱驚，辟易數里。」張守節注：「言人馬俱驚，開張易舊處，乃至數里。」 志氣：《禮記》：「志氣塞乎天地。」嵩邱：即嵩山。潘岳《懷舊賦》：「不歷嵩丘之山者，九年於茲矣。」

（9）入門：朱諫注：「入門者，退朝而食於家也。」 高堂：房屋的正室廳堂。《文選》卷四左思《蜀都賦》：「置酒高堂，以御嘉賓。」 鼎：古代食器。《孔子家語》：「從車百乘，積粟萬鍾，累茵而坐，列鼎而食。」鮑照《代結客少年場行》：「擊鍾陳鼎食。」 錯：朱諫注：「雜也。」

（10）趙舞：張衡《南都賦》：「於是齊僮唱兮列趙女。坐南歌兮起鄭舞。」左思《嬌女詩》：「從容好趙舞，延袖象飛翮。」 齊謳：徐堅《初學記》卷一五：「梁元帝《纂要》曰：齊歌曰謳，吳歌曰歈，楚歌曰豔。」曹植《妾薄相行》：「齊謳楚舞紛紛。」

（11）紫鴛鴦：楊齊賢注：「《西京雜記》：茂陵富人袁廣漢於北邙山下築園激水，養紫鴛鴦。崔豹《古今注》：鴛鴦雌雄，未嘗相離。」朱諫注：「疑為舞者所服之衣也。《宋‧禮樂志》：『鴛鴦七十二，羅列自成行。』七十二，乃舞列之數也。古者天子用八佾，每佾八人，則為八八六十四人，茲云七十二者，豈後世或增為九人，則為八九七十二矣。言七十，舉成數也。蓋自三家之僭，後世謬誤，一至於此。《唐宋詩舉要》：「古樂府《雞鳴曲》《相逢行》皆云：『鴛鴦七十二，羅列自成行。』」按：據前後意，朱注為是。

（12）「行樂爭晝夜」：《漢書》：「人生行樂耳，須富貴何時。」《古詩》：「晝短苦夜長，何不秉燭遊。」 爭：朱諫注：「爭，競也。」李陵《別詩三首》其二：「嘉會難再遇，三載為千秋。」

（13）「功成」二句：朱諫注：「功成者，仕宦之功成也。」《老子》：「功成，名遂，身退，天之道。」《史記‧蔡澤傳》：「夫商君為秦孝公明法令……立威諸侯，成秦國之業。功已成矣，而遂以車裂……白起……身所服者七十餘城，功已成矣，而遂賜劍死於杜郵。吳起為楚悼王立法……定

楚國之政，兵震天下，威服諸侯。功已成矣，而卒肢解。大夫種為越
王深謀遠計……立擒勁吳，令越成霸。功已彰而信矣，句踐終負而殺
之。此四子者，功成不去，禍至於此。此所謂信而不能詘，往而不能返
者也。范蠡知之，超然辟世，長為陶朱公。」　　愆尤：罪過。朱諫注：
「過也。」

(14) 黃犬：《史記・李斯傳》：「二世二年七月，具斯五刑論，腰斬咸陽市。斯
出獄，與其中子俱執，顧謂其中子曰：『吾欲與若復牽黃犬，出上蔡東門
逐狡兔，豈可得乎？』遂父子相哭而夷三族。」　　綠珠：《晉書・石崇
傳》：「崇有妓曰綠珠，美而艷，善吹笛。孫秀使人求之。崇時在金谷別
館，方登涼臺，臨清流，婦人侍側。使者以告，崇盡出其婢妾數十人以
示之，皆蘊蘭麝、被羅縠。曰：『在所擇。』使者曰：『君侯服御，麗則
麗矣，然本受命指索綠珠，不識孰是？』崇勃然曰：『綠珠吾所愛，不可
得也！』使者曰：『君侯博古通今，察遠昭爾，願加三思。』崇曰：『不
然。』使者出而又反，崇竟不許。秀怒，乃勸（趙王）倫誅崇……崇正
宴於樓上，介士到門，崇謂珠曰：『我今為爾得罪！』綠珠泣曰：『當效
死於官前。』因自投於樓下而死……崇母兄弟妻子無少長皆被害。」　　釁
讎：即讐仇。

(15) 鴟夷子：指范蠡。《史記・貨殖傳》：「昔者越王句踐困於會稽之上，乃用
范蠡，計然……修之十年，國富。厚賂戰士，士赴矢石，如渴得飲，遂
報強吳，觀兵中國，稱號『五霸』。范蠡既雪會稽之恥……乃乘扁舟浮於
江湖，變名易姓，適齊，為鴟夷子皮，之陶為朱公。」司馬貞《索隱》：
「大顏曰：『若盛酒者鴟夷也。用之則多所容納，不用則可卷而懷之，不
忤於物也。』」鴟夷：盛酒之皮囊。　　散髮：鍾會《遺榮賦》：「散髮抽
簪，永絕一丘。」

集評

　　謝枋得曰：此篇之作，諷人之不知退者，安知無李斯、石崇之禍？然而
不如范蠡之扁舟為高也。(《李太白詩醇》引謝疊山《唐詩合選》)

　　嚴羽曰：「朝為」六句，承流變聲，見古意。又曰：「雙雙」句以上，政
須多言之。榮華處，皆是斷腸處。(嚴羽、劉辰翁評點，聞啟祥輯《李杜全集》
卷一)

　　蕭士贇曰：此詩之作，其有所諷歟？大意蓋謂天津橋水閱人亦多矣。富

與貴者自謂可以長保而不知退，安知其無李斯、石崇之禍乎？何如范蠡之勇退為高也。今以唐史改之，謏學最顯者而言如國忠、毛仲輩，後皆遭難，則太白此詩亦可謂有先見之明者矣。(《分類補注李太白詩》卷二)

朱諫曰：(「天津」八句)夫皇都三月之時，沿天津橋而列居者，桃李盈門，其花灼灼動蕩於艷陽之天，可以斷人之腸，花雖好而不耐於久，朝榮暮落，又將隨東流之水而去矣。水之流也，前後相續，無有古今之殊，人生存亡，則有今昔之異，故今日之人非復昔日之人，年年來往於天津之橋者，一皆新人，非舊人矣。是天津也，道出都會之區水流花謝，固可傷情，而遊人之更替者，紛紛不一，尤可悲也。(「雞鳴」十句)言長安城中，天津橋上，雞鳴將曉之時，趨朝謁帝班於天子之庭者，公與侯也，斯時也，殘月落於西上陽之宮，而餘光半射於禁城之樓，文武衣冠，照耀雲日，彬彬然文物之盛也，朝罷而回，馬若飛龍，黃金絡其馬首，道上行人皆逡巡而退避，志氣揚揚，軒然高舉，有若嵩丘，可望而不可及也。彼富貴者一時勢焰燦燦如此，似可畏哉。(「入門」八句)言朝罷歸家，坐於高堂之上，列鼎而食，所食之品皆珍饈也。香風引乎趙舞，則趙女之舞者，皆艷色也。清管隨乎齊謳，則齊僮之謳者，皆妙曲也，歌舞之人，皆服鴛鴦之服，戲於幽庭之內，行列之數，則有七十二人，雙雙為偶，翼然而齊整也。遊樂宴飲，夜以繼日，常若不及，自謂千年之久，可保於無虞矣。(「功成」六句)言仕宦者，期於成功，功成而身宜退也，苟或履盛滿而不知戒，自古以來，多遭罪戾，故李斯徒然嗟歎於黃犬，石崇未免召釁於綠珠，富貴已極，而憂患隨之，勢必然也，安得如范蠡者，見機而作，散髮扁舟，遊於五湖者乎？(《李詩選注》卷一)

徐禎卿曰：此篇諷時貴也。「黃犬」句應前貴寵之言，「綠珠」句應前歌舞之言，「鴟夷」句應前功成身退之言。此諷開、寶朝貴作，前用興起，同警情逸。(郭本李集引)

林兆珂曰：目穿千古，神韻獨絕。左(「前水」四句)新俊。太沖之《詠史》又此俊爽，無其疏宕。又曰：此首詩意本范雎《蔡澤傳》，然語勢似規諷，當時必有所指。(《李詩鈔注述》卷五上首批文)

許學夷曰：興趣所到，瞬息千里，沛然有餘。(《詩源辨體》卷一八)

胡震亨曰：《神仙傳》衛叔卿降漢，殿謁武帝，自稱山中人。武帝曰：「中山乃朕臣也。」叔卿默不應去。白自比叔卿，辭翰林供奉，亦不臣玄宗，因得免祿山之難。視天下之流血而豺狼冠纓也。(《李詩通》卷六)

金聖歎曰：語直而意婉，不厭其多。(《批選唐詩》)

唐汝詢曰：此歎在朝之臣恃爵祿而不能退，終以取禍也。首以桃李為比，見榮華之易盡。次以流水起興，見人代之數更。於是歷敘權貴豪奢之事。因言彼方溺於富貴之樂，自謂身可永存。不知功成不退未有不遭罪累者，李斯石崇之禍可鑒也。豈若范蠡之乘扁舟耶？(《唐詩解》卷三)

沈德潛曰：歷言權貴豪侈，沉溺不返，而有李斯、石崇之禍，不如范蠡扁舟歸去之為得也。前用興起。(《唐詩別裁集》卷二)

吳昌祺曰：自開一境，不必古人。(《刪訂唐詩解》卷二)

應時曰：(「天津」四句)感慨深，措辭顯。　　(「行樂」四句)無此四句轉折，篇法不成。　　(總評)摹擬景色，有自然風致，尤妙在不先說明。(《李詩緯》卷一)

丁谷雲曰：「今人復後人，年年橋上遊」二語，在「相續流」句下，不特意氣索然，而且章法隔礙，刪之。(《李詩緯》卷一)

沈寅、朱崑曰：此言富貴者宜勇退而毋招尤怨也。(《李詩直解》卷一)

宋宗元曰：此諷開寶朝貴作，前用興起，詞警情逸。(《網師園唐詩箋》卷二)

《唐宋詩醇》曰：此刺當時貴倖之徒，怙恃驕縱而不恤其後也。杜甫《麗人行》其刺國忠也微而婉，此則直而顯，自是異曲同工。《書》曰：「居高思危，罔不惟畏。」讀此能令權門膽落。《詩眼》以為：建安氣骨，惟李杜有之，良然。(卷一)

管世銘曰：李太白《古風》一卷，上薄《風》《騷》，顧其間多隱約其事……天津三月時，為林甫斫棺而作。(《讀雪山房唐詩序例》)

笈甫主人曰：上首批文：若此者即上章所云擾擾之繁華子也。寶劍潛鋒，水深山邈，所得者不過此酣豢富貴之庸才耳，其本荊榛蔓草何！第七首「自道安期名」句乃諷刺之詞，玩此可證。　　句評：「天津三月時……年年橋上遊。」管(韞山)云：此為李林甫斲棺而作，亦以時事為比興也。宋元詩但知用賦，安能有此神奇音節之妙，亦致如聞仙樂。「七十紫鴛鴦」：接法超逸，百思不到。「功成身不退」：古今同慨。「黃犬空歎息」：引證法。(《瑤臺風露》)

按語

此篇諷時貴，刺不知進退之意甚明，如蕭士贇、唐汝詢、徐禎卿、朱

諫、《唐宋詩醇》、沈寅朱崑等所言；另一關注點在藝術上境界開合，沛然千里，如吳昌祺、許學夷、應時等所言。當作於開元二十二年春，詹、郁之說為是。借三月之天津橋的繁盛景象，一則鋪排權貴豪奢的生活，二則歎己之不得志，三則發遠隱之情。

「上陽宮」「天津橋」當在洛陽，太白有《扶風豪士歌》曰：「洛陽三月飛胡沙，洛陽城中人怨嗟。天津流水波赤血，白骨相撐如亂麻。我亦東奔向吳國，浮雲四塞道路賒……」當與此篇作於同地，然不同時，大抵為祿山之亂爆發之時，同是三月，同是天津橋，然前後景象迥異：前者繁華，如煙似夢，灼灼熾熱，後者喪亂，如泣如訴，冷冷如刀；前者權貴豪門遊春踏青，熙來攘往，後者水流作血，白骨成堆；前者天家氣象，威嚴無匹，後者亂世奔亡，哀嚎塞道。以閱盡世事之三月之天津橋頭和橋下水流，見證了大唐由繁華到亂離的前後之變，有驚心動魄之感。又有《洛陽陌》：「白玉誰家郎，回車渡天津」，《憶舊遊寄譙郡元參軍》：「憶昔洛陽董糟丘，為餘天津橋南造酒樓。」《全唐詩話》卷二「閻濟美」條載：「遂命作《天津橋望洛城殘雪題》。濟美曰：『新霽洛城端，千家積雪寒。未收清禁色，偏向上陽殘。』」題目中提到「天津橋」，題目和內容均涉及「洛城」「上陽」字樣，亦可為明證。

其十九　西上蓮花山

西上①蓮花山，迢迢見明星(1)。素手把芙蓉，虛步②躡太清(2)。
霓裳曳廣帶，飄拂升天行(3)。邀我登雲臺，高揖衛叔卿(4)。
恍恍與之去，駕鴻凌紫冥(5)。俯視洛陽川，茫茫走胡兵(6)。
流血塗野草，豺狼盡冠纓(7)。

題解

　　朱言：賦也。此白悼祿山之陷東京，而幸己之不與其難。

　按：此篇似未完。詳見第六章第一節論述。

編年

　　安旗繫於至德元年（即天寶十五年，七月改元。756年），時李白56歲。

　　詹鍈：詩中不及長安事，當是西京未陷以前所作。（《李白詩文繫年》）

　　《選集》疑安史亂起時，李白正在梁苑（今河南商丘）至洛陽一帶，目睹洛陽淪陷，乃西奔入函谷關，上華山。此詩為天寶十五載春初在華山作。

此則坐實蕭氏之注。（《李白全集校注彙釋集評》）

　　郁賢皓：此詩當作於天寶十五載（756）初春，是一首遊仙體的紀實之作。據詩人《奔亡道中五首》，安史之亂初起時，他在洛陽一帶目睹叛軍暴行，乃西奔入函谷關，上華山避亂，至次年春又南奔宣城。過去學界認為此詩作於宣城，未諦（詳見拙作《安史之亂初期李白行蹤新探索》，《文史》，2001年，第2期。）

按：此篇作年不詳。

校記

① 上：咸淳本、楊蕭本、嚴羽點評本、《唐李白詩》、玉海堂本、郭雲鵬本、劉世教本俱作「嶽」。咸淳本注：「一作上。」劉世教本注：「西嶽一作西上。」

② 虛步：咸淳本、李齊芳本作「步虛」。

注釋

（1）蓮花山：即華山。《華山記》：「山頂有池，生千葉蓮花，服之羽化，因曰華山。」朱諫注：「西嶽華山，唐西都之鎮也。」《陝西志》：「華山北上有蓮花峰，視諸峰為更高。」李白《西岳雲臺歌送丹丘子》：「西嶽崢嶸何壯哉……石作蓮花雲作臺」　　迢迢：遙遠貌。《古詩》：「迢迢牽牛星，皎皎河漢女。」　　明星：朱諫注：「仙女也。《太平廣記》卷五九《集仙錄》：『明星玉女者，居華山，服玉漿，白日昇天。中頂石龜，其廣數畝，高三仞。其側有梯磴，皆見玉女祠，前有五石臼號曰玉女洗頭盆，其中水色碧綠澄澈，雨不加溢，旱不減耗，祠內有玉石馬一疋焉。』」李白《西岳雲臺歌送丹丘子》：「明星玉女備灑掃。」

（2）素手：潔白的手。《古詩》：「纖纖出素手，札札弄機杼。」　　芙蓉：即蓮花。　　虛步：凌空踏虛而行。　　太清：見其二「蟾蜍薄太清」，其七「飛飛凌太清」注。《洞仙傳》：「茅濛入華山修道，白日昇天，先邑中歌曰：神仙得者茅初成，駕龍上升入太清。」

（3）霓裳：亦稱霓裳羽衣，以霓所製的衣服，指仙人所穿的服飾。屈原《九歌》：「青雲衣兮白霓裳，舉長矢兮射天狼。」　　曳廣帶：《古樂府·傷歌行》：「攬衣曳長帶，躡履下高堂。」　　升天行：朱諫注「即上所謂躡太清也。」鮑照《代升天行》：「風餐委松宿，雲臥恣天行。」

（4）雲臺：華山東北部山峰。《嘉慶一統志》卷二四三同州府華山：「嶽頂東

北曰雲臺峰。兩峰並峙，四面陡絕，嶷然獨秀，狀若雲臺。」　　高揖：雙手抱拳高舉過頭作揖，古代為辭別時候的禮節。謝靈運：「高揖九州外，拂衣五雲裏。」　　衛叔卿：《神仙傳》卷八：「衛叔卿者，中山人也，服雲母得仙，漢元豐二年八月壬辰，孝武皇帝閒居殿上，忽有一人，乘雲車，駕白鹿，從天而下，來集殿前，其人年可三十許，色如童子，羽衣星冠，帝乃驚問曰：『為誰？』答曰：『吾中山衛叔卿也。』帝曰：『子若是中山人，乃朕臣也，可前共語。』叔卿本意謁帝，謂帝好道，見之必加優禮，而帝今云是朕臣也，於是大失望，默然不應，忽焉不知所在。帝甚悔恨，即遣使者梁伯至中山推求叔卿，不得見，但見其子度世……共之華山，求尋其父……未到其嶺，於絕巖之下，望見其父與數人博戲於石上，紫雲鬱鬱於其上，白玉為牀，又有數仙童執幢節立其後。」

（5）恍恍：《老子》曰：「恍恍惚惚，其中有物。」　　駕鴻：郭璞《遊仙詩》：「赤松臨上游，駕鴻凌紫煙。」沈約《遊沈道士館詩》：「朋來握石髓，賓至駕輕鴻。」　　紫冥：天也。紫色為道教所崇尚的顏色，常在宮室、服飾、用物前冠以「紫」字，如紫衣、紫臺、紫氣、紫霄等。

（6）俯視：蕭士贇注：「孟子曰：登泰山而小天下，蓋登泰華山而望之，則俯視洛陽矣。」　　胡兵：朱諫注：「祿山之亂兵也。」

（7）「流血」句：《戰國策》：「秦王謂唐且曰：天子之怒，伏尸百萬，流血千里。」班固《東都賦》：「原野厭人之肉，川谷流人之血。」司馬相如《喻巴蜀檄》：「肝腦塗中原，膏液潤野草。」　　豺狼：朱諫注：「猶云犬羊，安、史之徒也。」曹植《贈白馬王彪》：「鴟梟鳴衡軛，豺狼當路衢。」李善注：「豺狼，喻小人也。」　　冠纓：朱諫注：「冠纓者，有爵者之服也。」　　「流血」句謂安史之亂使生民塗炭；「豺狼」句指安祿山譖位後對叛軍將領大封官爵。

集評

　　楊齊賢曰：太白為翰林供奉，道不合，辭去，浪跡天下，已而祿山反僭，號洛陽，則太白真能全身遠害矣？《分類補注李太白詩》卷二）

　　蕭士贇曰：安史亂離之際，朝廷借回紇兵復兩京，故曰「茫茫走胡兵」。復用官爵賞功，不分流品，故曰「豺狼盡冠纓」也。太白此詩，似乎紀實之作，豈祿山入洛陽之時，太白適在雲臺觀乎？（《分類補注李太白詩》卷二）

　　朱諫曰：(「西上」六句）曰我登華山而見明星之玉女，手把蓮花，虛步
於太清之中，霓裳廣帶，飄拂空中，於白日而昇天也。(「邀我」四句）言我
於華山遇見明星玉女，邀我登乎雲臺之上，揖衛叔卿之仙人，恍惚之間，相
與駕鴻飛騰於紫霄之上。(「俯視」四句）言於華山見明星，邀登雲臺之上，
得見叔卿仙人，斯時也，俯視洛陽之川，但見川水傍茫茫然皆是胡虜之兵，
奔走而衝突者，其數不可計也，肆意殺掠，流血遍野，使我百萬之生靈殲於
鋒鏑之下，誠有不忍見者矣，彼方自以為功，班爵行賞，凡豺狼腥羶之徒，
皆濫冠纓之列，殘民僭竊，衣冠塗炭，乃用夷以變夏，亂斯極矣，雖云臺之
高視，又安能邈爾而熟然乎？（總批）此白自託之言也。說者謂此詩，祿山
入洛之時，白適在雲臺之地，而見之也。按史：白初以賀知章薦，召見金鑾，
賜食調羹，供奉翰林。既而以沉香亭之樂章，為高力士等所譖。白不安，求
還山。帝賜金放還，因浮遊四方。不久而祿山反。轉側宿松、匡廬間。當祿
山陷洛陽之時，白臥於廬阜也。言登華山雲臺而見胡兵者，亦託言耳，豈真
在於洛川而見之乎？意亦自幸處高視下，邈然而不相及也。(《李詩選注》卷
一）

　　徐禎卿曰：此篇刺玄宗也。此詩前半篇皆遊仙之詞。(郭本李集引）

　　林兆珂曰：紅批曰：此又以置身事外，誚幸者。蓋太白達士，亦才士，
才不得試，志士不平，脫身局外，亦達士真樂。又曰：此詩傷時局之衰敗，
慨盜賊之縱橫，目厭世而生出世之想，欲避此豺狼之簪纓也。(《李詩鈔注述》
卷五上首引）

　　陸時雍曰：有情可觀，無跡可履，此古人落筆佳處。(《唐詩鏡》卷一七）

　　胡震亨曰：《神仙傳》衛叔卿降漢，殿謁武帝，自稱中山人。武帝曰：「中
山乃朕臣也。」叔卿默不應去。白自比叔卿，辭翰林供奉，亦不臣玄宗，因
得免祿山之難。俯視天下之流血，而豺狼冠纓也。(《李詩通》卷六）

　　王琦曰：此詩大抵是洛陽破沒之後所作，胡兵謂祿山之兵，豺狼謂祿山
所用之逆臣。蕭氏以「胡兵」為回紇，以「豺狼盡冠纓」為用官爵賞功，不
分流品，似未是。(《李太白全集》卷一）

　　陳沆曰：皆遁世避亂之詞，託之遊仙也。《古風》五十九章，涉仙居半，
惟此二章（按：指此篇與「鄭客西入關」）差有古意，則詞含寄託故也。世人
本無奇臆，好言昇舉，雲離鶴駕，翻成土苴。太白且然，況觸目悠悠乎？其
餘不選尚三十一章，試取讀之，可以悟焉。(《詩比興箋》卷三）

奚祿詒曰：只是悼長安之亂，不甚重仙耳。（見《李詩通》卷六手批）

笈甫主人曰：上首批文：正意在末四句。前半凌空作勢特為奇崛。又曰：至此而擾擾之繁華子，亦惟感戚黃犬，眸啟綠珠，國是置之不問矣。　句評：「邀我登雲臺，高揖衛叔卿」：詞句關鎖前後一篇之樞紐也。「豺狼盡冠纓」：眼句。（《瑤臺風露》）

瞿、朱曰：此說不妨姑作擬議之據，但詩云「恍恍與之去，駕鴻凌紫冥」恐不能即謂身在雲臺觀也。（《李白集校注》卷二）

安旗曰：王說是，蕭說非。是時中原橫潰，白不得已避亂東南，而魂繫中原，故託遊仙之詞以寄其家國之痛。陳沆之說差是。此以遊仙寫現實……蕭氏以為紀實之作，失之鑿。（《李白全集編年箋注》卷十二）

按語

　　此篇前十句遊仙，後四句寫實，從造語、用字到通篇氛圍，迥然相別，中間只以「俯視」相接續，前後意思陡轉，頗有突兀之感，而後四句不僅不符合《古風》結句特徵，且意亦似未完。下篇《昔我遊齊都》意也可三分。此篇與下篇，俱有此問題，此篇當為未完之殘篇。詳見《李白《古風》其十九〈西嶽蓮花山〉其二十〈昔我遊齊都〉文本錯亂問題探析》一節。

其二十　昔我遊齊都[①]

昔我遊齊都，登華不注峰[(1)]。茲山何峻秀？綠[②]翠如芙蓉[(2)]。
蕭颯古仙人，了知是赤松[(3)]。借予[③]一白鹿，自挾兩青龍[(4)]。
含笑凌倒景[④]，欣然願相從[(5)]。

泣與親友別，欲語再三咽[(6)]。勖君[⑤]青松心，努力保霜雪[(7)]。
世路多險艱，白日欺紅顏[(8)]。分手[⑥]各千里，去去何時還[(9)]？

在世復幾時？倏如飄風度[(10)]。空聞紫金經，白首愁相誤[(11)]。
撫己忽自笑，沉吟為誰故[(12)]？名利徒煎熬，安得閒余[⑦]步[(13)]？
終留赤玉舄，東上蓬萊[⑧]路[(14)]。秦帝如我求，蒼蒼但煙霧[(15)]。

題解

　　朱言：賦也。此亦遊仙之詩。

　　按：此篇混淆，不可強作一篇解讀。

編年

　　安旗繫於天寶三年（744 年），時李白 44 歲。

　按：此篇作年不詳。

校記

① 此篇當是三篇，而非一篇。兩宋本分為三篇。咸淳本分為兩篇「昔我遊齊
都」為一篇，「泣與親友別」「在世復幾時」合為一篇。楊蕭本將三者合而
為一，王琦本、《唐宋詩醇》、瞿朱本、安旗本均從之。胡震亨本、《古詩
箋》「昔我遊齊都」「泣與親友別」合為一篇。朱諫將「昔我遊齊都」「在
世復幾時」合為一篇。韋穀《才調集》選「泣與親友別」八句為一首。劉
世教本注：「是篇世本俱作一首，宋本作三，今從之。」

② 綠：《李詩選》作「彩」。

③ 予：咸淳本注：「一作與」。

④ 景：朱諫本作「影」。

⑤ 勖君：劉世教本：「勖君一作勖哉。」

⑥ 手：《才調集》、咸淳本、《李詩選》、劉世教本、李齊芳本作「手」。劉世
教本注：「一作分首」。《唐李白詩》作「首」。《才調集》注：「一作首。」

⑦ 余：咸淳本作「途」，注：「一作餘」。朱諫本作「余」。

⑧ 蓬萊：劉世教本注：「蓬萊一作蓬山。」

注釋

（1）齊都：朱諫注：「齊都，唐齊州，今濟南也。」　　華不注峰：山名，位
於今山東濟南市東北。《水經注》卷八濟水：「濟水又東北經華不注山，
丹椒秀澤，不連丘陵以自高。虎牙桀立，孤峰特拔以刺天。青崖翠發，
望同點黛。」《通典》卷一八〇齊州歷城：「漢舊縣有華不注山。《左傳》
云：晉師逐齊侯，三周華不注。其山直上如筍。」王琦注：「《山東通志》：
華不注山在濟南府城東北十五里。『不』字即『柎』字，如《詩》『棠棣
之華，鄂不韡韡』之『不』，花之蒂也。喻此山孤秀，如華柎之注於水者
然。」凌揚藻《蠡勺編》卷三二：「華不注：成公二年，戰於鞌，齊師
敗績，逐之，三周華不注。胡傳讀『不』如『卜』，非也。蓋『不』，芳
無切，與『柎』通，花萼跗也。《詩·棠棣》箋：不，當作『柎』。陸
機《詩疏》作『跗』。束皙《補亡詩》：『白華絳趺』，作『趺』，皆同。花
之蒂也。伏琛《齊記》引摯虞《畿服經》：言此山之孤秀，如華跗之注於

水。《丹鉛錄》謂《水經注》言華不注山，單椒秀澤，孤峰刺天。青崖翠
發，望同點黛。《九域志》言：大明湖望華不注山，如在水中。太白詩：
『昔我遊齊都，登華不注峰。茲山何峻秀？綠翠如芙蓉。』比以芙蓉，
亦可為華不知一證也。」

（2）芙蓉：見上注引《畿服經》《丹鉛錄》《九域志》言。

（3）蕭颯：朱諫注：「輕舉貌。」　赤松：《列仙傳》卷上：「赤松子者，神
農時雨師也。服冰玉以教神農，能入火自燒。往往至昆崙山上，常止西
王母石室中，隨風雨上下。炎帝少女追之，亦得仙俱瞿。至高辛時候，
復為雨師。」

（4）白鹿：楊齊賢注：「周義真入龍蟜山，見羨門子乘白鹿而行。」朱諫注：
「白鹿者，鹿千歲而色白也。凡鹿與龜、鶴至千歲而色皆變白，而知能
通靈矣……騎鹿乘龍，皆仙人事。」　青龍：《列仙傳》卷下：「呼子
先者，漢中關下卜師也。老壽百餘歲，臨去，呼酒家老嫗曰：『急裝，當
與嫗共應中陵王。』夜有仙人持二茅狗來。至呼子先，子先持一與酒家，
嫗得而騎之，乃龍也。上華陰山，常於山上大呼曰：『子先酒家母在此』
云。」蕭士贇注：「此用其事，以伸己意也。」

（5）含笑：陶淵明《閒情賦》：「瞬美目以流眄，含言笑而不分。」　倒景：
《漢書・司馬相如傳》載《大人賦》：「貫列缺之倒景兮，涉豐隆之滂
濞。」服虔注：「人在天上，下向視日月，故景倒在下也。」楊齊賢注：
「陵陽宰竇子明經曰：倒景氛去，離地四千里，其景皆倒下也。」朱諫
注：「倒景者，日之返照處。」沈約《遊沈道士館詩》：「一舉凌倒景，無
事適華嵩。」　欣然願相從：沈約《遊鍾山詩應西陽王教》：「所願從
之遊，存心於此足。」李白《贈盧徵君昆弟》：「與君弄倒影，攜手凌星
虹。」

（6）「泣與」二句：《古詩》：「悲與親友別，氣結不能言。」陸機《赴洛道中
作詩》：「總轡登長路。嗚咽辭密親。」楊齊賢注：「《詩》曰：『中心如
噎。』謂『噎』，憂不能息也。」

（7）勖：勉勵。　青松心：《禮記・禮器》：「其在人也……如松柏之有心
也，故貫四時而不改柯易葉。」《文選》卷五五劉峻《廣絕交論》：「援青
松以示心，指白水而旌信。」鮑照《中興歌》：「願君松柏心，採照無窮
極。」　「努力」句：《莊子》：「天寒既至，霜雪既降，吾是以知松柏
之茂也。」

（8）世路：王粲《贈蔡子篤詩》：「悠悠世路，亂離多阻。」　　白曰：喻時光。　　紅顏：喻少年。鮑照《代白紵舞歌》：「紅顏難長時易戢，凝華結藻久延立。」又《擬行路難》其一：「紅顏零落歲將暮，寒光宛轉時欲沉。」

（9）去去：越離越遠之意。《文選》卷二九蘇子卿詩：「參辰皆已沒，去去從此辭。」

（10）「在世」句：鮑照《擬行路難》其六：「丈夫生世會幾時。」　　「倏如」句：陶淵明《飲酒》其三：「一生復能幾，倏如流電驚」。《孫子兵法》：「速如飄風。」

（11）紫金經：楊齊賢注：「《大藥證》云：『紫金大丹，若人服食，自然不死。』」朱諫注：「紫金，丹也。《紫金經》，丹書也。」王琦注：「《紫金經》，鍊丹之書也。」　　相誤：《文選》卷二九《古詩十九首》之十三：「服食求神仙，多為藥所誤。」

（12）撫己：朱諫注：「以手自撫也。」

（13）煎熬：阮籍《詠懷》：「膏火自煎熬，多財為患害。」《楚辭》王逸《九思·怨上》曰：「我心兮煎熬，惟是兮用憂。」　　餘步：朱諫注：「言動靜之不迫也。」《文選》卷二二沈約《宿東園》：「東郊豈異昔，聊可閑餘步。」張銑注：「閑，緩也。」

（14）赤玉舄：朱諫注：「仙人之履也。」

（15）「秦帝」句：用典。詳見其七《客有鶴上仙》注（2）「安期生」條。　　蒼蒼：《莊子》：「天之蒼蒼，其正色邪？」江淹《雜體》：「寒陰籠白日，太谷晦蒼蒼。」

集評

蕭士贇曰：此篇遊仙詩，意分三節：第一節謂從仙人以遠遊；第二節謂別親友而嗚咽；第三節是泣別之際，忽翻然自悟而笑曰：沉吟泣別者，為誰故哉？在世幾時，不過為名利煎熬耳，於己分上事初何所益。於是決意遠遊，終當高舉，但留遺跡於人間。雖帝王求之，且不可得，豈更復為親友之戀哉！　　又曰：此詩恐其是一時與親友話別者，故中有不能忘情之詞，未有永訣割斷之語也。（《分類補注李太白詩》卷二）

朱諫曰：（「昔我」四句）言我曾遊於齊都，登華不注峰，此峰高峻而秀，發綠翠之色如芙蓉也。（「瀟颯」六句）言我登於華不注之峰，遇見赤松子之

仙人，以白鹿與我，而自挾其青龍，彼將含笑御青龍，凌倒景而飛昇矣，我亦欣然乘白鹿以相從也。（「在世」八句）承上言我願從仙人而遊者，正以人生世間無有幾時，倏若飄風之易過也。我雖有志於修鍊，空聞紫金經之說，然秘訣不傳，終於無成，蹉跎白首，恐至相誤，捫心撫己，忽然自笑，試沉吟而思之，抑誰之故歟？乃吾自溺於名利之間，徒自煎熬，安得有餘閒之日，從容於丹藥之說乎？故空聞紫金經而終成白首之誤也。「終留」四句，言我雖以名利暫落人間，終當從仙人，騎白鹿以飛昇，有如安期生留赤舄於人間，以報始皇之禮意而已，彼則東上於蓬萊之山也，秦帝如欲求之歟，則蓬萊路遠，玄津萬里，惟見煙霧之蒼茫，仙人不可得而求矣，我雖有志於相從，其可得乎？　　又按：此篇舊本全文多有疑義，而上下辭意不相續，據士贇舊注，分為三節，云……今詳其詩意，亦恐未然，第十句與第十一句上下文，義不相續，似有闕文，或有錯簡，何也？既曰「欣然願相從」矣，又何至於與親友泣別，而再三嗚咽耶？所謂「君」者，又不知其何所指也，分手千里去，何時而還者，又行役離別之辭，非從仙之事也，自第十一句至十九句凡八句，義既不諧，辭宜節去，今以舊本全章附寫於後，以俟知者與訂校云。（《李詩選注》卷一）

　　徐禎卿曰：此篇白欲謝親友而事遠遊也。（郭本李集引）

　　林兆珂曰：此章或分作三首，以「欣然願相從」止為第一首，以「去去何時還」止為第二首，末段為第三首，劍按殊為不可，分之則反不見曲屈陡折之妙趣矣。又曰：此言光景之速逝，世路之險艱，雖有正旌之招，亦將訣別所親，長往不悔爾。　　紅批曰：忽然灑脫，忽然迷離，忽然笑語，此是太白一段放縱天機，苦為世綱所羈，思欲解脫隱去耳。詩情亦復絕妙。又曰：「欲語再三咽」句妙，真能狀難言之情態。（《李詩鈔注述》卷五上首引）

　　王琦曰：此詩古本「昔我遊齊都」以下五韻作一首，「泣與親友別」以下四韻作一首，「在世復幾時」以下六韻作一首。蕭本合作一首，而解之曰（見上）……琦按：中節語意與上下全不相類，當棄世遠遊，何事猶作兒女子態，與親友泣別，至於欲語再三咽耶？韋縠《才調集》，只選中四韻作一首，而前後不錄，是知古似未失真，蕭本未免誤合。但首章語意似未完，或有缺文未可知。朱子謂太白詩多為人所亂，有一篇分為三篇者，有二篇合為一篇者，豈指此章而言耶？今姑仍蕭本，俟識者再為定之。（《李太白全集》卷一）

　　《唐宋詩醇》曰：此詩或作兩篇，今合而觀之，上憶昔日之遊，下訣今

日之去，意正相屬。「泣與親友別」八句，既將別矣，復自疑焉。故下云：「撫已忽自笑，沉吟為誰故？」然後決然欲往。東上蓬萊，蓋倦遊之餘，聊以寄意。范傳正所云：「非慕其輕舉，將不可求之事求之，欲耗壯心，遺餘年者也。」（卷一）

沈寅、朱崑曰：此遊仙之詩，因人世之易盡，歎人之不得閒也。……（「泣與」八句）與親友相別，不覺戀戀而嗚咽。勉其長保青松之心，毋以紅顏為白日所欺也。人生不別則已，別則分手即遠，何時還乎？……此詩恐是一時與親友話別者，故中有不忍情之詞，末有永訣割之語也。（《李詩直解》卷一）

笈甫主人曰：上首批文：此與前一首同一凌空作勢而用筆又別，他人為之必致犯手，此處須才亦須膽。「泣與親友別」以下，前人疑其棄世遠遊，何事作兒女態？至於「欲語再三咽」，不知太白詩中凡言仙人及求仙者，皆寓言託興之詞，猶屈子所謂「命豐隆求宓妃，登閬風灑淆槃」耳。世人眼光如豆，當作尋常遊仙詩讀，故訝其不倫，試以《離騷》之意求之，自然冰釋。　句評：「昔我遊齊都，登華不注峰」：句法奇。「泣與親友別」：換韻法，入化。（《瑤臺風露》）

安旗曰：詩寫決意出世而又有難言之隱，似作於去朝未久之時。《才調集》錄「泣與親友別」以下八句為一首。兩宋本、繆本、咸本俱自「欣然願相從」以上斷為一首，「泣與親友別」以下八句別為一首，「在世復幾時」以下又別為一首。（《李白全集編年箋注》卷六）

詹鍈曰：按《才調集》將此詩分為二首，與胡本同，未嘗只選中四韻作一首，王氏之言不知何據。《唐宋詩醇》曰：……按《唐宋詩醇》所解較是，蕭氏合成一首，不為無見。又曰：「據《古今圖書集成·山川典》卷二三《歷山部彙考》華不注山《藝文二》詩類，載李白《遊華不注登後追味》：『昔我遊齊都，登華不注峰。茲山何峻拔？綠秀如芙蓉。蕭灑古仙人，了知是赤松。借余一白鹿，自挾雙青龍。含笑凌倒影，欣然願相從。』即是此詩，僅有數字之差異，而詩意全同。詩題與此詩甚為切合，正是此詩獨立成篇之確證。」　又曰：日人花房英樹編《李白歌詩索引》中將此詩與「泣與親友別」「在世復幾時」都分別編號，極具卓見。按此詩追敘在齊魯一帶求仙的經過。具體論證，詳見詹鍈《宋蜀本〈李太白文集〉的特點及其優越性》（《文學遺產》，1988 年，第 2 期）。又曰：（「在世復幾時」以下）詩言人世無常，追逐名利，不得安閒，莫若遠遊仙山。（《李白全集校注彙釋集評》卷二）

瞿、朱曰：兩宋本、繆本此詩亦作兩篇，「昔我遊齊都」至「欣然願相從」為一首，「泣與親友別」至「蒼蒼但煙霧」為一首。（《李白集校注》卷二）

按語

此篇旨意遊仙與話別相雜。蕭士贇、林兆珂、《唐宋詩醇》等言旨意二分，三分者，蓋源於文本本身存在的錯亂問題。此篇文本之分合，乃朱熹最早提出疑問，與《寶劍雙蛟龍》《咸陽二三月》兩篇之入選與否，一直被認為是《古風》經後人竄亂修改，非李白本來面目的強有力證據。《古風》諸篇，大多上下連貫，語意完整，然此篇三段，頗有斷裂之感，當為三篇。關於其歷代版本中的分合，詳見《「古風五十九首」得名與傳本演變考論》一節；關於其文本錯亂因由的可能性分析，詳見《〈西嶽蓮花山〉與〈昔我遊齊都〉的文本錯亂問題》一節。

其二十一　郢客吟白雪

郢客吟白雪，遺響飛青天[(1)]。徒勞歌此曲，舉①世誰為傳？
試為巴人唱，和者乃數千。吞聲何足道？歎息空悽②然[(2)]。

題解

朱言：比也。此以歌曲喻賢人也。

按：此篇言曲高和寡之意。

編年

安旗繫於天寶二年（743年），時李白43歲。此及以下十二題俱抒待詔翰林後期憤懣失望之情，且自明其獨立不屈之志，因繫一處。

詹鍈認為安氏之說，「不足為據」。

按：此篇作年不詳。

校記

① 舉：朱諫本作「後」。
② 悽：兩宋本、楊蕭本、嚴羽點評本作「淒」。

注釋

（1）郢客：此用「陽春白雪」「下里巴人」典故，二者皆曲名。《文選》卷四五宋玉《對楚王問》：「客有歌於郢中者，其始曰《下里巴人》，國中屬而和者數千人。其為《陽阿薤露》，國中屬而和者數百人。其為《陽春白雪》，

國中屬而和者不過數十人。引商刻羽，雜以流徵，國中屬而和者不過數
人而已。是其曲彌高，其和彌寡。」郢：朱諫注：「楚都也。」　　遺響：
陸機《擬今日良宴會》：「哀音繞棟宇，遺響入雲漢。」

（2）吞聲：朱諫注：「不語也。」鮑照《擬行路難》其四：「心非木石豈無感，
吞聲躑躅不敢言。」

集評

嚴羽曰：哽咽之韻，愈短愈悲。冠履倒置，古今同歎，一讀慨然。（嚴
羽、劉辰翁評點，聞啟祥輯《李杜全集》卷一）

蕭士贇曰：此篇感歎之詩也。高才者知遇之難，卑污者投合之易，古猶
今也。士負才而不遭，能不讀其詩而為之吞聲歎息也與？（《分類補注李太白
詩》卷二）

劉履曰：此感歎高才者知遇之難，卑污者相合之易也。（《風雅翼》卷十
一）

朱諫曰：（「郢客」六句）言郢客善歌白雪之曲，遺響悠揚，飛於青天之
上，其歌曲之妙，無以加矣。然調高而音絕，後世無傳，徒擅其所長於一時
而已矣。不如降其節調，俯就於人，試為下里巴人之歌，則人人易曉而知之
者多矣，亦猶賢者扼道，自高莫能屈致，或俯而就之，小試行道之端，庶乎
其可近也。（「吞聲」二句）承上言世俗之人，不識曲中之高調，我將欲與之
辨歟，不乏辨也，只得默默而吞聲，豈能以口舌而爭乎？不過付之一歎而
已，譬之賢者不遇知己，不可枉道而干人，亦惟自守而已耳。（《李詩選注》
卷一）

徐禎卿曰：此篇白自傷之詞也。（郭本李集引）

林兆珂曰：紅批曰：聲淚俱集。又曰：曲高和寡，窮知音罕遇，讀之令
人淚下，彼俗調之隨聲附和者，固自若也，余昔有詩弔太白，收白雲塵中多
郢曲，何苦黃高吟，即本此意也。（《李詩鈔述注》卷五上首注）

曾國藩曰：此首言曲高和寡。（《求闕齋讀書祿》卷七）

笈甫主人曰：上首批文：「郢客」一首，所謂「吾衰竟誰陳」也，文勢
至此一束。　　句評：「郢客吟白雪，遺響飛青天」：忽逗正意，此古人章法
不苟處。（《瑤臺風露》）

詹鍈曰：按此與韓愈「小懲則小好，大懲則大好」之論調相類。（《李白
詩文繫年》附「古風五十九首集說」）

按語

　　諸家之說，大抵契合無礙。此篇歎世與自傷並融，一方面感歎世人不識賢者，只知對流俗趨之若鶩，可與其五十《宋國梧臺東》相參看，後者可看作是對此篇的進一步明確解讀；另一方面延及自身，大音希聲、曲高和寡，充滿了不遇知音的失落孤獨之悲。

其二十二　秦水別隴首

　　秦水別隴首，幽咽多悲聲⁽¹⁾。胡馬顧朔雪，蹀躞長嘶鳴⁽²⁾。
感物動我心，緬然含歸情⁽³⁾。昔視秋蛾飛，今見春蠶生⁽⁴⁾。
嫋嫋①桑結②葉，萋萋柳垂榮⁽⁵⁾。急節謝流水，羈④心搖懸旌⁽⁶⁾。
揮涕③且復去，惻愴何時平⁽⁸⁾？

題解

　　朱言：賦也。此詩為戍役者而作。

　　按：此篇別胡地時所作，寫感物懷歸之情。

編年

　　安旗繫於天寶三年（744 年），時李白 44 歲。此及以下五首，俱去朝之際作。詹鍈贊同此觀點。

　　按：此篇大抵作於天寶十二載（753 年）春，與《胡關饒風沙》篇上下接續。

校記

① 嫋嫋：兩宋本作「裊裊」。

② 結：兩宋本、楊蕭本、玉海堂本、郭雲鵬本、胡震亨本、王琦本俱作「枯」。
兩宋本注：「一作結。」王琦本注：「一作枯，俗本作柘」。餘無此注。咸淳本、嚴羽點評本、《唐李白詩》、李齊芳本作「柘」。劉世教本作「結」，注：「桑結世本作桑柘。」

③ 涕：元佚名《唐翰林李太白詩集》、《唐李白詩》作「淚」。

④ 羈：兩宋本、咸淳本、楊蕭本、劉世教本、李齊芳本俱作「羇」。嚴羽點評本、朱諫本、王琦本作「羈」。「羇」古同「羈」。

注釋

（1）秦水：朱諫注：「秦地之水，即隴頭水也。」　　隴首：《太平御覽》卷
　　　　五六《地部》：「《三秦記》曰：隴西關，其坂九迴，不知高幾里，欲上者

七日乃越。高處可容百餘家，下處數十萬戶，上有清水四注。俗歌曰：
『隴頭流水，嗚聲幽咽。遙望秦川，心肝斷絕。』去長安千里，望秦川
如帶。又關中人上隴者，還望故鄉，悲思而歌，則有絕死者。」王琦注：
「隴首，即隴頭也。《通鑒地理通釋》：『秦州隴城縣有大隴山，亦曰隴首
山。』」

（2）「胡馬」句：《古詩十九首》：「胡馬依北風，越鳥巢南枝。」鮑照《學劉
公幹體》：「胡風吹朔雪，千里度龍山。」　　顧：回望。　　蹀躞：音
謝疊，本指人小步行走貌，此處指馬行走的樣子。吳均《戰城南》：「蹀
躞青驪馬，往戰城南畿。」白居易《和朝回與王鍊師遊南山下詩》：「蹀
躞退朝騎，飄飄隨風裾。」顏延之《赭白馬賦》：「眷西極而驤首，望朔
雲而蹀足。」

（3）「感物」句：曹植《贈白馬王彪》其四：「感物傷我懷，撫心長太息。」
張協《雜詩》：「感物多所懷，沉憂結心曲。」又：「感物多思情，在險易
常心。」　　我：朱諫注：「戍者自謂也。」　　緬然：遙遠的樣子。陸
機《赴太子洗馬時作詩》：「肆目眇不及，緬然若雙潛。」陶淵明《遊斜
川》：「迴澤散遊目，緬然睇層丘。」　　朱諫注：「山東之人，行役而升
隴者，東望秦川四五百里，極目泯然，莫不悲思，故歌曰：隴頭流水，
分離四下。念我行役，飄然曠野。登高望遠，涕淚雙墮。」

（4）「昔視」二句：朱諫注：「蛾似蝶，草中所生，如撲燈之類。或曰蠶蛾，
非也。秋無蠶矣。」安旗注：「白以前年秋至長安，本年春始離去，故
云。」楊齊賢注：「《毛詩》：昔我往矣，楊柳依依。今我來思，雨雪霏
霏。曹子建詩：昔我初遷，朱華未希；今我旋止，素雪雲飛。太白意亦
同此。昔我在此，見秋蛾之飛；今既改歲，春蠶生矣，桑葉如結，柳條
爭榮，猶未得歸。」

（5）嫋嫋：搖曳不定貌，亦作「裊裊」「褭褭」。漢無名氏《白頭吟》：「竹竿
何嫋嫋，魚尾何簁簁。」　　萋萋：王琦注：「萋萋，茂也。」枚乘《柳
賦》：「枝逶迤而含紫，葉萋萋而吐綠。」

（6）急節：《文選》卷四二曹植《與吳季重書》：「然日不我與，曜靈急節。」
呂延濟注：「急節，謂遷移速也。」朱諫注：「急節者，時之速也。」　　謝
流水：楊齊賢注：「王逸《楚辭》注：謝，去也。謂時節之去，如流水之
急。」　　羈心：羈旅之心。　　懸旌：喻心神不定。《戰國策・楚策》：
「楚王曰：寡人臥不安席，食不甘味，心搖搖如懸旌，而無所終薄。」

（7）涕：眼淚。　　惻愴：朱諫注：「傷情也。」

集評

　　蕭士贇曰：此篇別情之詩也。其亦感物具悲，觸景傷懷也歟？（《分類補注李太白詩》卷二）

　　朱諫曰：（「秦水」六句）秦水別乎隴頭，多有嗚咽之聲，似若不忍別者朔地之雪，胡雪也以胡馬顧乎朔雪，踉蹌長鳴，亦似有戀鄉之意也，物情之不忘舊如此，使我觀物動心，邈然亦起懷歸之念矣。（「昔視」四句）此言節物之變，秋見蛾飛，春見蠶生，而時邁矣，蠶生之際，業柘茂而柳葉榮，春已深矣。行役在外，不覺歲月之久，有如此也。（「急節」四句）承上言節物之變如此，則時之易謝，速如流水，我之羈心，念彼室家者，有若懸旌之搖搖然而不定也。懷歸雖切，後事未已，只得揮淚而問前，憂苦之心，何時而已乎？此言行役之苦，體貼切實如《詩》之《草蟲》《采薇》之類，讀之使人情思淒然，而感動明皇好邊而調發之煩於此可見。（《李詩選注》卷一）

　　徐禎卿曰：此篇白感時思歸之詞也。（郭本李集引）

　　曾國藩曰：此首有倦遊思歸、落葉糞根之意。（《求闕齋讀書祿》卷七）

　　奚祿詒曰：欲去而猶戀君邪？（見《李詩通》卷六手批）

　　笈甫主人曰：上首批文：采薇蕨而賦，皐螽對雨雪而懷楊柳，此太白所欲於其芳草荊榛之後，陳言以追《風》《雅》者也，承接分明，人自不得其線索耳。　　句評：「秦水別隴首」儒坑於秦，夏變為夷，皆斯文絕續一大關，故以秦水、胡馬起興也。（《瑤臺風露》）

　　安旗曰：其戀闕之悲及其感歎時光飛逝、歲物遷改，一至於惻愴出涕者，蓋功業無成故也。（《李白全集編年箋注》卷六）

按語

　　蕭士贇、徐禎卿之說為是，此篇「感物動我心」者也，油然而生思歸之情，「羈心」句亦可證，時序變化，春秋交替，極易引發詩人內心的敏感情緒，觸動感時思歸之情。朱諫之說未有確據，征戍之意不甚明白，似發散太過。

其二十三　秋露白如玉①

秋露白如玉②，團團③下庭綠⁽¹⁾。我行忽見之，寒早悲歲促⁽²⁾。
人生④鳥過目，胡乃⑤自結束⁽³⁾。景公一何愚？牛山淚相續⁽⁴⁾。

物苦不知⑥足，得⑦隴又望蜀⁽⁵⁾。人心若波瀾，世路有⑧屈曲⁽⁶⁾。
三萬六千日，夜夜當秉燭⁽⁷⁾。

題解

朱言：賦也。此言人之生世有限，當知足而知止也。

按：此篇感物傷時，悲傷年歲之作。

編年

安旗繫於天寶四年（745 年），時李白 45 歲。

按：此篇作年不詳。

校記

① 後蜀韋縠《才調集》收錄此篇。

② 白如玉：《才調集》、咸淳本作「如白玉」。

③ 團團：兩宋本作「團圓」。餘本俱作「團團」。

④ 人生：兩宋本作「生猶」。咸淳本注「人生一作生猶」。劉世教本注：「人
生鳥過目一作人生猶鳥過。」

⑤ 乃：朱諫本作「為」。

⑥ 知：劉世教本注：「一作物苦不自足。」逐漸本作「自」。劉世教本注：「物
苦不知足一作物苦不自足。」

⑦ 得：兩宋本作「登」，並注「一作得」。

⑧ 有：兩宋本注「一作多」。

注釋

（1）秋露白：朱諫注：「露白，秋深也。」　　團團：團，圓也。《詩·鄭風·
野有蔓草》：「野有蔓草，零露漙兮。」毛傳：「漙漙然，盛多也。漙，本
亦作團。」江淹《雜體詩》其六《劉文學楨感懷》：「蒼蒼山中桂，團團
霜露色。」又《別賦》：「秋露如珠，秋月如珪。明月白露，光陰往來。」
謝惠連《七月七日夜詠牛女》：「團團滿葉露，析析振條風。」　　庭綠：
楊齊賢注：「庭草也。」王琦注：「庭綠謂庭中草木也。」王融《同沈右
率諸公賦鼓吹曲》：「憮然坐相思，秋風下庭綠。」

（2）「寒早」句：言寒氣來得早，悲傷歲月匆促。促：朱諫注：「促，速也，
迫也。」張協《雜詩》其四：「疇昔歡時遲，晚節悲年促。」郭泰機《答
傅咸》：「天寒知運速，況復雁南飛。」

（3）鳥過目：朱諫注：「鳥過目，速也。」《文選》卷二九張協《雜詩》之二：
　　　「人生瀛海內，忽如鳥過目。」　　自結束：自相拘束也。朱諫注：「結
　　　束，猶言拘束也。」《古詩十九首》之十一：「蕩滌放情志，何為自結
　　　束。」

（4）「景公」二句：《列子‧力命》：「齊景公遊於牛山，北臨其國城而流涕曰：
　　　『美哉國乎！鬱鬱芊芊，若何滴滴去此國而死乎？使古無死者，寡人將
　　　去斯而之何？』艾孔、梁丘據皆從而泣曰：『臣賴君之賜，蔬食惡肉，可
　　　得而食；駑馬稜車，可得而乘也。且猶不欲死，而況吾君乎？』晏子獨
　　　笑於旁。公雪泣而顧晏子曰：『寡人今日之遊悲，孔與據皆從寡人而泣，
　　　子之獨笑，何也？』晏子對曰：『使賢者常守之，則太公、桓公常守之矣；
　　　使有勇者而常守之，則莊公、靈公將常守之矣。數君者將守之，吾君方
　　　將被簑笠而立於畎畝之中，惟事之恤，何暇念死乎？則吾君又安得此位
　　　而立焉？以其迭處之、迭去之，至於君也。而獨為之流涕，是不仁也。
　　　見不仁之君，見諂諛之臣，臣見此二者，臣之所為獨竊笑也。』景公慚
　　　焉，舉觴自罰，罰二臣者各二觴焉。」陸機《齊謳行》：「鄙哉牛山歎，
　　　未及至人情。」李白《君子有所思行》：「無作牛山悲，惻愴淚沾臆。」
　　　杜牧《九日齊安登高》：「古往今來只如此，牛山何必淚霑衣。」

（5）得隴又望蜀：《後漢書》卷一七《岑彭傳》：「光武敕彭書曰：『人苦不知
　　　足，既平隴，復望蜀。』」

（6）波瀾：朱諫注：「不定也。」陸機《君子行》：「休咎相乘躡，翻覆若波
　　　瀾。」

（7）三萬六千曰：《抱朴子》：「百年之壽，三萬餘日耳。」蕭士贇注：「三萬
　　　六千日，人生百年之光景也。雖太白造詞如此，然其意卻祖於《左傳》：
　　　絳縣人年長矣，有與疑年，使之年，曰：『臣小人也不知紀年，臣生四百
　　　有四十五甲子矣。』師曠曰：『七十三年矣。』士文伯曰：『二萬六千六
　　　百有六旬。』此所謂奪胎換骨，使事而不為事使者歟。」朱諫注：「三萬
　　　六千日，百年也。蓋人生以百歲為期也。」沈炯《長安還至方山愴然自
　　　傷詩》：「百年三萬日，處處此傷情。」　　秉燭：《古詩十九首》之十五：
　　　「晝短苦夜長，何不秉燭遊？」

集評

　　　蕭士贇曰：此篇大意謂人生在世，少而壯，壯而老，老而死，猶春而夏，

夏而秋，秋而冬，四時代謝，功成者去，理之常也。奈何畏死，戀戀斯世，常懷不足之歎而謬用其心哉？既如此不知止足，則百年之內惟當夜夜遊宴以留連光景而已，識者觀之，豈不大可笑歟？太白此詩，言不盡意，而意在其中，非聖於詩者孰能與此。（《分類補注李太白詩》卷二）按：「太白此詩」之後語，詹鍈《李白全集校注彙釋集評》引高棅《唐詩品匯》，蓋高氏之說乃引蕭氏語，須明。

朱諫曰：（「秋露」四句）秋露既零，凝如白玉，團團然下於庭草之上，我行庭中，忽然見之，乃知寒之將至，而歲事將窮。歲月短促，未免令人一傷悲也。（「人生」四句）言時物之變如此，則人生易邁，有若鳥之過目，倏然而逝，無留影也，何故營營於聲利之間，自取纏束之言，而不得從容以肆志耶？昔者齊景公登牛山而悲泣，憂享國之不久，惴惴焉惟死之畏，是不能達死生之理，蓋愚而不明者也。（「物苦」六句）承上言人生易過，若能知止以安其分，雖人心如波瀾之翻覆而不定，世路若羊腸之屈曲而難行，皆無所預也。且人生以百歲為期，亦止有三萬六千之日，夜夜秉燭以相燕飲，庶幾畢吾生之樂，否則纏束於富貴功名之間，卒為愚人而已矣。（《李詩選注》卷一）

徐禎卿曰：此篇言人當及時為樂也。（郭本李集引）

林兆珂曰：一起雋秀可湌，「團團」二字用自葩經，此可見太白詩學來源。　　紅批曰：《十九首》中意，寄人籬下，不見所長。又注：朱筆（即上）批語大深能學《十九首》，當病其寄人籬下耶，則即使其學得《三百篇》，亦仍是在人藩籬中爾，必如何創一劣格，始可為好詩乎？　　又曰：此與《春夜宴桃李園詩序》旨同，有《十九首》風調，突邁盛唐諸名家之作。（《李詩鈔述注》卷五上首注）

陸時雍曰：其優生耶？其感世耶？令人不知所向。（《唐詩鏡》卷一七）

沈寅、朱崑曰：此詩謂百年易盡，人苦不足，智者宜及時以行樂也。（《李詩直解》卷一）

《唐宋詩醇》曰：《唐風·蟋蟀》之篇，感興如此。詩之神韻，與古為化，擬之《十九首》，可謂波瀾莫二。結處通篇一意相貫，即《桃李園序》之意。或謂若不知止足，則當夜夜宴遊，為識者所笑。其說未當。（卷一）

范大士曰：凌雲搖嶽之氣，稍為沉斂。（《歷代詩發》）

方東樹曰：言歲時易盡，而自苦思，亦放意也。（《昭昧詹言》卷七）

曾國藩曰：此首悲年光之迅馳。（《求闕齋讀書錄》卷七）

笈甫主人曰：上首批文：此從上首「秋蛾」「春蠶」推進一層，所謂無聊之極，思姑以瞻連作慰藉耳。「揮涕惻愴」即所謂自結束也，語意相銜。「吾衰誰陳」故「志在刪述」，「夜夜當秉燭」五字乃是倒鉤逆挽法。　　句評：「景公一何愚，牛山淚相續」：接法，即拓法，用草橫甚。（《瑤臺風露》）

詹鍈曰：按庾信《詠懷》（按：《擬詠懷》）二十七首之十一：「搖落秋為氣，淒涼多怨情。啼枯湘水竹，哭壞杞梁城。天亡遭憤戰，日蹙值愁兵。直虹朝映壘，長星夜落營。楚歌饒恨曲，南風多死聲。眼前一杯酒，誰論身後名？」此詩蓋擬之而作。（《李白詩文繫年》）

郁賢皓曰：此詩作年不詳。全詩意謂人生在世有限，當知足而行樂。（《李太白全集校注》卷一）

按語

蕭士贇謂此篇蓋太白「聖於詩者」，大抵至蕭時，太白、子美，「仙聖」之名界限還未涇渭分明，子美雖不常言「仙」，然太白卻可言「聖」。《古風》五十九首比之太白其餘飄逸風格的代表名篇如《蜀道難》《將進酒》等，「仙」氣內斂，而「聖」德教化之意顯著，此為太白可「仙」可「聖」者。

此篇乃太白優生感世之歎也，蕭士贇、陸時雍、朱諫、方東樹、曾國藩之說各有道理，《唐宋詩醇》之批駁亦入理，惟徐禎卿言及時行樂，關注點只在篇末二句，似失之偏頗，須知篇末二句乃開解自慰語，開篇感時速，繼而慨歎人生易逝，當知足知止，篇末二句所言，非僅為行樂，更多的是流光易逝，歲月當惜之意。

其二十四　大車揚飛塵

大車揚飛塵，亭午暗阡陌[1]。中貴多黃金，連雲開甲宅[2]。
路逢鬥雞者，冠蓋何輝赫[3]！鼻息干虹蜺，行人皆怵惕[4]。
世無洗耳翁，誰知堯與跖[5]？

題解

朱言：賦也。此詩刺當時嬖倖者之驕奢。

按：此篇諷時貴，末則感世態。

編年

安旗繫於開元十八年（730 年），時李白 30 歲。

按：此篇作年不詳。

注釋

（1）大車：《國風・王風・大車》：「大車檻檻，毳衣如菼。」　揚飛塵：劉楨《贈五官中郎將詩》之二：「廣路揚埃塵，逝者如流水。」　亭午：朱諫注：「亭午，當午也。」《初學記》卷一《天部》引《纂要》：「日在午曰亭午。」孫綽《天台山賦》：「羲和亭午，遊氣高褰。」劉良注：「亭，至也。」　阡陌：田間小路。王琦注：「陌，音麥。」《史記・商君列傳》：「為田開阡陌封疆。」《正義》：「南北曰阡，東西曰陌。」

（2）中貴：楊齊賢注：「中都貴人也。」朱諫注：「中貴，內貴人也，謂宦者之流。」《史記・李將軍列傳》：「天子使中貴人從廣勒習兵擊匈奴。」《集解》：「《漢書音義》曰：『內官之幸貴者。』」《索隱》：「案：董巴《輿服志》云：『黃門丞至密近，使聽察天下，謂之中貴人使者。』」崔浩云：「在中而貴倖，非德望，故名不見也。」　甲宅：豪華的府邸。朱諫注：「甲宅，甲第也。」《漢書・田蚡傳》：「治宅甲諸第。」顏師古注：「言為諸第之長者，以甲乙之次，言甲則為上矣。」《魏書・閹官列傳》：「太后嘉其忠誠，造為甲宅。」《新唐書・宦者傳上》：「開元、天寶中，宮嬪大率至四萬，宦官黃衣以上三千員，衣朱紫千餘人。其稱旨者輒拜三品將軍，列戟於門。其在殿頭供奉，委任華重，持節傳命，光燄殷殷動四方。所至郡縣奔走獻遺至萬計。修功德，市禽鳥，一為之使，猶且數千緡。監軍持權，節度反出其下。於是甲舍、名園、上腴之田為中人所佔者半京畿矣。」

（3）鬬雞者：陳鴻《東城老父傳》：「老父姓賈名昌，長安宜陽里人……父忠……景龍四年，持幕竿隨元宗入大明宮誅韋后，奉睿宗朝群后，遂為景雲功臣，以長刀備親衛。詔徙家東雲龍門。昌生此歲，趫捷過人，能搏柱乘梁，善應對，解鳥語音。玄宗在藩邸時，樂民間清明節鬬雞戲。及即位，治雞坊於兩宮間。索長安雄雞，金毫鐵距，高冠昂尾千數，養於雞坊。選六軍小兒五百人，使馴擾教飼。上之好之，民風尤甚。諸王世家、外戚家、貴主家、侯家，傾帑破產，市雞以償雞值，都中男女以弄雞為事，貧者弄假雞。帝出遊，見昌弄木雞於雲龍門道傍，召入，為雞坊小兒，衣食右龍武軍。三尺童子，入雞群，如狎群小，壯者弱者，勇者怯者，水穀之時，疾病之候，悉能知之。舉二雞，雞畏而馴，使令如人。護雞

坊中謁者王承恩言於玄宗。召試殿庭，皆中玄宗意，即日為五百小兒長。
加之以忠厚謹密，天子甚愛幸之。金帛之賜，日至其家。開元十三年，
雞籠三百，從封東嶽。父忠死泰山下，得子禮，奉屍歸葬雍州。縣官為
葬器喪車，乘傳洛陽道。十四年三月，衣鬥雞服會玄宗於溫泉。當時天
下號為神雞童。時人為之語曰：『生男不用識文字，鬥雞走馬勝讀書。賈
家小兒年十三，富貴榮華代不如。能令金距期勝負，白羅繡衫隨軟轝。
父死長安千里外，差夫持道挽喪車。』《新唐書‧王鉄傳》：「鉄子準為
衛尉少卿，以鬥雞供奉禁中。」曹植《名都篇》：「鬥雞東郊道，走馬長
楸間。」　　冠蓋：衣冠、車蓋。左思《詠史》八首之四：「冠蓋陰四術，
朱輪竟長衢。」　　輝赫：顯赫。

（4）鼻息干虹蜺：鼻孔出氣吹到天上的霓虹。李白《答王十二寒夜獨酌有懷》：
「君不能狸膏金距學鬥雞，坐令鼻息吹虹霓。」曹植《七啟》：「揮袂則
九野生風，慷慨則氣成虹蜺。」　　忱惕：恐懼警惕。《孟子‧公孫丑上》：
「今人乍見孺子將入於井，皆有忱惕惻隱之心。」

（5）洗耳翁：《高士傳》卷上《巢父》：「巢父者，堯時隱人也。山居，不營世
利，年老。以樹為巢，而寢其上，故時人號曰『巢父』。堯之讓許由也，
由以告巢父，巢父曰：『汝何不隱汝形，藏汝光，若非吾友也！』擊其膺
而下之，由悵然不自得。乃過清泠之水，洗其耳，拭其目，曰：『向聞貪
言，負吾之友矣！』遂去，終身不相見。」又同卷《許由》：「許由，字
武仲，陽城槐里人也……堯讓天下於許由……由於是遁耕於中嶽潁水之
陽，箕山之下，終身無經天下色。堯又召為九州長，由不欲聞之，洗耳
於潁水濱。時其友巢父牽犢欲飲之，見由洗耳，問其故。對曰：『堯欲召
我為九州長，惡聞其聲，是故洗耳。』」　　堯：上古賢君。跖：盜跖。
音止。《莊子‧盜跖》：「柳下季之弟，名曰盜跖。盜跖從卒九千人，橫行
天下，侵暴諸侯。穴室樞戶，驅人牛馬，取人婦女。貪得忘親，不顧父
母兄弟，不祭先祖。所過之邑，大國守城，小國入保，萬民苦之。」《史
記‧伯夷列傳》：「盜跖日殺不辜，肝人之肉，暴戾恣睢，聚黨數千人，
橫行天下，竟以壽終，是遵何德哉？」《正義》：「按：跖者，黃帝時大盜
之名，以柳下惠弟為天下大盜，故世放古，號之盜跖。」

集評

　　蕭士贇曰：此篇諷刺之詩，蓋為賈昌輩而作，末句謂世無高識者，故莫

知此等之為跖行，而太白輩為賢人也，亦太白不遇而自歎歟！（《分類補注李太白詩》卷二）

朱諫曰：（「大車」四句）言高軒大車揚動飛塵，當晝之時，暗乎阡陌，其車之多而且麗者，誰之車歟？乃中貴人之車也。是中貴也。叨天子之寵幸而多有黃金，苞苴積而帑藏盈矣。廣開第宅，其高連雲，所居之侈，而又冠乎都邑也。言宦臣之驕奢如此。（「路逢」四句）此言小技得幸於天子，致富貴而氣勢之焰赫也。（「世無」二句）承上言宦者之驕奢如此，而嬖倖之顯赫如彼，皆不義而富且貴者，世無高潔之人，歆慕而成風，違道而干祿者比比然也，又安知又善惡之分，而堯與跖所向之不同者乎？（《李詩選注》卷一）

徐禎卿曰：此篇譏時貴也。（四部本李集）

陸時雍曰：末二語簡妙，以舉世皆堯故。（《唐詩鏡》卷一七）

趙翼曰：鋪張鬥雞之賈昌，則開元中事也。（《甌北詩話》卷一）

陳沆曰：賈昌以鬭雞為五百小兒長，從明皇東封，乘傳治父喪，金帛日賜其家，號雞神童。見陳鴻《東城父老傳》。（《詩比興箋》卷三）

笈甫主人曰：上首批文：「大車揚塵」自鳴得意，豈知「鼻息干虹蜺」者，意氣又出其上，「得隴望蜀」豈有已時，適形其遇耳，此亦與上首語意相銜，蓋世道為此，乃正聲所由微，哀怨所由起也。　　句評：「中貴多黃金」：眼句。（《瑤臺風露》）

（日）近藤元粹曰：敘得有氣勢，如見其輕薄誇張之狀。（《李太白詩醇》卷一）

王闓運曰：真有此人，但非跖耳。（手批《唐詩選》卷一）

詹鍈曰：按《新唐書・宦者傳》：開元、天寶中，宦者黃衣以上三千員，衣朱紫千餘人。……修功德，市禽鳥，一為之使，猶且數千緡。監軍持權，節度反出其下。於是甲舍名園，上腴之田，為中人所佔者半京畿矣。又《高力士傳》：中人若黎敬仁……等，並內供奉，或外監節度軍，修功德，市鳥獸，皆為之使。使還，所賫獲動互萬計。京師甲第、池園、良田美產，占者十六，與力士略等。……此詩所刺未必專指某人，蓋白寓長安時親見群小之豪奢，有所感而為此詩耳。（《李白詩文繫年》）

安旗曰：前篇寫賢者不得重用，此篇刺群小之得勢與豪奢，蓋為一時之作。（《李白全集編年箋注》卷二）

郁賢皓曰：此詩當是開元年間李白初次入長安時，目睹宦官窮奢極侈、鬥雞之徒氣焰囂張，深為憤怒而作。（《李太白全集校注》卷一）

按語

此詩題旨，說法不一。蕭士贇、徐禎卿皆認為是譏時貴，必指時人時事，蕭士贇、趙翼、陳沆等諸家都認為具指某人如賈昌輩而言，很是，「中貴」「鬥雞者」等語甚為具體，與《新唐書》《舊唐書》所載史料頗為吻合，蓋當時宦官當權，外戚橫行，氣焰滔天。詹鍈、安旗、郁賢皓等家所言「未必專指某人」亦可通，蓋關注點由具體人事上升到了普適性的社會批判而已，不論是中貴人，還是鬥雞者，皆為太白有感而發也。

其二十五　世道日交喪

世道日交喪，澆風散淳源[1]。不採芳桂枝①，反棲惡木根[2]。
所以桃李樹，吐花竟②不言[3]。大運有興沒，群動爭飛奔[4]。
歸來③廣成子，去入無窮門[5]。

題解

朱言：賦也。此詩言當時於君子小人無所分別，而賢人隱遯也。

安旗曰：此及下篇，皆感慨世風敗壞之作。

按：此篇感歎世風日下。

編年

安旗繫於天寶十二年（753年），時李白53歲。

按：此篇當作於中晚年，具體做年不詳。詳見按語。

校記

① 桂枝：咸淳本、李齊芳本作「枝桂」。

② 竟：劉世教本作「自」，並注：「自不言一作竟不言。」

③ 來：胡本作「求」。

注釋

（1）交喪：朱諫注：「世與道交喪者，世降而道喪也。」《莊子·繕性》：「由是觀之，世喪道矣，道喪世矣，世與道交相喪也。」成注：「喪，廢也……時世澆浮，廢棄無為之道；亦由無為之道，廢棄淳和之世，是知世與道交相喪也。」　澆風變淳源：澆音梟，薄也，浮薄之風氣。《莊子·繕性》：「澆淳散樸。」《淮南子·齊俗訓》：「衰世之俗……澆天下之淳，析天下之樸。」王簡棲《頭陀寺碑文》：「淳源上派，澆風下黷。」《晉書·

武帝本紀》：「制奢俗以變儉約，止澆風而反淳樸。」

（2）桂枝：《楚辭》卷一二劉安《招隱士》：「攀援桂枝兮聊淹留。」王逸注：
「桂枝芬芳以興屈原之忠良也。」　　惡木：《文選》卷二十八陸機《猛
虎行》：「渴不飲盜泉水，熱不息惡木陰。惡木豈無枝，志士多苦心。」
李善注：「《管子》曰：『夫士懷耿介之心，不蔭惡木之枝。』」

（3）「所以」二句：朱諫注：「芳桂、桃李，以喻君子；惡木，喻小人也。」
《漢書・李廣傳》：「諺曰：『桃李不言，下自成蹊。』此言雖小，可以喻
大。」《前漢書》卷五十四，師古注曰：「蹊謂徑，道也。言桃李以其華
實之故，非有所召呼，而人爭歸趣，來往不絕，其下自然成徑，以喻人
懷誠信之心，故能潛有所感也。」李白此二句反用典故。

（4）大運：朱諫注：「大運者，人物所以稟於天命之大數也。」王琦注：「大
運，天運也。」　　群動：朱諫注：「百物也。」此指鳥獸昆蟲等。陶淵
明《飲酒》其四：「日入群動息，歸鳥趨林鳴。」

（5）廣成子：上古仙人。一說，據正統道教說法，廣成子為黃帝之時太上老
君化身。《太上老君開天經》：「黃帝之時，老君下為師，號曰廣成子。消
自陰陽，作道戒經道經。黃帝以來，始有君臣父子，尊卑以別，貴賤有
殊。」一說，即老子。《神仙傳》卷一：「廣成子者，古之仙人也。居崆
峒山，石室之中。黃帝聞而造焉，曰：『敢問至道之要。』……廣成子蹶
然而起曰：『至哉！子之問也，至道之精，窈窈冥冥，至道之極，昏昏默
默，無視無聽，抱神以靜，形將自正；必靜必清，無勞爾形，無搖而精，
乃可長生。慎內閉外，多知為敗。我守其一，以處其和。故千二百歲而
形未嘗衰。得吾道者，上為皇；入吾道者，下為王。吾將去汝，適無何
之鄉，入無窮之門，遊無極之野，與日月齊光，與天地為常，人其盡死，
而我獨存焉。」黃帝問道於廣成子，又見《莊子・在宥》。陳子昂《薊丘
覽古贈盧居士藏用・軒轅臺》詩：「尚想廣成子，遺跡白雲隈。」

集評

劉辰翁曰：「所以桃李樹，吐花竟不言」，十字不知何從出？不辨其說，
謂出於「成蹊」，又淺淺知言者也。結得更超。（《唐詩品彙》卷四引）
蕭士贇曰：此篇謂世不知有道者之可尊，是世喪道矣。有道者見世如此，
遂亦無心用世焉。非所謂道喪世者歟？故曰交相喪也。於是淳源為澆風所散，
無復古道矣。「不採芳桂枝」者，以比有道者不見用；「反棲惡木根」者，以

比不道者反見用焉。此兩句伸上世喪道之意也。「所以桃李樹，吐花竟不言」者，以比有道者見世不重道，亦遂獨善其身，而終身隱默焉耳。此兩句伸上道喪世之意也。「大運有興沒，群動爭飛奔」者，謂有道者不用世，而舉世遂無知道之人，於是乎澆風日扇，淳源日散。大運有興有沒，而世之人膠膠擾擾，汨汨於情慾聲利之中，不過如昆蟲鳥獸之爭飛奔而已，可勝歎哉！「歸來廣成子，去入無窮門」者，乃太白見得世道如此，決意為有道者之歸。廣成子乃上古有道之人，黃帝之師，故託廣成子而言也。吁讀此詩者，百世之下猶有感激。（《分類補注李太白詩》卷二）

朱諫曰：（「世道」六句）世道交喪，時俗薄矣，淳厚之源變為澆風，好人之所惡，而惡人之所好，闢之不採芳桂之枝而反棲惡木之根也。馨香醜惡無所分別，所以桃李之樹但吐花而不言也，桃李芳桂同為嘉樹，故見芳桂之不採，各傷其類，亦終無言而已矣。（「大運」四句）言天地之大運，有興有沒，自然之數，不可以強為者，彼群動之物，營營擾擾，乃相爭於食色好惡之間，不能安於一定之分，是不知大運之理者也。故廣成子之知道者，靜一而不逐於物，入乎無窮之門，將與天地同始終也，豈眾人之所能測哉？是則廣成子之去，乃所以反吾之淳源也，豈若群動之紛紛以自勞者乎？（《李詩選注》卷一）

徐禎卿曰：此篇刺時也。（郭本李集引）

林兆珂曰：此太白慨夫世道之壞，風俗之失，淳厚致之，由是小人道長而君子濩落也，多言數窮，何如師廣成出入無窮之門也耶？（《李詩鈔述注》卷五上首注）

唐汝詢曰：言世道交喪，淳風盡漓。彼道義如芳桂，則棄之而不採；兇邪如惡木，則趨而託焉。舉世如此，所以賢者緘默全身，如桃李之無言耳。蓋大運有興必有沒，今蠢然無知輩方爭先馳驟其間，罔思禍亂之將及。惟有道如廣成子者，迺能翻然高舉，棲神太虛，而不為流俗所羈焉。夫太白亦廣成自負，宜絕世之滋垢也，乃從永王，以及於難，悲夫！此歎世衰俗薄，見世當抱道而隱也。（《唐詩解》卷三）

陸時雍曰：走筆如雲行鳥飛。（《唐詩鏡》卷一七）

王夫之曰：大似庾子山入關後詩，杜以為縱橫，柳以為清新，乃其不可及者，正在綿密。（《唐詩評選》卷二）

吳昌祺曰：「不採」「反棲」，太平直。（《刪訂唐詩解》卷二）

陳沆曰：三章（「世道日澆喪」「三季分戰國」「玄風變大古」）皆疾末世

而思古人，鄙榮利而懷道德，骨氣高奇，頗近射洪、阮公，世人讀《古風》
者，但取遊仙飄逸之詞，衷懷不繫耳。(《詩比興箋》卷三)

　　笈甫主人曰：上首批文：此首特為「正聲何微茫」句搜源，為文字之提
筆。　　句評：「世道日交喪」：此首與「郢客」一章相呼應。(《瑤臺風露》)

　　瞿、朱曰：陳氏此評乃並二十九、三十各章言之。(《李白集校注》卷
二)

　　詹鍈曰：按此詩起句云：「世道日交喪」，似與第十三首「君平既棄世，
世亦棄君平」之意略同。(《李白詩文繫年》附「《古風》五十九首集說」)

按語

　　蕭士贇之解說甚是；朱諫所言「君子小人無所分別」，李白所感憤者非
僅止於此，太白所見世風之淪落更深更甚，蓋世人遠君子而親小人也。林兆
珂所言慨世，徐禎卿所言刺時者，皆可通。詹鍈所言與《君平既棄世》篇意
略同者，亦是，身世相棄，世道交喪，同一理也，同一境也。此篇白歎世風
澆薄，錯亂顛倒，賢者無所棲身，只得遁世遠隱，可知其本心非純為遊仙也，
無可奈何耳。

　　理解此篇之關鍵在太白對熟典「桃李不言，下自成蹊」的反用，妙用，
隱用。劉辰翁只提出了對李白此典運用的疑惑，卻未作解。聯繫上句，由於
世人不辨「芳桂」而反棲「惡木」，不僅美惡混淆，甚至進而棄美取惡，世道
已壞，所以桃李雖為佳木，能吐花結實，卻閉口不言；李白此處用典只用了
「桃李不言」上半句，下半句隱去不說而反用其意，想表達之意(即上句「不
採芳桂枝，反栖惡木根」所言世人棄美取惡)與本典後半句「下自成蹊」蘊
含的「有華實自然吸引君子」之本意完全相反，所以對後半句表面上棄而不
用，實際上卻是有所隱射，反此熟典之本意而暗用之，表達桃李雖然吐露芳
華，但世道交喪，世人爭奔名利(即下句「大運有興沒，群動爭飛奔」)，已
不能為桃李之華實自然吸引，所以「桃李」只能「吐花不言」，而其下也不再
「自成蹊」也。可見李白運用典故之妙，不祖常法，正反之間，全由境活出，
隨心應手，有神鬼變幻莫測之妙。〔註10〕。

　　李白詩歌中喜用「桃李」之典，但前後感情截然不同。青年之時，都是

〔註10〕郭沫若在《李白的家室索隱》一文中亦引用「歸來儻佩黃金印，莫
　　　　見蘇秦不下機」句證明「反用典故應該說是李白的創舉」。郭沫若《李
　　　　白與杜甫》，人民文學出版社，1972年，第30頁。

積極向上的表達，或讚揚其光彩，或隱喻其青春，《寄遠十二首》其三：「桃李今若為？當窗發光彩。」《贈范金鄉》：「桃李君不言，攀花願成蹊。」《長歌行》：「桃李務青春，誰能貰白日。」《贈從弟冽》：「桃李寒未開，幽關豈來蹊？逢君發花萼，若與青雲齊。」滿是希冀提攜求進之意，對未來的仕途充滿了希望。此篇具言「世道交喪」之理，兩相比較，對同一典故的運用完全相反，實則由人生經歷和心境變化所致，「所以」「竟」二句，有洞察天道大運後的了悟之情和失望之感，當作於賜金放還之後，又由世道交喪之狀，推測大抵作於天寶中後期。類似篇章還有《松柏本孤直》篇「松柏本孤直，難為桃李顏」，《鳳飛九千仞》篇：「桃李何處開，此花非我春」，《前有樽酒行》篇：「青軒桃李能幾何，流光欺人易蹉跎」，《箜篌謠》：「多花必早落，桃李不如松」等，感情如出一轍。

其二十六　碧荷生幽泉

碧荷生幽泉，朝日艷且鮮[1]。秋花冒①綠水，密葉羅青烟[2]。
秀色空絕世，馨香誰為傳②[3]？坐看飛霜滿，凋此紅芳年[4]。
結根未得所，願託華池邊③[5]。

題解

　　朱言：比也。此以碧荷喻賢才也。
　按：此篇白以碧荷自比，抒求進之意。

編年

　　安旗繫於開元十六年（728 年），時李白 28 歲。曰：此及以下古風三首（「碧荷生幽泉」（其二十六）；「燕趙有秀色」（其二十七）；「青春流驚湍」（其五十二））皆比興言志之作，約作於本年前後。

　　詹鍈曰：當是入翰林以前之作。又曰：「《繫年》繫此詩於開元二十三年，安注本繫此詩於開元十六年，皆是約略之詞。」
　按：此篇作年無甚異議，當作於早年為是。

校記

　① 冒：咸淳本注：「一作罥」。李齊芳本作：「罥」。冒字為是，見注（2）。
　② 誰為傳：楊蕭本、嚴羽點評本、玉海堂本、郭雲鵬本、劉世教本、胡震亨本俱作「竟誰傳」。

③ 邊：咸淳本注：「一作蓮」。李齊芳本作「蓮」。

注釋

（1）荷：芙蓉也。屈原《九歌·湘君》：「採薜荔兮水中，搴芙蓉兮木末。」
王逸注：「芙蓉，荷也。生水中。」《玉篇》：「荷，芙蕖；蓮，荷實。」　幽
泉：朱諫注：「泉之隱而遠者也。」　「朝日」句：《文選》卷一一何
晏《景福殿賦》：「朝日曜而贈鮮。」呂向注：「日照則增光。」艷：杜預
注《左傳》：「美色曰艷。」曹植《名都篇》：「寶劍值千金，被服麗且鮮。」

（2）冒：《文選》卷二〇曹植《公讌詩》：「秋蘭被長阪，朱華冒綠池」，李善
注：「毛萇《詩傳》曰：『冒，猶覆也。』」蓋由上句「被」字所誤也。陳
子昂《感遇》其二：「幽獨空林色，朱蕤冒紫莖」。按：過去人們認為「冒」
當解釋為「覆蓋」，現在人們多解釋為「挺立，探出頭」，通其大意，二
字皆可。然聯繫上句「碧荷生幽泉」似用「挺立」意更佳，此二句當言：
荷之花苞尖尖，由水中冒出，冒尖而踴躍，亭亭而玉立；荷之綠葉團團，
鋪展在水面，青煙裊裊不散，收羅而無遺，「冒」字昭示著向外透，或向
上升的生命力，顯得更加鮮活生動。　密葉：陸機《招隱詩》：「輕條
象雲構，密葉成翠幄。」

（3）秀色：美色也。張衡《七辨》：「淑性窈窕，秀色美艷。」陸機《日出東
南隅行》：「鮮膚一何潤，秀色若可湌。」　絕世：冠絕無雙也。《漢
書·孝武李夫人傳》：「延年侍上起舞，歌曰：『北方有佳人，絕世而獨
立。』」　馨香：《尚書·君陳》：「至治馨香，感於神明。黍稷非馨，
明德惟馨。」

（4）飛霜：張協《七命》：「飛霜迎節，高風送秋。」王康琚《反招隱》：「凝
香凋朱顏，寒泉傷玉趾。」

（5）結根：《古詩十九首》之八：「冉冉孤竹生，結根泰山阿。」陸機《塘上
行》：「霑潤既已渥，結根奧且堅。」　華池邊：朱諫注：「華池，池之
美者。」《楚辭》卷一三東方朔《七諫》：「雞鶩滿堂壇兮，鼁黽遊乎華
池。」王逸注：「華池，芳華之池也。」《文選》卷二八陸機《塘上行》：
「被蒙風雨會，移居華池邊。」《山海經》《史記》皆言：崑崙山上有華
池。

集評

蕭士贇曰：此篇荷與華池，比也。謂君子有絕世之行，處於僻野而不為

世所知，常恐老之將至，而所抱不見於所用，安得託身於朝廷之上而用世哉？是亦太白自傷之意也歟？（《分類補注李太白詩》卷二）

《唐李白詩》：朱批曰：「馨香誰為傳」五字不忍再讀。（卷一）

朱諫曰：（「碧荷」四句）言碧荷生於幽泉之中。艷而且鮮，花冒綠水而葉羅青煙。生地雖僻而生質固美，喻賢才身雖在野而有材能技藝之可用也。（「秀色」四句）承上言荷之生於幽泉也，空有秀色馨香，無人知者，終於飄零而已，以喻賢者隱於岩谷之間，世無知己，卒老而無聞也。（「結根」二句）言綠荷雖有秀色馨香，與凡草木而同腐者，以其生於幽泉，結根不得其所也。須託於華池之邊，臨乎大都通邑之區，庶往來者眾而賞玩者多，香色有所傳聞，不徒然而凋零也。亦猶賢才附託得人，必有引薦之助，乃可致身朝廷，得君而行道也。否則棄捐沒齒，無所聞矣。又曰：昔者繆公無人乎？子思之側，則不能安。子思泄柳申詳無人乎？繆公之側，則不能安其身。二者白能有一於是乎，徒以不羈之才有願用之志，然亦未知所以自中，急於求術，故一進而遠退，讒間得乘之也，白蓋狂者之流，志大而言大者歟。（《李詩選注》卷一）

徐禎卿曰：此篇蕭說是也。（郭本李集引）

佚名曰：上首墨批：秋花之高潔，尚不能傳其馨香，□□□□□□□□□，而士之懷才，無人薦拔者，同以此慨已。　　朱批：士不能早見用，飄零隕落，堪為之歎息。（《李詩鈔述注》卷五上首注）

陸時雍曰：秀色可餐。（《唐詩鏡》卷一七）

《唐宋詩醇》曰：前有《郢客吟白雪》一篇云「舉世誰為傳」，此篇云「馨香竟誰傳」，傷不遇也。末二句情見乎辭，白未嘗一日忘事君也。求仙採藥，豈其本心哉？嚴羽云：觀白詩，要識其安身立命處。此類是也。（卷一）

陳沆曰：君子履潔懷芳，何求於世？然而未嘗忘意當世者，懼盛年之易逝，而思遇主以成功名也。（《詩比興箋》卷三）

方東樹曰：「碧荷生幽泉」言己賢而人不知，將老死也。（《昭昧詹言》卷七）

笈甫主人曰：句評：「碧荷生幽泉」：此首芳草。（《瑤臺風露》）

按語

蕭說為是；朱諫之言有過於激憤之處；《唐宋詩醇》、陳沆、方東樹之說亦有理。此必李白早年入仕之前所作，全詩雖然感傷，但仍洋溢著青春明艷

的情調，充滿了入世的渴望之情，自比生於「幽泉」之「碧荷」，「碧荷」雖
然在晨光中生機勃勃，「朝日艷且鮮」，有香有色，奈何生於僻靜無人知之「幽
泉」，致使色「空絕世」，香「誰為傳」？「飛霜」旦夕而至，紅顏轉瞬凋零；
太白見此，延及自身而滿目神傷，認為碧荷命運之淪落皆因託身有誤所致，
不若依傍華池，可免「飛霜」之禍，不致終身在寂寂無名中凋落。「坐看」「凋
此」二語，雖字字語荷，又滿是自傷自憐之情。結二句自陳心曲，可視作乃
一篇求進干謁之文，與孟浩然「坐觀垂釣者，徒有羨魚情」同意。此篇以「碧
荷」自喻，下篇以美艷的「趙女」自比，意甚契合，蓋為同時之作。

其二十七　燕趙有秀色①

燕趙有秀色，綺樓②青雲端(1)。眉目艷皎月，一笑傾城歡(2)。
常恐碧草晚，坐泣秋風寒(3)。纖手怨玉琴，清晨起長歎(4)。
焉得偶君子，共乘③雙飛鸞(5)？

題解

　　朱言：比也。此以美女喻君子也。
按：此篇白以趙女自比，與上篇同意。

編年

　　安旗繫於開元十三年（725 年），時李白 25 歲。
按：此篇當作於早年。

校記

① 後蜀韋縠《才調集》收錄此篇。
② 樓：兩宋本、李齊芳本作「樹」。咸淳本注：「一作樹」。
③ 乘：咸淳本注：「一作成」。《唐文粹》作「成」。

注釋

（1）燕趙：《古詩十九首》：「燕趙多佳人，美者顏如玉。」　　秀色：朱諫注：
　　　「女之美者也。」見上篇注（3）。　　雲端：陸機《擬西北有高樓》：「綺
　　　窗出塵冥，飛陛躡雲端。」
（2）眉目：《莊子》：「顏色之好。」　　一笑：宋玉《登徒子好色賦》：「嫣然
　　　一笑，惑陽城，迷下蔡。」傾城：朱諫注：「傾，盡也。言盡乎一城之人
　　　也。」陸厥《中山孺子妾歌》：「一笑傾城，一顧傾市。」《漢書·外戚傳》

　　李延年《佳人歌》：「寧不知傾城與傾國？佳人難再得！」陶淵明《閒情賦》：「表傾城之艷色，期有德於傳聞。」

（3）「常恐」：楊齊賢注：「班婕妤《怨歌行》：『常恐秋節至，涼飆奪炎熱。』亦此意。」朱諫注：「碧草、秋風，時之邁也。」漢樂府《長歌行》：「常恐秋節至，焜黃華葉衰。」　　碧草：江淹《雜體詩·張司空華離情》：「庭樹發紅彩，閨草含碧滋。」

（4）「纖手」二句：朱諫注：「玉琴、長歎，喻不見，是而致悶也。」陸機《擬西北有高樓》：「佳人撫琴瑟，纖手清且閒。」曹植《美女篇》：「盛年處房室，中夜起長歎。」

（5）「焉得」二句：朱諫注：「君子，喻君也；乘鸞，喻得君也。」《詩·周南·關雎》：「窈窕淑女，君子好逑。」　　乘鸞：此用蕭史、弄玉典故。江淹《雜體詩·班婕妤詠扇》：「畫作秦王女，乘鸞向煙霧。」

集評

　　嚴羽曰：手怨佳，寓意託深。（嚴羽、劉辰翁評點，聞啟祥輯《李杜全集》卷一）

　　蕭士贇曰：此詩比興，與二十六首同意。懷才抱藝之士，惟恐未見用之時而老之將至，思得君子而附離，與共爵位而用世也。士有志而不遇者，讀之能不有一唱三歎而有餘悲也邪。（《分類補注李太白詩》卷二）

　　朱諫曰：（「燕趙」六句）言燕趙之地有佳人焉，居於綺樓之上，其樓之高連乎青雲。是美女也，眉目之艷，有如皎月，一笑之間，傾城皆歡，無有不悅之者。常恐時過色衰為可惜，是以未免於自傷也。彼君子者，懷才抱德，高棲於丘壑之中，澤可被於斯民，但恐不得及時以行其道，窮居至老，為可悲耳。（「纖手」四句）言佳人之過時而不得良配，則鳴琴以自悲，於晨興之時，或發長歎。夫室家之願，人皆有之。安得偶乎有德之君子，共乘雙鸞，以諧婉鸞者乎？是猶賢者不得於君，則熱中願仕之心未嘗忘也。（《李詩選注》卷一）

　　徐禎卿曰：此篇與上同意。（郭本李集引）

　　林兆珂曰：傷時感遇，與《離騷》美人遲暮同慨，雖有智慧，不如乘時，毋徒託怨玉琴也。　　紅批曰：恐美人之遲暮。（《李詩鈔述注》卷五上首注）

　　佚名曰：依模古調，託喻閨人。（梅鼎祚《李詩鈔評》上首批文）

　　曾國藩曰：美女求偶，皆喻賢才求主，不獨此首為然，亦不獨公詩為然。
（《求闕齋讀書錄》卷七）

　　笈甫主人曰：上首批文：上首香草，此首美人，騷人之哀怨如此，此從
《大雅》不作之後，賴以繼微茫之正聲者也。　　句評：「燕趙有秀色」：此
首美人。（《瑤臺風露》）

　　瞿、朱曰：此首與卷十之《贈裴司馬》詩意略同，既以怨女自喻，亦以
怨女喻人。（《李白集校注》卷二）按：此語不妥，兩詩有別，見按語。

　　詹鍈曰：《感興》八首之第六首與此篇互有同異，蓋一詩之兩傳者也。
（《李白詩文繫年》）按：《感興》八首其六曰：「西國有美女，結樓青雲端。
蛾眉艷皎月，一笑傾城歡。高節不可奪，炯心如凝丹。常恐彩色晚，不為人
所觀。安得配君子，共乘雙飛鸞。」此篇極有可能詩成之時即為「孿生底
本」。「孿生底本」的概念論述詳見《李白〈古風〉五十九首異文考論》

按語

　　蕭說為是；林兆珂言及《離騷》之「香草美人」模式，良有見地，曾國
藩、笈甫主人認同其說；瞿、朱之言須辯，《贈裴司馬》曰：「翡翠黃金縷，
繡成歌舞衣。若無雲間月，誰可比光輝。秀色一如此，多為眾女譏。君恩
移昔愛，失寵秋風歸。愁苦不窺鄰，泣上流黃機。天寒素手冷，夜長燭復
微。十日不滿匹，鬢蓬亂若絲。猶是可憐人，容華世中稀。向君發皓齒，顧
我莫相違。」由「多為眾女譏」「君恩移昔愛」「失寵秋風歸」等語，可知當
為白「賜金放還」之後所作，與此篇殊有區別，此篇所寫為青春女子，面目
姣好，而不遇君子，因而憂心愁苦，明顯是未出世之前的心緒寫照，以女子
求偶喻賢才求主，充滿了入仕的渴望和熱切，當為青年之時，玄宗召見之前
所作，但《贈裴司馬》則明顯是曾經恩遇，被讒之後失去君心，仍不甘心希
望再次蒙受恩寵的寫照，當作於賜金放還之後，兩篇心境大不相同，不可同
日而語。

其二十八　容顏若飛電

容顏若飛電，時景如飄風[(1)]。草綠霜已白，日西月復東[(2)]。
華鬢①不耐秋，颯然成衰蓬[(3)]。古來賢聖人，一一誰成功[(4)]？
君子變猿鶴，小人為沙蟲[(5)]。不及廣成子②，乘③雲④駕輕鴻[(6)]。

題解

朱言：賦也。此言時之易國，人之易老也。

按：此篇歎時光易逝，傷年歲不待，由失望而轉為求仙。

編年

安旗繫於天寶十二年（753年），時李白53歲。

按：由華鬢成衰蓬，可知此篇應作於中晚年。

校記

① 鬢：胡震亨本作「髮」。

② 廣成子：咸淳本注：「一作廣塞上」。

③ 乘：朱諫本作「垂」，誤。

④ 云：咸淳本注：「一作馬」。李齊芳本作「馬」。

注釋

（1）飄風：旋風。 「容顏」二句：朱諫注：「飛電、飄風，言其速也。」陶淵明《飲酒》其三：「一生復能幾？倏如流電驚。」

（2）「草綠」二句：徐禎卿注：「此二句言方春而秋，倏日而夜。」張協《雜詩》其三：「寒花發黃彩，秋草含綠滋。」 霜：《春秋元命苞》：「一陰一陽一凝為霜。霜以殺木，露以潤草。」 日西月復東：《禮記》：「日月東西相從而不已也。」

（3）颯然：猛然，突然。《五代史平話‧梁史》卷上：「世境颯然如夢斷，豈能和淚拜親闈？」 蓬：草也。

（4）誰成功：徐禎卿注：「言未有能成仙舉者也。」朱諫注：「成功，言其得位以成功業也。」朱說近似。

（5）君子變猿鶴：《藝文類聚》卷九〇《鳥部》：「《抱朴子》曰：『周穆王南征，一軍盡化，君子為猿為鶴，小人為蟲為沙。』」王琦注：「今本《抱朴子》云：『三軍之眾，一朝盡化。君子為鶴，小人成沙。』與古書所引迥異。」徐禎卿注：「『為猿鶴』『為蟲沙』言君子、小人皆莫逃於陰陽變化之中也。」朱諫注：「猿鶴、沙蟲，言其物化而不存也。」按：後以猿鶴、沙蟲與陣亡的將士或死於戰亂的人民。

（6）廣成子：見其二十五注（5）。 乘云：《莊子‧逍遙遊》：「藐姑射之山，有神人居焉，肌膚若冰雪，綽約若處子。不食五穀，吸風飲露。乘雲

氣，御六龍，而遊乎四海之外。」《漢武帝內傳》：「王母乘紫雲之輦，駕九色班龍。」　　駕輕鴻：郭璞《遊仙詩》其三：「赤松臨上游，駕鴻乘紫煙。」

集評

楊齊賢曰：人之容色易變，如時景易過。草綠俄白，且晝俄夜。不覺蒼鬢颯然成衰蓬矣。此言人暫始有極然，不若仙化之為高也。（《分類補注李太白詩》卷二）

蕭士贇曰：此言人暫少忽老，光景易流，千變萬化，未始有極，然不若仙化之為高也。（《分類補注李太白詩》卷二）

朱諫曰：（「容顏」六句）夫容顏之變，有如飛電；時景之去，忽如飄風。草方綠而霜又白，日既西矣而月復東。時景易去而不可久留者，信乎若飄風之速也。少年黑髮，忽成華鬢，颯如飛蓬，不耐乎秋。容顏易變而不能長好者，信乎若飛電之迅也。（「古來」六句）承上言人生易老而時景易過如此，自古以來，賢聖之人存心於斯世者，能有幾人得成功業者乎？大運變遷，人物消化。為君子者，皆變為猿鶴；為小人者，皆變為沙蟲。不分貴賤賢愚，而同歸於澌盡。安得有如廣成子之仙人者，乘浮雲，駕輕鴻，遊於太虛之中，久視而長生者乎？是則眾人之容顏皆易衰，舉世之時景皆易過。泯泯焉隨物而成，不知從仙之術，此可哀也。（《李詩選注》卷一）

徐禎卿曰：此篇亦慕仙之詞也。寫猿鶴寫蟲沙，言君子小人皆莫逃於陰陽變化之中也。誰成功，然未有能仙舉者也。（郭本李集引）

方東樹曰：亦言時日日促，不如求仙。（《昭昧詹言》卷七）

曾國藩曰：此首亦傷時光之易逝也。（《求闕齋讀書錄》卷七）

奚祿詒曰：老而功業不立，良可悼也。（見《李詩通》卷六手批）

笈甫主人曰：上首批文：銜上首，草晚風寒而下，此其所以為哀怨也。　　句評：「君子變猿鶴，小人為沙蟲」：此即兵戈啖食之意，哀怨之所由深也。（《瑤臺風露》）

朱偰曰：太白既懷才不遇，故往往有超世之想，而自託於理想世界。此所謂超世，既非佛家之出世，亦非隱者之遯世，但自求其精神之解放，而超然自得於世外而已。故一方則求永生，一方則唯玩世。《古風》詩中，以此類詩為最多。（《李白古風之研究》）

郁賢皓曰：詩的主旨是仰慕成仙。作年不詳。（《李白全集校注》卷一）

按語

　　此篇楊、蕭之解皆合理，徐禎卿、朱諫、方東樹慕仙之說恐非，奚祿詒、曾國藩之說有失偏頗。前二句總括容顏易老，時光飛逝；第二句照應三四句，歎「時光易逝」；第一句照應五六句，歎「人生易老」；七至十句歎「功業浮雲」，發問即使是自古以來的聖人，也無法真正成功，湮沒在歷史的長河中；末二句以「不如仙去」作結，乃自我開解之意。「華鬢」成「衰蓬」，與《黃河走東溟》（其十一）之「春容捨我去，秋髮已衰改。」《金華牧羊兒》（其十七）「未去髮已白」同意。此篇當作於李白暮年，不僅寫容顏已老，功名之心消歇，且充滿了看透世事的蒼涼和無奈之情。

其二十九　三季分戰國

三季分戰國，七雄成亂麻[1]。王風何怨怒？世道終紛拏[2]。
至人洞玄①象，高舉凌紫霞[3]。仲尼欲②浮海，吾祖之流沙[4]。
聖賢共淪沒，臨歧胡③咄嗟[5]？

題解

　　朱言：賦也。此造亂被黜自傷之辭也。

　　安旗曰：此及下篇皆預感天下將亂而思遁世之作。

　按：此篇預言世道將亂，似為讖語。

編年

　　安旗繫於天寶十二年（753 年），時李白 53 歲。

　　郁賢皓曰：此詩可能作於安史之亂初期。

　按：此篇當作於中晚年。

校記

① 玄：兩宋本、咸淳本、《唐李白詩》、《唐翰林李太白詩》作「元」。

② 欲：兩宋本作「亦」，並注「一作欲」。

③ 胡：胡震亨本作「何」。

注釋

（1）三季：夏商周三代之末世。《國語》：「郄偃曰：『夫三季，王之宜亡也。』韋昭曰：『季，末也。三季，王桀、紂、幽王也。』」《漢書》卷一百下《敘傳》：「三季之後，厥事放紛。」顏師古注：「三季，三代之末也。」

朱諫注：「季，末也。」陳子昂《感遇》其十七：「三季淪周赧，七雄滅秦嬴。」　　七雄：《文選》卷三張衡《東京賦》：「是時也，七雄並爭。」李善（薛綜）注：「七雄，謂韓、魏、燕、趙、齊、楚、秦也。」《前漢‧天文志》：「秦以兵兼六國，外攘四夷，死人如亂麻。」

（2）王風：楊齊賢注：「王風，王國之風，《黍離》以下是也。」見《大雅久不作》（其一）注（2）。　　世道：陳子昂《感遇》其十四：「臨歧泣世道，天命良悠悠。」　　紛拏：相率，同紛挐。王琦注：「按《說文》：拏，牽引也，從手奴聲，女加切。挐，持也，從手如聲，女加切。蓋義雖別而音則同。至《韻會》，始以拏入麻韻，挐入魚韻，析而為二。然考之經史傳注，挐、拏二字通用，並有二音義，亦相互從合可也。」《史記‧衛將軍驃騎列傳》：「時已昏，漢、匈奴相紛拏。」《正義》曰：「《三蒼解詁》云：紛拏，相率也。」《漢書‧衛青霍去病傳》：「昏，漢、匈奴相紛挐。」顏師古注：「紛挐，亂相持搏也。」王逸《九思‧悼亂》：「嗟嗟兮悲夫，殽亂兮紛拏。」王粲《閒邪賦》：「情紛拏以交橫，意悽慘而增悲。」

（3）至人：楊齊賢注：「至人，至德之人。至人洞知天數，不具堯舜之運，乃高舉遠引，出風塵之表。」朱諫注：「至人者，人之至極，而無以加者也。」王琦注：「至人，謂聖人。」《莊子‧逍遙遊》：「至人無己，神人無功，聖人無名。」成疏：「詣於靈極，故謂之至。」《素問‧上古天真論》：「中古之時，有至人者，淳德全道，和於陰陽，調於四時，去世離俗，積精全神，遊行天地之間，視聽八達之外，此蓋益其壽命而強者也。」《淮南子‧精神訓》：「若夫至人，量腹而食，度形而衣，容身而遊，適情而行，餘天下而不貪，委萬物而不利，處大廓之宇，遊無極之野，登太皇，馮太一，玩天地於掌握之中。」　　玄象：朱諫注：「玄，天也；玄象者，天之象數也。」王琦注：「玄象，謂天象。」《抱朴子》：「故聾瞽在乎形器，則不信豐隆之與玄象矣。」　　高舉凌紫霞：陸機《前緩聲歌》：「獻酬既已周，輕舉乘紫霞。」

（4）浮海：《論語‧公冶長》：「子曰：道不行，乘桴浮於海，從我者其由與？」　　吾祖：蕭士贇注：「唐以老子為祖，太白乃興聖皇帝九世孫，故稱吾祖。」　　流沙：《列仙傳》卷上《關令尹》：「關令尹喜者，周大夫也……老子西遊，喜先見其氣，知有真人當過。物色而遮之，果得老子。老子亦知其奇，為著書授之。後與老子俱遊流沙，化胡，服苣勝實，

莫知其所終。」

（5）聖賢：朱諫注：「謂孔子與老子也。」　　臨歧：朱諫注：「臨歧，白自謂也。」　　咄嗟：歎息。《抱朴子·勤求》：「且夫深入九泉之下，長夜罔極，始為螻蟻之糧，終與塵壤合體，令人怛然心熱，不覺咄嗟。」左思《詠史》其八：「俯仰生榮華，咄嗟復凋枯。」

集評

蕭士贇曰：此詩其作於安史亂離之後，遭難被黜之時乎？不然，何有羨乎古人之高飛遠舉者耶？其志亦可哀矣。（《分類補注李太白詩》卷二）

朱諫曰：（「三季」四句）言三代之末，周道既衰，分為戰國。七雄相爭，勢如亂麻。王風降為《黍離》，大夫之行役者，閔宗周之顛覆，歎宗廟之邱墟，仰悠悠之蒼天，詰何人而致亂，其辭則怨且怒矣。王政不綱，諸侯用兵，以相爭強，世道紛紛而擾亂矣。（「至人」四句）言週末之時，世道既衰，惟至人能察於玄象之微，而知進退存亡之理，見幾而作。故仲尼乘桴而浮於海，老子乘青牛而之流沙，皆厭斯世之污濁，高蹈遠引，欲潔身以自全也。（「聖賢」二句）言世衰道微，賢聖皆欲自晦其跡。吾今遭難而被黜，亦宜引去，如古人之無所繫累者，斯可也。臨歧即往，何歎嗟之有哉！（《李詩選注》卷一）

徐禎卿曰：此篇白厭世亂而思去之之詞也。（四部本李集）

林兆珂曰：亂世危邦，至人所不居，言欲追蹤浮海出關也。（《李詩鈔述注》卷五上首注）

陳沆曰：三章（此篇與前《世道日交喪》（其二十五），後《玄風變大古》（其三十））皆疾末世而思古人，鄙榮利而懷道德。（《詩比興箋》卷三）

曾國藩曰：此首亦欲高舉出世。（《求闕齋讀書祿》卷七）

笈甫主人曰：句評：「三季分戰國」：此衍「荊榛」句意也。「王風何怨怒」：「王風」二字用明，點起句，明點戰國，是倒敘法。「聖賢已淪沒，臨歧胡咄嗟」：此即「憲章已淪」句意。（《瑤臺風露》）

安旗曰：觀「至人洞玄象」句，可知首四句為將然之辭，非謂已亂。（《李白全集編年箋注》卷十）

朱偰曰：太白以希世之才，遭逢喪亂，文不能安邦，武不能定國。加以姦臣當道，外戚弄權，縱慾文章華國，尚且蒙讒見放，此太白之所以不能無憾也。（《李白〈古風〉之研究》）

按語

　　安旗之說有理，「至人洞玄象」句乃太白讚美聖人能在世亂之前洞察先機，遠身自保，故蕭說認為作於安史之亂後，似非是。此篇充滿風雲詭譎之氣，蓋世亂將至，太白欲希聖自保也。「戰國」「王風」「仲尼」「淪沒」等詞，句句照應首篇《大雅久不作》之前半部分，笈甫主人之說不無道理，《古風》五十九首，自此篇之後的半數約三十篇，除了其三十三《北溟有巨魚》明顯作於早年，充滿了昂揚之氣外，其餘篇目皆漸次趨於蕭索悲涼，從整體的書寫內容到感情氛圍，都顯得較為一致統一，這也表明了《古風》大體上原有一定的排列次序，只是為後人所亂，才顯得如今之所見一般，有些雜亂無章。

其三十　玄風變大古

玄風變大①古，道喪無時還⁽¹⁾。擾擾季葉②人，雞鳴趨四關⁽²⁾。
但識金馬門，誰③知蓬萊山⁽³⁾？白首死羅綺，笑歌無休④閑⁽⁴⁾。
滌⑤酒哂丹液⑥，青娥凋素顏⑦⁽⁵⁾。大儒揮金槌⑧，琢之⑨詩禮間⁽⁶⁾。
蒼蒼三珠樹，冥目焉能攀⁽⁷⁾？

題解

　　朱言：賦也。白以古道既喪，末世滋偽，雖儒者亦務於小節而已。
　　按：此篇寫世亂之徵象。

編年

　　安旗繫於天寶十二年（753 年），時李白 53 歲。
　　按：此篇亦當作於中晚年，與上篇約為同時之作。

校記

① 大：餘本皆作「太」。「大」古通「太」。
② 季葉：兩宋本、《唐翰林李太白集》、王琦本注「一作市井」。
③ 誰：兩宋本、《唐翰林李太白集》、胡震亨本、王琦本均注「一作詎」。劉世教本注：「誰知一作詎知。」
④ 休：兩宋本、《唐李白詩》、《唐翰林李太白集》、王琦本注「一作時」。楊蕭本、嚴羽點評本、玉海堂本、郭雲鵬本、劉世教本、李齊芳本俱作「時」。

⑤ 淥：咸淳本、楊蕭本、嚴羽點評本、《唐李白詩》、玉海堂本、郭雲鵬本、劉世教本、胡震亨本、李齊芳本均作「綠」。王琦本注：「蕭本作綠。」

⑥ 液：咸淳本作「經」。

⑦ 淥酒哂丹液，青娥凋素顏：兩宋本注：「一作萋萋千金骨，風塵凋素顏。」

⑧ 槌：楊蕭本、嚴羽點評本、《唐李白詩》作「椎」。

⑨ 琢之：兩宋本、劉世教本注：「一作發琢。」

注釋

（1）玄風：玄風，指上古的世風或文風，而非魏晉玄學之風。朱諫注：「玄風，玄素太古之風也。」李白《金陵與諸賢送權十一序》：「我君六葉繼聖，熙乎玄風。」蕭統《文選序》：「式觀元始，眇覿玄風。」　大古：即太古，上古，遠古。《禮記・郊特牲》「大古冠布」句下鄭玄注：「唐虞以上曰太古也。」「玄風變大古」：即「太古玄風變」，謂上古樸素清淨的世風已經改變了。《列子・楊朱》：「太古之人，知生之暫來，知死之暫往，故從心而動，不違自然所好。」　無時還：不可復還。　按：李白一直秉承著世道日衰，代變代降的觀點。《大雅久不作》《世道日交喪》等篇皆是如此。

（2）擾擾：紛亂的樣子。《國語・晉語六》：「唯有諸侯，故擾擾焉。」　季葉：蕭士贇注：「末世也。」阮籍《詠懷》：「季葉道陵遲，馳騖紛垢塵。」　雞鳴：《孟子・盡心》上：「雞鳴而起，孳孳為利者，跖之徒也。」《詩・齊風・雞鳴》：「雞既鳴矣，朝既盈矣。匪雞則鳴，蒼蠅之聲。東方明矣，朝既昌矣。匪東方則明，月出之光。蟲飛薨薨，甘與子同夢。會且歸矣，無庶予子憎。」鮑照《行藥至城東橋詩》：「雞鳴關吏起，伐鼓早通晨。」　四關：《文選》卷二八鮑照《結客少年場行》：「升高臨四關，表裏望皇州。」李善注：「陸機《洛陽記》曰：『洛陽有四關，東為城皋，南為伊闕，北孟津，西函谷。』」楊齊賢曰：「（上四句）玄素之風變乎太古，大道淪喪不可復還。季世之人，以榮枯得喪為一身之損益，惟名利是趨。」

（3）金馬門：《史記・滑稽列傳》：「金馬門者，宦者署門也。門傍有銅馬，故謂之『金馬門』。」《後漢書》卷二四《馬援列傳》：「孝武皇帝時，善相馬者東門京鑄作銅馬法獻之，有詔立馬於魯班門外，則更名魯班門曰金馬門。」　蓬萊山：《山海經》卷一二《海內北經》：「蓬萊山在海中。」

　　郭璞注：「上有仙人宮室，皆以金玉為。鳥獸盡白，望之如雲。在渤海中
　　也。」東方朔《海內十洲記》：「蓬丘，蓬萊山是也。對東海之東北岸，
　　周迴五千里。外別有圓海繞山，圓海水正黑，而謂之冥海也。無風而洪
　　波百丈，不可得往來。上有九老丈人，九天真王宮，蓋太上真人所居。
　　唯飛仙有能到其處耳。」蕭士贇注：「此言人但知人間之富貴，而不知海
　　外之仙景也。」

（4）羅綺：羅與綺，皆絲織品，常為婦女所服，喻女子。「白首死羅綺」謂至
　　死不離女色。　　「笑歌無休閑」謂盡日歌舞無休。

（5）淥酒：又作綠酒，即清酒，本為祭司之酒，此指清純之酒。陶淵明《諸
　　人共遊周家墓柏下》：「清歌散新聲，綠酒開芳顏。」　　哂：譏笑，嘲
　　笑。　　丹液：見《鳳飛九千仞》（其四）注（8）。　　青娥：少女。楊
　　齊賢注：「《方言》：秦晉間美貌謂之娥。」朱諫注：「青，黛也，古者婦
　　人畫眉以黛，或曰娥作蛾，謂蛾眉也。」江淹《水上神女賦》：「青娥羞
　　艷，素女慙光。」　　素顏：朱諫注：「素，白也。素顏，猶云玉顏也。」

（6）「大儒」二句：朱諫注：「琢，琢玉也。金槌，所以琢玉者。」《莊子·
　　外物》：「儒以詩禮發冢，大儒臚傳曰：『東方作矣，事之何若？』小儒曰：
　　『未解裙襦，口中有珠。《詩》固有之曰：青青之麥，生於陵陂。生不布
　　施，死何含珠為？接其鬢，壓其顪，儒以金椎控其頤，徐別其頰，無傷
　　口中珠！』李白以此典故諷刺大儒即大盜。

（7）蒼蒼：曹植《贈白馬王彪》：「太谷何寥廓，山樹鬱蒼蒼。」另見《太白
　　何蒼蒼》（其五）注（1）；《在世復幾時》（其二十）注（15）。　　三珠
　　樹：朱諫注：「三珠樹，仙樹也。」王琦注：「三珠樹，乃仙境所生。」
　　《山海經》卷六《海外南經》：「三珠樹在厭火北，生赤水上。其為樹如
　　柏，葉皆為珠。一曰其為樹若彗。」　　「冥目」句：王琦注：「謂至死
　　不得採，以照上文『焉知蓬萊山』之意。」奚祿詒批：「憤詞耳。非真謂
　　『蓬萊』『三珠樹』也。」

集評

　　嚴羽曰：戀此卻彼。惟「哂」字寫得盡情又含蘊，他字不能代也。（嚴
羽、劉辰翁評點，聞啟祥輯《李杜全集》卷一）

　　嚴羽本載明人曰：肆口道去，亦自快然。但覺不甚古雅。（嚴羽、劉辰
翁評點，聞啟祥輯《李杜全集》卷一）

蕭士贇曰：此詩太白感時憂世之作，意謂古道日喪，季世之人不復返樸，汩沒於名利聲色之場，至死不悟。所謂儒者，又皆假經欺世，借儒術以行其竊取之心。漢諺所謂「懸牛頭，賣馬脯，道跖行，孔子語」者也。彼豈知大道無為自然之化哉！三珠之樹，喻大道也。雖蒼蒼在前，乃如人之冥然無見，安能攀而至乎？憂憤之意，微而顯矣。（《分類補注李太白詩》卷二）

朱諫曰：（「玄風」四句）謂夫道者，太古之道也。太古玄素之風既變，而道喪矣。道喪何時而還乎？其流愈下，至於末世，唯利是圖。雞鳴而起，紛趨四關。擾擾然慕功名，求富貴，而無一刻之暇也。（「但識」六句）言末世之人惟求富貴，但識金馬之門，以為榮身之地而已，安知蓬萊之山為仙人之所居者乎？故終身溺於服食聲色之奉，極其繁侈，而不知所樽節也，又安知太古之風乎？（「大儒」四句）言末世之人，皆趨富貴。而儒者頗知自持，將欲正彼之失，揮金槌而琢之於詩禮之間，使之就規矩，知廉恥，而不至於肆情以徇物也。雖云彼善於此，亦是小節而已，未聞太古之大道。是道也，即仙家所謂三珠之樹，蒼蒼然在於崑崙之丘，惟得道者能見之。彼儒者所見，不過近小之物，於此或昧焉。又烏能折其榮而攀其條乎？（《李詩選註》卷一）

徐禎卿曰：白言太古尚玄，今其風變矣。風變則道喪矣，何時而能反本乎？何也？蓋以小人趨於名利之途，君子雕琢乎詩禮之術，紛紜汨亂，安能成清靜無為之化哉！此篇傷玄風之寂寥也。（郭本李集引）

陸時雍曰：言不妄作，其中實有塵視一切氣象。（《唐詩鏡》卷一七）

王闓運曰：楊士驤凡羨之，太白亦未嘗不羨也。（《唐詩選》卷一）

笈甫主人曰：上首批文：騷人之哀怨由於戰國之荊榛，自是而豺虎相啖食，迄於狂秦極矣。此處三首（指上首「三季分戰國」，此首「玄風變大古」，與下首「鄭客西入關」）皆發明第一章四五六句之旨而邅衍之，特以倒挽出之，以見參差變化。沉摯中獨饒清逸之味，太白獨步。　　　句評：「元風變太古，道喪無時還」：此衍「王風」「戰國」二句意也。「但識金馬門，誰知蓬萊山。白首死羅綺，笑歌無時間」：忽又為「躍鱗」一輩人作影子於本章，為繁華墊筆，奇妙無匹。「大儒揮金椎，琢之詩禮間」：又影入騷人，草意變化不測。（《瑤臺風露》）

王琦曰：蕭士贇曰：……三珠樹乃仙境所生，冥目焉能攀，謂至死而不得採，以照上文「焉知蓬萊山」之意。（《李太白全集》卷二）

郁賢皓曰：此詩作年不詳，乃詩人憤時憂世之作。(《李太白全集校注》卷一)

按語

蕭說為是；徐禎卿釋「玄風」為「清靜無為之化」，有引導向老莊玄學之嫌，非是；朱諫解釋為「太古玄素之風」為是；可理解為《大雅久不作》篇所言「元古」「清真」之風；此太白憂時復古之思，充滿了憤激之情。

此篇與上篇似亦有聯繫，上篇借史發言，視角宏闊，言「至人」已經洞察天機，欲於世道將亂之前求仙而去，全身遠禍；此篇著墨現實，細緻刻畫，言處於統治階層的人依然渾渾噩噩，紛紛擾擾，白首羅綺，歌舞不休，為名利奔走，沉溺不能自拔，即使是有識見的「大儒」希冀能以詩禮當頭棒喝之，無奈亦非太古大道，終究不能救世，仙家之「三珠樹」不是此類人所能攀登的。

金馬門者，始建於漢武帝時，唐人多有以漢皇(常指武帝)喻唐明皇者，如白居易《長恨歌》曰：「漢皇重色思傾國」，指向甚明，《古風》中亦不乏以秦皇暗喻玄宗者，如其三《秦皇掃六合》篇，其四十八《秦皇按寶劍》篇；玄宗與武帝有許多相似之處，皆前期雄才大略，開創盛世，後期沉迷遊仙歌舞，濫耗武力，致使朝綱淪落，且漢代和唐代皆有宦官問題，此篇承接上篇而來，上篇言能洞察先機的「至人」；此篇所譏諷者乃是漢代以後世道開始淪喪，但仍沉迷富貴不能了悟的社會中上層貴族階級；下篇所讚許的是秦時淳樸的百姓反而能在世亂之前徹悟，相約前往「桃花源」避難，以此更見出漢代以後「道喪」而世人「迷途」之狀。李白深深體會到季葉之時，風雅淪落的社會現實，如《贈常侍御》亦曰：「大賢有卷舒，季葉輕風雅。」

其三十一　鄭客西入關

鄭客西入關，行行未能已[1]。白馬華山君，相逢平原里[2]。
璧遺鎬池君①，明年祖龍死[3]。秦人相謂曰：吾屬可去矣[3]。
一往桃花源，千春隔流水[5]。

題解

朱言：賦也。此白遭亂罹憂，而自歎之辭也。

按：此篇題旨模糊難辨，詠史之意甚明，而無一語明確言及自身，似為世道將亂，身將避亂歸隱而感發。

編年

安旗繫於天寶十二年（753 年），時李白 53 歲。乃李白自「幽州之行」歸來有感而發。

郁賢皓曰：當是天寶十一載（752）李白到幽州探悉安祿山招兵買馬伺機謀叛之跡以後有感所作。

按：此篇作年不詳。

校記

① 君：兩宋本、咸淳本作「公」。

注釋

（1）鄭客：朱諫注：「鄭客，秦使自鄭而回者也。」《史記・秦始皇本紀》：「三十六年秋，使者從關東夜過華陰平舒道，有人持璧遮使者曰：『為吾遺滈池君。』因言曰：『今年祖龍死。』使者問其故，因忽不見，置其璧去。使者奉璧，具以聞。始皇默然良久，曰：『山鬼固不過知一歲事也。』退言曰：『祖龍者，人之先也。』使御府視璧，乃二十八年行渡江所沈璧也。」　行行：《古詩十九首》：「行行重行行。」

（2）白馬華山君：《搜神記》卷四：「始皇三十六年，使者鄭容從關東來，將入函關，西至華陰，望見素車白馬，從華山上下。疑其非人，道住止而待之。遂至，問鄭容曰：『安之？』答曰：『之咸陽。』車上人曰：『吾華山使也。願託一牘書，致鎬池君所。子之咸陽，道過鎬池，見一大梓，有文石，取款梓，當有應者。』即以書與之。容如其言，以石款梓樹，果有人來取書。明年，祖龍死。」朱諫注：「君者，主也，神之稱也。《楚辭》所謂『湘君』之類是也。」　平原里：朱諫注：「平原里，即華陰平舒道也。」《唐宋詩醇》：「『平原』當作『平舒』。」

（3）鎬池：朱諫注：「鎬池，在長安西南。」《史記集解》：「服虔曰：『滈池君，水神也。』張晏曰：『武王居鎬，鎬池君則武王也。武王伐商，故神云始皇荒淫若紂矣，今亦可伐也。』孟康曰：『長安西南有滈池。』」《史記索隱》：「按，服虔云水神是也。江神以璧遺滈池之神，告始皇之將終也。且秦水德王，故其君將亡，水神先自相告也。」　明年：閻若璩《潛丘雜記》卷二：「余嘗疑《秦始皇本紀》今字必明字之譌，證有二焉。一，果三十七年七月，始皇崩於沙丘平臺，其言驗。一，始皇曰：山鬼固不過知一歲事。譏其伎倆僅知今年，若彼所云明年之事，彼豈能預知道乎？

　　幸其言不驗。可謂妙解而苦無文字可據，今讀李白《古風》詩云……乃
知太白唐時所見《史記》本尚無譌。」　　祖龍：裴駰《史記集解》：「祖，
始也。龍，人君象。謂始皇也。」

（4）「秦人」二句：蕭士贇注：「此兩句，是暗指《史》所謂『侯生、盧生相
與謀曰：始皇為人，天性剛戾，樂以刑殺為威。秦法：不得兼方，不驗，
輒死。貪於權勢至如此，未可為求仙藥，於是乃亡去。』之事。」

（5）桃花源：朱諫注：「桃源者，秦人避亂之地也。」陶淵明《桃花源記》：「晉
太元中，武陵人捕魚為業。緣溪行，忘路之遠近。忽逢桃花林，夾岸數
百步，中無雜樹，芳草鮮美，落英繽紛，漁人甚異之。復前行，欲窮其
林。林盡水源，便得一山，山有小口，彷彿若有光。便捨船，從口入。
初極狹，才通人。復行數十步，豁然開朗。土地平曠，屋舍儼然，有良
田美池桑竹之屬。阡陌交通，雞犬相聞。其中往來種作，男女衣著，悉
如外人。黃髮垂髫，並怡然自樂。見漁人，乃大驚，問所從來。具答之。
便要還家，設酒殺雞作食。村中聞有此人，咸來問訊。自云先世避秦時
亂，率妻子邑人來此絕境，不復出焉，遂與外人間隔。問今是何世，乃
不知有漢，無論魏晉。此人一一為具言所聞，皆歎惋。餘人各復延至其
家，皆出酒食。停數日，辭去。此中人語云：「不足為外人道也。」既出，
得其船，便扶向路，處處志之。及郡下，詣太守，說如此。太守即遣人
隨其往，尋向所志，遂迷，不復得路。南陽劉子驥，高尚士也，聞之，
欣然規往。未果，尋病終，後遂無問津者。」李白《博平鄭太守自廬山
千里相尋，入江夏北市門見訪，卻之武陵，立馬贈別》：「去去桃花源，
何時見歸軒。」

集評

　　嚴羽曰：尋常新逸，力搜不得，偶撮亦不得，當是才興所至，無復典格
存於胸中，乃又此耳。（嚴羽、劉辰翁評點，聞啟祥輯《李杜全集》卷一）

　　楊齊賢曰：秦地之人知天下將亂，乃相率避之，入桃源中，與斯世隔絕
矣。（《分類補注李太白詩》卷二）

　　蕭士贇曰：危邦不入，亂邦不居，明哲保身之道也。太白亦深羨夫避秦
之人，見幾而作，卒能全身遠害者乎？太白始遭永王璘之逼迫，繼而不能自
白，竟遭竄逐之禍，懼憂而有羨其志亦可衰也已。「秦人相謂曰：吾屬可去矣。」
此兩句是暗用《史》所謂侯生、盧生相與謀曰……脫胎換骨，了無斧鑿痕跡。

非聖於詩者，孰能與於此乎？此事雖在三十五年，然借事為議論，不相害也。「千春」事卻祖謝朓《酬德賦》：「吹萬化而不喧，度千春之可並。齊天地於倏忽，安事人間之紆婷哉。」（《分類補注李太白詩》卷二）

朱諫曰：（「鄭客」六句）言秦之使者從關東而來，行至華陰，過華山之神於平舒之道，以璧授使者遺鎬池之君，且告之曰：明年而祖龍死。蓋始皇之暴虐，天下神人共怒，皆幸其死，其兆之先見者，神先知之，故華山君遇使者而轉告與鎬池之君也。（「秦人」四句）言秦之暴虐，神人共怒，世人相率而避之，往於桃源之中，永遠與世相隔也。此篇白惡世而思隱，故自託於秦人之言也。按白遭亂被竄，借秦人之事以自況。或曰：指其君為始皇，且幸其死，特不能為尊者一諱耶？此借鎬池之事，以明亂亡之有兆，正欲知幾預為避之之術，非顯然而斥其君也。（《李詩選注》卷一）

徐禎卿曰：此篇白惡世而思隱，故自託於秦人之言也。（四部本李集）

林兆珂曰：此亦破地之意，公其預知有漁陽鼙鼓耶？仙乎，仙乎，其猶龍乎？　紅批曰：此亦以入山見志也。（《李詩鈔述注》卷五上首注）

佚名曰：感時，借秦為喻。（梅鼎祚《李詩鈔評》卷二，上首批文）

賀裳曰：「秦人相謂曰」乃史中敘事法，誰敢入之於詩？吾不難其奇而難其妥。嘗歎李長吉費盡心力，不能不借險句見奇，孰若太白用尋常語自奇！（《載酒園詩話又編》）

《唐宋詩醇》曰：賞其風調至佳。（卷一）

方東樹曰：衍古高妙。（《昭昧詹言》卷七）

陳沆曰：皆遁世避亂之詞，託之遊仙也。（《詩比興箋》卷三）

笈甫主人曰：上首批文：真是仙筆。　句評：「鄭客西入關」：此衍「狂秦」句意也。「秦人相謂：吾屬可去矣」：得桃源一結，「兵戈」之亂益明。（《瑤臺風露》）

郁賢皓曰：此詩借「白馬華山君」預言秦始皇將死的傳說，以及親人避亂逃難到桃花源的故事，預言唐朝將亂。（《李太白全集校注》卷一）

按語

此篇非遊仙，亦非斥責玄宗。全篇盡史事用典，渾然一體，不涉時局，然必有所指，非僅詠史也，乃白有感於世事將亂，託言史事以相隱喻也，此篇「秦人相謂曰：吾屬可去矣」與其二十九《玄風變大古》之「至人洞玄象」同意，皆言世人之能洞察世之將變者；又，此篇似應接續於其三《秦

皇掃六合》和其四十八《秦皇按寶劍》之後。《古風》諸篇，順序有明顯錯
亂之處，可重新排列，見《論李白〈古風〉五十九首重新排序的可行性》一
節。

其三十二　蓐收肅金氣

蓐收肅金氣，西陸弦海月⁽¹⁾。秋蟬號階軒，感物憂不歇⁽²⁾。
良辰竟何許？大運有淪忽⁽³⁾。天寒悲風生，夜久眾星沒⁽⁴⁾。
惻惻不忍言，哀歌達^①明發⁽⁵⁾。

題解

朱言：賦也。此白感時而自歎之辭。

按：此篇感世運，而悲難自抑。

編年

安旗繫於天寶十二年（753 年），時李白 53 歲。

按：此篇當作於中晚年。

校記

① 達：咸淳本、楊蕭本、嚴羽點評本、《唐李白詩》、玉海堂本、郭雲鵬本、
　　劉世教本、胡震亨本俱作「逮」。咸淳本、劉世教本注：「逮明一作達明。」

注釋

（1）蓐收：古代掌理西方的神，相傳為少皞氏之子，名該，負責掌管秋天。
　　　西方於五行中屬金，故又為主金之神。《山海經》：「西方蓐收，左耳有
　　　蛇，乘兩龍，人面有毛，虎爪執鉞。金神也。」《禮記·月令》：「孟秋之
　　　月，其神蓐收，涼風至，白露降，寒蟬鳴，盛德在金。」《左傳·昭公二
　　　十九年》：「火正曰祝融，金正曰蓐收。」楊齊賢注：「秋物摧蓐而可收
　　　也。」　　　肅：衰落，萎縮。《呂氏春秋·季春紀》：「季春行冬令，則寒
　　　氣時發，草木皆肅。」　　　金氣：秋氣也。金，五行之一，位於西方，
　　　時令屬秋，故稱秋氣為金氣。蕭綱《倡婦怨情》：「玉關驅夜雪，金氣落
　　　嚴霜。」　　　肅金氣：指深秋肅殺之氣使草木凋謝。　　　西陸：星名，
　　　指昴宿。《爾雅·釋天》：「西陸，昴也，西方之宿。」又指秋天。《文選》
　　　卷二一郭璞《遊仙詩》：「蓐收清西陸，朱羲將由白。」李善注：「司馬彪
　　　《續漢書》曰：日行北陸謂之冬，西陸謂之秋。」《太平御覽》卷二四引

《易通統圖》：「日秋行西方白道曰西陸。」駱賓王《在獄詠蟬》：「西陸蟬聲唱，南冠客思侵。」朱諫注：「陸，日月所行至道也。弦，月上弦也。」　弦海月：海上月亮成弦狀。王琦注：「《釋名》：弦，月半之名也。其形一旁曲，一旁直，若張弓馳弦也。」《曆書》：「晦朔弦望，初八日上弦，二十三日下弦。」林兆珂《李詩鈔述注》：「弦字亦用字本法，宜著眼。」

（2）秋蟬：《禮記·月令》：「孟秋之月寒蟬鳴，仲秋之月鴻雁來，季秋之月霜始降。」　號階軒：朱諫注：「蟬聲之大也。」《古詩十九首》：「秋蟬鳴樹間，玄鳥逝安適。」　感物：陸機《贈尚書郎顧彥先詩》其一：「感物百優生，纏綿自相尋。」曹植《贈白馬王彪》：「感物傷我懷，撫心長太息。」　歇：謝靈運《鄰里相送至方山》：「含情易為盈，遇物難可歇。」杜預注《左傳》：「歇，盡也。」

（3）良辰：徐禎卿注：「良辰，建功策名之時也。」朱諫注：「猶言好日也。」阮籍《詠懷》之九：「良辰在何許？凝霜沾衣襟。」　何許：朱諫注：「言不多也。或曰：許，所也。」《文選》卷二六謝朓《在郡臥病呈沈尚書》：「良辰竟何許？昔夢佳期。」呂延濟注：「許，處也。言我平生良時，竟在何處。」　大運：天命。星命家以十年一改的命運為「大運」。王琦注：「大運，天運也。」何晏《景福殿賦》：「且許昌者，乃大運之攸戾。」　淪忽：王琦注：「暮也。」

（4）天寒：《古詩十九首》：「枯桑知天風，海水知天寒。」　悲風：淒厲的寒風。《歲華紀麗》：「秋風曰悲風。」《文選》潘岳《悼亡詩》：「床空委清塵，室虛來悲風。」《文選》曹植《雜詩》六首之一：「高臺多悲風，朝日照北林。」《野田黃雀行》：「高樹多悲風，海水揚其波。」　夜久眾星沒：《古詩十九首》：「愁多知夜長，仰觀眾星列。」

（5）惻惻：悲傷。謝靈運《道路憶山中》：「淒淒明月吹，惻惻廣陵散。」杜甫《夢李白二首》其一：「死別已吞聲，生別長惻惻。」　哀歌：左思《詠史》其六：「哀歌和漸離，謂若旁無人。」　明發：平明。《詩·小雅·小宛》：「明發不寐，有懷二人。」《毛傳》：「明發，發夕至明。」《毛詩正義》：「夜地而暗，至旦而明。明地發後，故謂之明發也。」朱熹《詩集傳》：「明發，謂將旦而光明開發也。」鮑照《代陸平原君子有所思行》：「笙歌待明發，年貌不可還。」

集評

　　蕭士贇曰：此悲秋者之詩也。自古志士感秋而悲者何？蓋天道一歲之運，猶人生一世之期也。時至於秋，歲功成矣。老之將至，功業未建，名聲不昭，能不感此而興悲耶？嗟夫士有志而不遇於時者，千載讀之，同一悲感也。（《分類補注李太白詩》卷二）

　　嚴羽評本載明人批：起二句是學謝。（嚴羽、劉辰翁評點，聞啟祥輯《李杜全集》卷一）

　　朱諫曰：（「蓐收」四句）言蓐收肅乎金氣。金神司秋，而天地之氣斂藏矣。西陸弦乎海月，秋初之時，月出西方而上弦矣。斯時也，蟬聲哽咽，噪乎階軒之間。景物感人如此，使我憂心之切切而不能已也。（「良辰」六句）言秋景蕭條，感物傷悲，所謂良辰者竟安在乎？大運淪沒，忽然變遷。天寒而悲風生，夜久而眾星落矣。我之感物而憂者，中心惻惻，何忍言哉！惟哀歌以自遣，夜以達旦，不能寐也。按此詩白感秋而作。情思之慘，而言辭之切，豈當奔亡與流竄之時而作歟？於今不可得而考矣。（《李詩選注》卷一）

　　徐禎卿曰：此愁秋之詞也。（郭本李集引）

　　林兆珂曰：日月遷流，老大將至，功業不建，志士所悲，妙在不說破也。此太白感秋而作，豈當奔亡與流竄之時歟？　　紅批曰：以不說出心事為妙。又曰：非不欲言也，直不忍言爾，亦何清婉，乃爾真妙筆也。（《李詩鈔述注》卷六上首注）

　　佚名曰：張平子《東京賦》：「所貴惟賢，所寶惟穀。民去末而反本，咸懷忠而抱愨。」（梅鼎祚《李詩鈔評》卷二上首批文）

　　陸時雍曰：運斤成風。（《唐詩鏡》卷一七）

　　陳沆曰：《遠別離》篇：「我縱言之將何補，皇天竊恐不鑒予之衷誠」，即此意也。（《詩比興箋》卷三）

　　曾國藩曰：此首亦感時光之早謝。（《求闕齋讀書錄》卷七）

　　奚祿詒曰：以秋興亂世，五六入正意，七八比君昏，而民疲世亂，而賢隱。末望其治也。（見《李詩通》卷六手批）

　　笈甫主人曰：上首批文：此銜上三首來，又變逆挽作順敘，更覺參差變化。「正聲微茫」「騷人哀怨」，前數首皆分寫，此首合寫，氣味淵渾。「歌逮明發」，騷人之哀怨至矣。此首正言揚、馬所激之頹波耳，特以比喻出之，

使人驟難索解，否則橫插此首，殊為無理，明昭者辨之。　　　句評：「蓐收肅金氣，西陸弦海月」：此即「蔓草」「荊榛」之謂，雜沓寫來，比興深至。「大運有淪忽」：此「憲章已淪」之謂。「天寒悲風生」：此「正聲微茫」之謂。「惻惻不忍言」：此「哀怨騷人」之謂。（《瑤臺風露》）

按語

蕭士贇、徐禎卿之說為是；林兆珂之言亦有理；奚祿詒說七八句比君昏，似有闡釋過度之嫌，此二句純為寫景烘托氣氛而已；陳沆之說重在解釋末二句；曾國藩之說亦失之偏頗，此篇感大運淪忽，而非僅悲時光易速；笈甫主人始終認為《古風》前後脈絡如蛛絲相連，固有其合理之處，然個別篇目之間的順序解說亦不乏牽強附會，此篇之評即頗為生硬。此首太白感世運而歎，悲秋之詞也；感情基調蒼涼悲憫，充滿了無可奈何之情。

其三十三　北溟有巨魚

北溟有巨魚，身長數千里⁽¹⁾。仰噴三山雪，橫吞百川水⁽²⁾。
憑陵^①隨海運，燀赫^②因風起⁽³⁾。吾觀摩天飛，九萬方未已⁽⁴⁾。

題解

朱言：賦也。此以巨魚喻賢人也。
按：此篇白以鯤鵬自比也。

編年

安旗繫於開元十三年（725年），時李白25歲。五十九首非一時之作，此首作於本年，借《莊子·逍遙篇》中之鯤鵬以自況。
郁賢皓曰：此詩作年不詳，或謂天寶初供奉翰林時所作。
按：此篇當作於早年。

校記

① 陵：兩宋本、咸淳本、李齊芳本作「凌。」
② 燀赫：燀：兩宋本、咸淳本、《唐李白詩》、李齊芳本作「烜」。赫：咸淳本、李齊芳本作「嚇」。劉世教本注：「燀赫，一作烜赫。」

注釋

（1）「北溟」二句：北海。安旗注：「溟，猶海也，取其溟漠無涯，故謂之溟。」《莊子·逍遙遊》：「北溟有魚，其名為鯤。鯤之大，不知其幾千里

也；化而為鳥，其名為鵬。鵬之背，不知其幾千里也；怒而飛，其翼若
垂天之雲。是鳥也，海運則將徙於南冥……鵬之徙於南冥也，水擊三千
里，搏扶搖而上者九萬里……故九萬里，則風斯在下矣。而後乃今培
風，背負青天而莫之夭閼者，而後乃今將圖南。」　　巨魚：《莊子·外
物篇》：「任公子為大鉤巨緇，五十犗以為餌。蹲乎會稽，投竿東海，旦
旦而釣，期年而不得魚。已而大魚食之，牽巨緇，錎沒而下，驚揚而奮
鬐，白波若山，海水震蕩，聲侔鬼神，憚赫千里。任公子得若魚，離而
臘之，自淛河以東，蒼梧以北，莫不厭若魚者。已而後世輇才諷說之徒，
皆驚而相告也，夫揭竿累，趣灌瀆，守鯢鮒，其於得大魚難矣。飾小說
以干縣令，其於大達亦遠矣。是以未嘗聞任氏之風俗，其不可與經於世
亦遠矣。」

（2）三山：朱諫注：「海中三神山：蓬萊、方丈、瀛洲也。」　　百川：《周
書》：「禹漯七十川，大利天下。」《淮南子·氾論》：「百川異源，而皆歸
於海。」木華《海賦》：「百川潛渫，泱漭澹濘，騰波赴勢……魚則橫海
之鯨，突杌孤遊；戞岩敫，偃高濤，茹鱗甲，吞龍舟，噏波則洪漣跊蹏，
吹澇則百川倒流。」

（3）憑陵：侵擾。《左傳·襄公八年》：「憑陵我城郭。」杜預注：「馮，迫
也。」　　海運：《莊子·逍遙遊》：「海運則將徙於南冥。」陸德明
《莊子音義》：「海運，司馬云：運，轉也。向秀云：非海不行，故曰海
運。」　　燀赫：顯赫盛大。燀，音產。《說文·火部》：「燀，炊也」，
本義為燒水。引申有燃燒、光熱、熾盛等義。有「威燀」「燀威」「燀耀」，
《史記·秦始皇本紀》：「威燀旁達」。《漢書·敘傳》：「燀耀威靈。」顏
師古注：「燀，熾也。」「燀赫」指顯赫，意聲勢浩大。《莊子·外物篇》：
「驚揚而奮鬐，白波若山，海水震盪，聲侔鬼神，憚赫千力。」諸本大
多作「憚」，偶作「燀」，憚赫：震赫，撼動，形容聲勢浩大。「烜赫」指
名聲或威望盛大貌。「燀」「烜」「憚」三字皆通。

（4）摩天飛：阮籍《詠懷》：「高鳥摩天飛，凌雲共遊戲。」王粲《從軍詩》：
「寒蟬在樹鳴，鸛鵠摩天遊。」

集評

　　蕭士贇曰：此詩首尾《莊子》事。又曰：此詩言志之作也。（《分類補注
李太白詩》卷二）

　　朱諫曰：（全文）言北溟之鯤，大數千里。仰首而噴浪，則成三山之雪；張口而噏波，則吞百川之水。隨海而運，則擊水有三千里之遠；因風而起，則摩天有九萬里之程。是神物之大者，其運用之大，茫乎不可測也如此。彼君子者，蘊帝霸皇王之道，可以關乾坤而參造化，其功業之大者，與巨魚之噴三山、吞百川、摩天飛而凌九萬者何異哉？或曰：白此詩與《上李邕》之詩，皆自言己志。曰：非也。此但槩論其理，有體用者如是，蓋述莊子之意而言之也。彼《上李邕》之詩，恐亦未必是白之作。邕與白為叔姪，相知之有素者，又何必有「畏後生」「輕年少」云云？或後人託此巨魚化鵬之說而倣為之，未可知也。（《李詩選注》卷一）按：《上李邕》詩曰：「大鵬一日同風起，扶搖直上九萬里。假令風歇時下來，猶能簸卻滄溟水。世人見我恆殊調，聞余大言皆冷笑。宣父猶能畏後生，丈夫未可輕年少。」朱諫之疑，可備一說。

　　徐禎卿曰：此假莊生之言以自況也。（郭本李集引）

　　曾國藩曰：此首自況，即賦大鵬之意也。（《求闕齋讀書錄》卷七）

　　笈甫主人曰：句評：「北溟有巨魚」：管云：此為鮮于喪師而作，評語系「羽檄」章，誤，考於此。（《瑤臺風露》）

　　詹鍈曰：按詩云「吾觀摩天飛，九萬方未已。」似為供奉翰林時作。（《李白詩文繫年》）

　　安旗曰：李白《大鵬賦》序云：「余昔於江陵見天台司馬子微，謂余有仙風道骨，可與神遊八極之表，因著《大鵬遇希有鳥賦》以自廣。」後改為《大鵬賦》。《大鵬賦》之初作當在本年遊江陵時，詳見該賦按語。本詩比興之旨與賦極類，當為一時之作。（《李白全集編年箋注》卷一）

　　郁賢皓曰：全詩以《莊子‧逍遙遊》巨魚化鵬高飛九萬里的故事，比喻自己欲上青天的宏偉志向。（《李太白全集校注》卷一）

按語

　　此首詩意用典甚明，各家之說相差不大；目前所見《古風》五十九首前後順序無編次則可，若其排序有先後之意，則依李白生平階段和行跡而言，此篇放置於其三十三，上下數篇之間內容關聯不大，殊為突兀；此當為太白早年未進仕時所作，有意氣風發之感，志氣干雲之勢；詩意全自《莊子》出，熊十力言：「莊子是說有道之士的氣象，此太白心性氣象也」，有理。